最強魔法師の隠遁計画
The Greatest Magicmaster's Retirement Plan
14

アルス・レーギン
現役1位の世界最強魔法師だが、身分は第2魔法学院の学生。「7カ国元首会談」以来の、ファノンとの対面を果たす!?

ファノン・トルーパー
クレビディートのシングル魔法師で、傘型AWRと魔法障壁を使いこなす。国内で大事件が持ち上がり、動き出すか!?
ダンテ
正体不明の脱獄囚。巨大な野心と力を秘めているようだが……？

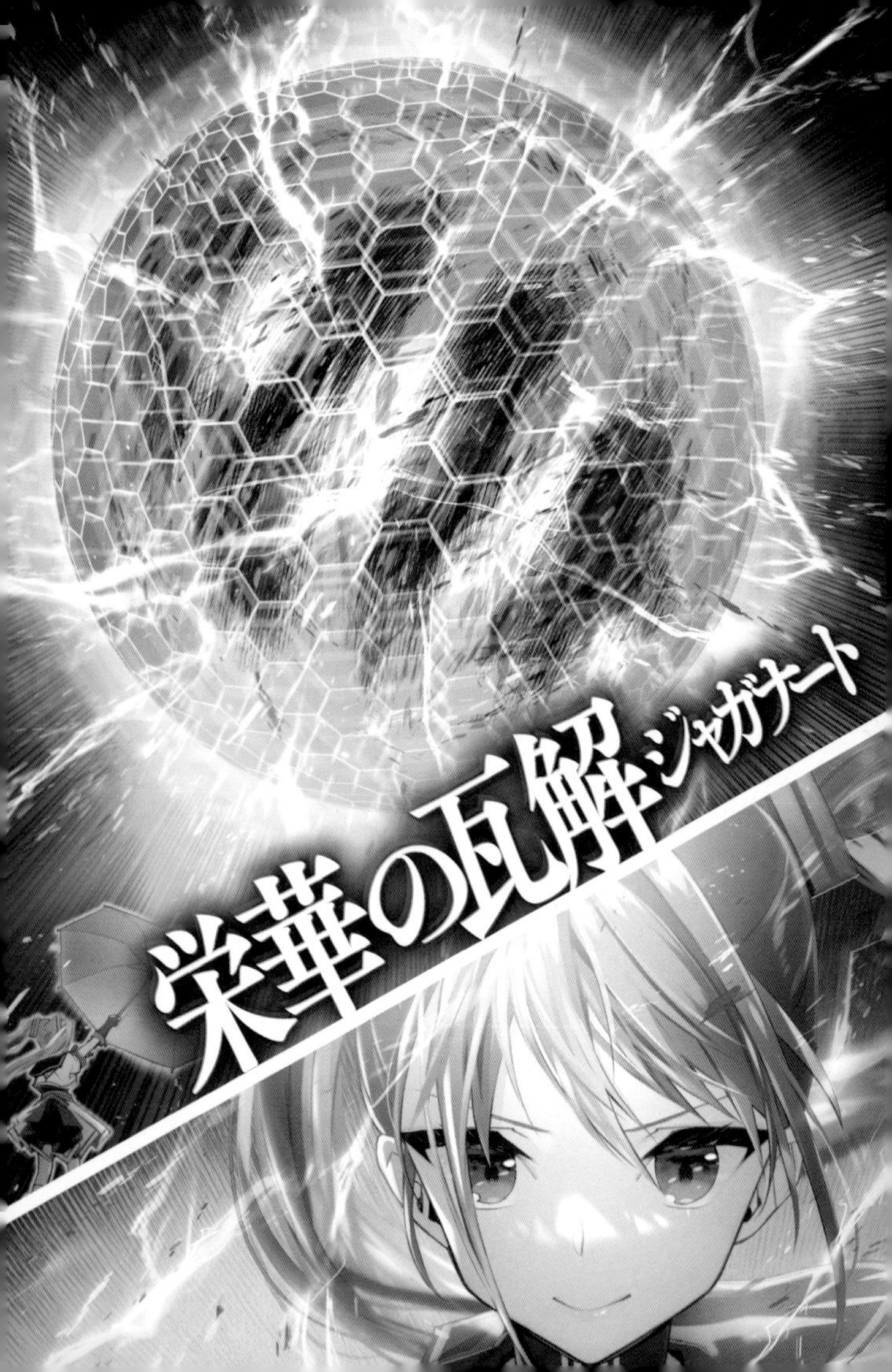

栄華の瓦解 ジャガナート

最強魔法師の隠遁計画 14

イズシロ

HJ文庫
975

最強魔法師の
隠遁計画

The Greatest Magicmaster's Retirement Plan

CONTENTS

14

Presented by IZUSHIRO Illustrator MIYUKIRURIA

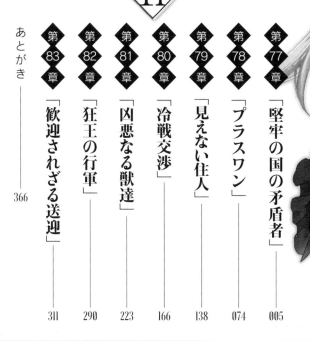

第77章「堅牢の国の矛盾者」

アルファの隣国《りんごく》にして、7カ国随一《ずいいち》の防衛力を誇《ほこ》る国家・クレビディート。

堅牢の国、ここがそんな風に称されるのは、独特の軍事体制や魔防壁《まぼうへき》の優《すぐ》れた機能のためだけではない。

たった一人で国のカラーさえも決定付けてしまうほどの、とあるシングル魔法師《まほうし》の存在が最大の要因であった。

いかなる魔物《まもの》の大侵攻《しんこう》があったとしても、この国においては、最外部にある軍事拠点《きょてん》から外界域へ二キロの間に設けられた、最終防衛ラインを突破《とっぱ》されることはまず考えられない。

クレビディートが誇る最硬の魔法師……魔法師階位第4位、ファノン・トルーパーがこの地にいる限りは。

防衛力という一面においてのみなら、1位や2位にも勝るとも劣《おと》らない魔法師として、彼女《かのじょ》の名は国内外に轟《とどろ》き、人々の尊敬と畏怖《いふ》を集めている。

彼女は大きな力を持つと同時に、いろんな意味で〝個性的〟だった。特に尊敬はともかく、畏怖されている、という一面において。

かの国では、彼女は下手をすると元首以上に気を遣《つか》われ、常に天上人の如く扱《あつか》われている。

特に軍関係者ならば、それこそ一兵卒に至るまで、彼女については絶対の禁句《タブー》に触《ふ》れないよう、司令部では気を引き締《し》めつつ言葉を交《か》わすのが日常である。また、この国の軍上層部の者は、軍人の無骨なイメージに似合わず、美辞麗句《びじれいく》やお世辞の類に、恐《おそ》らくどこの国家よりも長《た》けている。いや、正確には彼女と上手《うま》く付き合うための環境《かんきょう》上の必要に迫《せま》られ、その手の社交辞令めいた話術に、巧《たく》みにならざるを得なかったのだ。

何しろ彼女は格別な女性贔屓《びいき》でも知られ、そこらの並みの男性軍人など、塵芥《じんかい》のようにしか思っていない部分がある。もし何か下手を打って彼女の機嫌《きげん》を損《そこ》ねようものなら、苛《か》烈《れつ》な仕置きが待っているのは必定。そのため軍部の男性達《たち》はいつも戦々恐々《せんせんきょうきょう》としており、彼女に対しては、腫《は》れ物《もの》に触《さわ》るように、あくまで形式的な口調で話しかける。結果、どんなぞんざいな返答を受けても、それをありがたく拝領し、そそくさと引き下がるのだ。

彼女──ファノン・トルーパーは、この堅牢の国において、それほどまでに絶対的な強者であり、君臨者であり、同時に暴君でもあった。

クレビディート国内有数のとある大都市。

そんな賑《にぎ》やかな街の大通りにあるブティックの店内に、妙《みょう》にテンションの高いよく通る声が響《ひび》き渡《わた》る。

「ファノン様！　いつも当店をご贔屓《ひいき》いただき、誠《まこと》にありがとうございます！」

揉《も》み手《で》をせんばかりの勢いで、ブティックの女店主が媚《こび》を含《ふく》んだ営業トークを始めた。

「そりゃあもう、当店はいついかなる時も、ファノン様のお気《き》に召《め》す品々を、漏《も》らさず取り揃《そろ》えてございますので！」

女店主の横には、店のスタッフがずらりと並び、一様に緊張《きんちょう》した面持《おもも》ちを浮《う》かべている。

まさに店をあげて、最上の賓客《ひんかく》をもてなす態勢で臨んでいるのである。

この店とて、ファノンを客として迎《むか》えたのは初めてではないが、女店主以下、店員一同はいつになっても、彼女への接客に関してだけは、どうにも慣れることが出来ない。

それは、彼女が誉《ほま》れ高いシングル魔法師の一人として高名だから、というだけではない。

彼女がいったんその店を気に入れば、いくつも支店を構えるほど繁盛《はんじょう》する一方で、肌着《はだぎ》の一着すらも買わず店を出れば、以降はしばらく客の入りが激減してしまうと言われているからだ。

噂《うわさ》は噂に過ぎないという考えもあるが、無視できない事実もある。

最近オープンしたばかりの向かいの競合店に、先日ファノンが足を運んだ。そして彼女が買い物袋《ぶくろ》の一つも持たずに手ぶらで出てきた結果……今ではその店舗《てんぽ》はもぬけの殻《から》と言えるほど閑散《かんさん》としてしまっており、近々閉店すると囁《ささや》かれているのだから。

女店主は貼《は》り付けたような愛想《あいそ》笑《わら》いの裏で、首筋に冷《ひ》や汗《あせ》を掻《か》きながら、店員全員にそれとなく目配せしつつ。

「さあ、どんなことでもお申しつけくださいませっ！　スタッフ一同、誠心誠意、真心を込《こ》めに込めて接客させていただきたく思います！」

そんなハイテンションな女店主の声とは対照的に、どこか気だるそうなトーンの低い声が返ってくる。

「ふ～ん、まあいいけど。私、この手のお店であまりグイグイこられるのって、好きじゃないのよね」

いかにも気のなさそうな様子で、呟《つぶや》くように言った女性こそが、ファノン・トルーパーその人。

その名声からすると意外なほど小柄《こがら》で、少女めいた外見である。

外は快晴にもかかわらず可愛《かわい》らしい傘《かさ》を持ち歩き、フリルやその他《ほか》のアクセサリーで飾《かざ》られたファッションは非常に少女趣味《しゅみ》で、実に独特。ちょっと不安定そうな高いヒールの靴《くつ》を履《は》いているあたり、身長に対する強いコンプレックスを思わせる。もちろんそれこそが、彼女に対して決して直接言ってはならない禁句《タブー》なのだが。

女店主はそんな基本情報を逐一確認《ちくいちかくにん》しておくよう店員らに視線で促《うなが》しつつ、自らもまた、この難客に対峙《たいじ》する。

まずは、長年磨《みが》き上げてきた接客技術をフルに活《い》かすべく、それとなくファノンの全身に視線を走らせ、ファノンの本日のファッションをくまなくチェック。

もちろんその表情や仕草から、気まぐれな彼女の機嫌の確認も怠《おこた》らない。

「いえいえ、当店は一流なればこそ、押《お》しつけがましい接客など、とんでもないことです！　何よりもお客様のことが第一でございますから！　そうそう、実は本日のスタッフは皆《みな》、第一級のコーディネイター資格を取得しておりまして、その点で何かその、ファノン様のお役に立てることがあれば、と思っただけのことでして……」

「へ～、私はそんなの、どうでもいいけど。コーディネイトなんて頼《たの》んでないし」

「……ファ、ファノン様？　いえその……そう！　本日はお連れの方も何人かいらっしゃるようですから、その方々のお召し物を見繕《みつくろ》うという方法も！　いずれ劣らぬ美人揃《ぞろ》いで素晴《すば》らしいですわ！　まさにファノン様は、美の妖精《ようせい》に囲まれた女神《めがみ》のようで！」

そう、いつもならぶらりと一人で現れるか、せいぜい荷物持ちを一人しか連れていないファノンだが、今日は珍《めずら》しく、ざっと見て五人もの部下を従えているのだ。皆、ファノンのお気に入りであろう、個性派の長身美女ばかりだ。

見え見えではあるがこの女店主の追従は、多少なりともファノンの琴線《きんせん》に触れたようだ。

彼女はそっと相好を崩《くず》して。

「へえ、分かる？　皆、私の部隊員よ。でも全員が軍人なせいか、確かにちょっとファッションセンスはいまいちなのよね～。だから、プロのあなたの眼から見て女の魅力《みりょく》というの？　その辺りをもう少しばかり、改善してあげてちょうだい。なんなら着替《きが》えさせてもいいわよ、この後も街をぶらつくから。任せていい？」

「は、はいっ！　もちろんでございます！」

女店主は上擦《うわず》った声でそう答えながら、心中で叫《さけ》びを上げていた。

（ファ、ファノン様の女性部隊イィッ‼　しかも五人もッ！　不味《まず》いわ、不味い‼　それならこっちも完璧《かんぺき》な接客で対応しないと。何か不手際《ふてぎわ》でもあったら、お怒《いか》りも五倍ッ⁉　そんなことになったら国外追放どころか、もはや命はないわっ！　皆、いいわね！　あなた達は今日この日のために生まれてきたと思って、完全完璧な対応を心がけなさい‼）

スタッフ達への視線に託《たく》して彼女がそんな心の声を投げかけると、たちまち全員がキリッとした表情で、一斉《いっせい》に頷《うなず》き返した。

それから各々《おのおの》がファノンの部下達に付き従い、鉄壁《てっぺき》の営業スマイルとともに、命運を懸《か》けた戦場に向かう。

女店主はそれを見送りながら、己《おのれ》はファノンにしっかりと向き合って。

（とりあえず、商品を充実《じゅうじつ》させておいて正解だったわ）

先にも述べたが、ファノンの趣味は、一般《いっぱん》とはかなりかけ離《はな》れている。まず、レースやフリル、メッシュ素材などが使われた全体的に可愛い服を好む。それでいてヒールはかなり高く、身長のコンプレックスの他、大人びた服装への憧《あこが》れなども垣間《かいま》見《み》える部分がある。

そして今日の服装は……女店主が見たところ、前回の来店時から、多少色の好みに変化が生じているようだ。

（なるほど、最近のお気に入りのカラーは、こんな具合ね）

女店主は、それをしっかりと心のメモ帳に書き込んでおいてから、店内の在庫を脳内でチェック。

多分彼女はその趣味的《しゅみてき》に、コートやカーディガンの類を好んで着ることはないだろう、かといって身長のことがあるので、長い脚《あし》の方が似合うタイトなパンツスタイルなどは論外。

(そう、ファノン様の趣味・傾向はだいたい掴《つか》んでいるわ。以前にお越《こ》しいただいた時に探《さぐ》った情報《データ》から、わざわざ彼女向けのオリジナルブランドまで立ち上げたんだから！　今の我々に、抜《ぬ》かりはない！)

女店主は心の中で、必勝を期してガッツポーズをした。だがその直後。

「あら、これは新作のシャツ？」

ファノンの目が、陳列《ちんれつ》されていたとある商品に止まる。女店主は目を剥《む》いてまたも心中で叫ぶ。

(何ッ！　馬鹿《ばか》な、いつもならそんなのには目もくれないはず！　だって、隣《となり》にはフリルがばっちり付いた、いかにもファノン様好みのワンピースがあるんだからっ！　ハッ！そうよね、今も新作をチェックしているように見せかけて、ちらちらと視線はそっちに向いている。やっぱりあちらの方がお好みなのよね！　なのになぜっ⁉)

変わらぬ笑顔《えがお》の下で、彼女はそこまで考えて、ふと。

(もしや、今日は部下の方々もいるんだったわ！　だとすれば威厳《いげん》、そう、隊長としての威厳なのよ、きっと！　自分だって少女趣味の服ばかりじゃなくて、ほかのファッションにもちゃんと興味はあるし、いつだって新作チェックは怠っていないと、広い度量と知識・関心の幅《はば》を見せている！　そう、それに違《ちが》いないわ！)

勝手に感服した女店主は、彼女が一つの趣味にしか関心を示さないと思い込んでいた、己の浅慮《せんりょ》を恥《は》じた。結局はまだまだ自分も未熟であったということ。

「……そうね、この新作、私もちょっと試《ため》してみようかしら」

（ひえええええっ！　またも試練が！）

どんな気まぐれか、ファノンが言い出したそんな言葉に度肝《どぎも》を抜かれ、歯噛《はが》みした女店主の営業スマイルに亀裂《きれつ》が入った。

その向こうでは、店員達と和《なご》やかに談笑《だんしょう》しながら、早速《さっそく》試着を始めている、ファノンの部下達の姿があった。

実は、予《あらかじ》めファノン向けの服も用意してあったが、本来この店のターゲットは、シックな服を求める女性なのである。

だから当然、隊員達には似合う。一流モデル並みに細身で、大人っぽい美女ばかりなのだから、それは当然のことだ。しかしこの場では「似合いすぎる」のが問題なのである。

店員のオススメをばっちり着こなした美女の群れの中で、これからファノンに試着などされたらどうなるか？

彼女はきっと、隊員達と己の試着姿を見比べてしまう。

そこで恐らく、誰《だれ》の目にもはっきりと見える形で明らかになってしまうのが……身長と体格の差。この部隊の中では、ファノンだけが飛びぬけて小柄なのだ。自然な装いの大人の女性達の隣に、無理やりに大人っぽさを装った子供が並んでいるようなそのちぐはぐな未来予想図が、プロである女店主の脳裏《のうり》に、はっきりと描《えが》き出されていた。

（どうする!? そんな、こちらの不始末などと全く関係のないところで、勝手にファノン様に不機嫌《ふきげん》になられたら……打つ手なしだわ！）

本来ここは、大人の女性向けのブティックではあるのだが、ここでファノンに機嫌を損ねられては元も子もない。ここは寧《むし》ろ、自分の店のカラーやスタイルなど打ち捨てて、ファノンに気に入られることにのみ、全神経を尖らせるべきなのだ。

（なら、せめて少しでも似合う服は……ああ、ダメだ！ あの新作シャツに合いそうな細身のスラックスなんて、とてもファノン様にはお勧《すす》めできない！ ご本人の目の前で丈直《たけ》しさせるなんて、おや、お脚が少々短いようですね、とにこやかに言ってのけるも同然の自殺行為《こうい》いぃぃい！）

女店主が必死に思考をフル回転させている中、妙に馴《な》れ馴れしい能天気な声が、店内に響いた。

「あ～、ファノン様、おひさー。今日もお買い物ですか。最近在庫過多なんで、ガッツリ買ってっちゃってくださいよ。ありゃりゃ、ファノン様、そのシャツはダメっすわ、ゼ～

ツタイに似合わないですから〜」

まさか、という驚《おどろ》きとともに、女店主は物凄《ものすご》い勢いで、そちらを振《ふ》り返る。同時、血走った眼をかっと見開いた。

（なぜ……なぜ彼女《あいつ》が、ここにいるのっ！）

女店主の躊躇《ためら》いぶりを小賢《こざか》しくも察したつもりか、いつの間にか、ファノンの横に付いている女性店員。

明るい茶髪《ちゃぱつ》に小ぶりな金のピアスをした彼女は、新人のわりに、妙にお客との距離《きょり》感が近すぎる要注意人物だった。女店主が〝接客事故〟を警戒《けいかい》し、ファノンの来店直後、真っ先に店から上がらせ自宅に帰らせたはずの、当店きっての天然《フレンドリー》スタッフである。

いわば精鋭揃《せいえいぞろ》いの中に突如《とつじょ》現れた、獅子《しし》身中の虫。歳《とし》こそは二十一とファノンと近いが、彼女の馴れ馴れしい言葉遣《ことばづか》いは、完全にアウト。しかも早速「似合わない」などと巨大《きょだい》な爆弾《ばくだん》を投下してくれている。

「ふぁ、ふぁのん様？　こ、この者は……」

震《ふる》える声で、なんとか言い訳を試みようとする女店主。

「いえ、その前に……！　ちょ、ちょっとあなた！」

微笑《ほほえ》みだけはなんとか忘れず、全速力で急ぎつつも品は保った歩行術で、ファノンとその新人店員の間に割《わ》り込む。

自分と当店スタッフ全員の明日のために、これ以上の無礼と狼藉《ろうぜき》は、身体を張ってでも阻止《そし》せねばならない。が、ファノンの反応は、思った以上に棘《とげ》がないものだった。

「う〜ん、そうよね。実は私も、ちょっと違うかなって思ってたところ。ただまあ、新作なんだから、チェックは欠かしちゃいけないものね」

「お、さすがっすねー」

新人店員は、そんな風にのほほんと合いの手を入れる。

それに対し、ファノンはふと気づいたように。

「ところで、あなたのその格好……今日はお休みだったんじゃない？」

「ま、早上がりって感じですけど、ファノン様が来店されてるなら、ばっち接客しまっせ！」

「いえいえいえいえいえいえ！　こ、ここは店主の私が自ら！」

女店主が盛大に泡《あわ》を食いつつ名乗りを上げるが、当のファノンは、「お願いするわ」と言って、彼女に身体を預けてしまう。

クッ、と女店主は唇《くちびる》を噛《か》んだ。

こうなってはもはや後の祭り、ここで食い下がれば、かえってファノンの不興を買うことになる。とりあえず仕方なく、目線だけで「しっかりやれ」と伝えてみたものの、アイコンタクトに疎《うと》い彼女は眉間《みけん》に皺《しわ》を寄せて「は？」と素《す》っ頓狂《とんきょう》な声をあげたのみ。

もう駄目《だめ》だ、と女店主は肩《かた》を落とし、死体のように青ざめた顔で立ちすくんだ。ここまでは万全《ばんぜん》の状態でファノンを迎えられたというのに、最後の最後で、身内からの自爆《じばく》テロに遭《あ》うとは……。

しかし、ここで運命に膝《ひざ》を屈《くっ》していてはベテランとは言えない、と思い直した彼女は、なんとか瞳《ひとみ》に希望の光を取り戻《もど》す。

（いやいや、あの新人も、一応研修を終えている立派なスタッフよ。ちょっと天然だし個性が強い気はするけど大丈夫《だいじょうぶ》！　きっとやってくれるわ）

そんな縋《すが》るような思いで、ファノン達を見守る。

「んで～、ファノン様なら、肩とか出す方向がいいと思うんですよねー。子供っぽいとか思われたくないっしょぉ～？」

（それ、ヤバッ！）

女店主が懸《か》けている必死の期待の重さを、あくまで軽《かろ》やかに裏切っていくこの言葉遣いに、彼女は思わず、口から何かが抜け出ていくのを感じた。しかしファノンは思ったより気にした風でもなく。

「そうね、戦闘服《せんとうふく》も近い感じだし、嫌《きら》いじゃないわね。でも、その山、売れ残っているやつでしょ？」

そう言いつつ、そっと目を細める。確かに新人店員がファノンに勧めた服は、彼女用にオリジナルブランドとして作ったものだ。雰囲気《ふんいき》や素材はおろか、全体にあまりの可愛さから普段着《ふだんぎ》としては今一つ浮いてしまう印象で、売れ行きは当然芳《かんば》しくない。

なお、当店はあくまでも高級ブティックである。だからこそ、安売り店のバーゲンセールのように、必要以上の数を陳列するのはNGなのだ。

なのに、いくら多めに在庫があるといっても、誰があんなに並べたのか？　サイズごとに整理してあるにせよ、明らかに並べ過ぎであり、これでは売れ残りと思われるのも仕方がない。普通《ふつう》ならば、客の目に触れる範囲《はんい》にはせいぜい数枚程度を置いて、必要があれば店裏から別サイズを出してくるなど、ひと手間掛《か》けた演出を工夫《くふう》するものだ。

『残り僅《わず》かでしたがちょうどこのサイズだけ残っていました』などの小細工が良い例である。そんなファノンに対し、いかにも天然っぽい新人店員はあっけらかんと。

「ま、売れ行きはイマイチですね。正直、服に着られちゃう人が多いんで～。でも、ファノン様なら絶対、着こなせますって！　そう……鉄壁の守りだけじゃなくて、たまには果敢《かん》に〝攻める〟のもアリってことっすわ！　ファノン様だけに！」

キメ顔で放たれた、ドヤ感のある台詞《せりふ》。コイツ、何を根拠《こんきょ》に！　と思わず頬《ほお》を引き攣《つ》らせる女店主だったが……。

「そお？　ふーん、じゃあ全部買うわ」

まさか「上手いこと言った感」のせいではないのだろうが、何が功を奏したのか、ファノンは瞳を輝《かがや》かせて即答《そくとう》する。

「サイズはSでいいっすか？　将来的にMも持っておくと良いですよ～、すぐに大きくなりますからね」

またも飛び出した適当発言に、おい！　と心の中で突《つ》っ込みつつ背中に冷たい汗が伝うのを感じる女店主。

天然店員が使ったのは成長期のお客様に対する定番台詞だが、これはさすがに失言だろう。いくらなんでもファノンは十代前半の子供ではない。年齢的《ねんれいてき》にはもうとっくに成長期は終わっているはずで、子ども扱いは失礼千万だ。

だがファノンからは、またしても予想の斜《なな》め上を行く反応が。

「確かにあなたの言う通りかもね。Mサイズもあるだけ貰《もら》うわ！」

「お買い上げ、あざーす！」

「本当はこの帽子《ぼうし》も欲《ほ》しいんだけど、私には似合わないわよね？」

横の陳列台《ちんれつだい》にかかっていた、鍔広《つばびろ》の帽子を物欲《ものほ》しそうに眺《なが》めるファノン。白のリボンがついた綺麗《きれい》な帽子であるが、鍔が広いため、小柄なファノンが被《かぶ》るとサイズ感的にアンバランスになってしまう印象だ。ましてや、外見的に〝美しい〟系というよりは〝可愛い〟系に入る彼女には、多少着こなしが難しいアイテムだろう。

ただ、本人はその帽子が持っている、高級感と大人っぽい感じが気に入ったらしい。

（むむっ……）

そんなやりとりを見ていた女店主は、内心で唸《うな》った。

これはなかなか接客道的には、対応が難しい問題だ。相手の欲求を肯定《こうてい》しつつ、代替案《だいたいあん》へ誘導《ゆうどう》し満足してもらうのが最善な気もする。最悪、本人の気が済むように買わせてしまう方法もあるが、それはこの店を仕切る女店主のポリシーに反するのだ。

（さあ、新人！　あなたはこのご要望に、どう応《こた》えるの⁉）

固唾《かたず》を呑《の》んで、店員の次の対応を見守る女店主。

「あぁ、おっけおっけ、ファノン様にもバッチリいけますよ！　めっちゃ可愛いくなるんじゃないかな、うん絶対似合う！」

「ちょっと試着していい？」

（ノリ超軽《ちょうかる》いし！　あとそれ、ちょぃマズい展開だからね⁉）

女店主は凄《すさ》まじい形相になり、必死に対応策を練る。ここでファノンのテンションを下

げるわけにはいかない。高級ブティックの誇りにかけて場を収めようと、店の奥《おく》からとっておきを持って来させる。間に合うか……ファノンは今にも、姿見の前に歩いて行ってしまいそうだ。いずれにせよ、その間の場繋《ばつな》ぎは、例の彼女に任せるしかない。

そんな女店主の葛藤《かっとう》を知ってか知らずか、新人店員はあくまで気軽に接する。

「もちっす！　あ～、でもその前に、今着てる服の上にこれ、羽織ってもらってっと」

羽織物を肩に掛け、ファノンを店内の姿見の前に連れていく。

（あ～、もうちょっと時間を稼《かせ》いで～！　おい！　ファノン様の肩をグイグイ押して急《せ》かすな！）

慌《あわ》てまくる女店主を他所に、ついに姿見の前に立ったファノン。

彼女はその自分の姿を見るや、興奮気味に頬を染めた。そして何度かポージングをしてみた後、クルッと回ってみるなどする。

あれ……と女店主は思った。

意外にも、鏡越しに見るファノンのテンションは相変わらず、どころか最高潮になっているようだ。とにかく気難しいことで知られるファノンが、姿見の前で子供のようにはしゃぐ姿に、思わず女店主は口元を押さえて、涙《なみだ》とともに喜びを押し殺す。

（うおおおお～！　完・全・勝・利！　あの新人の子、ちょっと癖《くせ》が強いと思っていたけどやってくれたわ！　さすが私が見込《みこ》んだだけのことはある！　そう、支店の話なんかが持ち上がったら、彼女に任せてみるのもアリねっ!!）

その喜びようも無理はない。ファノンは何しろ大口の顧客《こきゃく》だ。彼女一人の買い物が極端《きょくたん》に多いうえ、今回は何人も部下を連れている。下手をすると今日の儲《もう》けは店の売上げ一ヶ月分に相当するかもしれず、加えて宣伝効果も期待できるとなれば、それ以上にもなり得るだろう。

「あら、あなたが勧めてくれたこれも、良い組み合わせね。うん、これも貰うわ」

「はいっす！　ご自宅にお送りいたしましょうか？」

「いいわ、持って帰る。そのつもりもあって、せっかく大勢で来たんだもの。それに、皆の分も含めて、戦利品をどっさり持っている方が、いかにも買い物に来たって感じがするでしょ？」

「それ、なんか分かるかも。今日はホント、ファノン様にとって良い休日になると良いですねぇ。あ、でも、お連れの人は初耳って顔してますけどね」

店員が指差した先、そこには唇を引き結んで腕組《うでぐ》みをした女性が、仁王《におう》立ちしていた。

薄《うす》い金色の髪《かみ》の彼女は、少々厳しい表情で口を開く。

「ファノン様、言っておきますけど、私は副官で、荷物持ちじゃありませんからね？　というか、私は外出時も常に仕事着なんで、買って頂かなくても結構ですし」

その女性はそっと眉《まゆ》を寄せると、小さく溜《た》め息《いき》をついた。彼女こそは、まさにどんな仕草も絵になる容姿である。足は長く、胴にはしっかりとくびれがあって、胸の膨《ふく》らみも適度で、実に女性らしい。

極上《ごくじょう》の天然素材がバランス良く調和しているとでも言おうか。ちょっと美人に対しては目が肥えている女店主も、思わず唸る逸材《いつざい》である。

同時に、その女性を見るファノンの目も印象的だ。話し方からすると部下なのだろうが、ファノンは上司であるにもかかわらず、その女性を見る瞳に宿った憧憬《しょうけい》の色を隠《かく》しきれていない。

つまりファノンが大人びたファッションを取り入れてみようとしているのは、恐らくこの女性のようになりたい、と憧れる気持ちがあってのことだろう。客商売に携《たずさ》わる者特有の勘《かん》で、女店主はそう看破した。

しかし残念ながら身長差からして、どうも文字通り、高望みが過ぎるという気もするが。

そう考えてファノンの足元に目をやれば、靴のヒールの高さが、少女の必死の背伸《せの》びのようにも見えてきて、いっそ複雑な心境にもなるというもの。そんな生暖かい女店主の視線にも気づかず、ファノンはちょっとふくれっ面《つら》になり。

「エクセレス、あなたはそもそも、私服のレパートリーが少なすぎなのよ！」

エクセレスと呼ばれたその副官の女性は、ちょっと困ったような表情になり、小声で。

「いいえ、本当にお構いなく。そもそもこんな風に、部下を引き連れての買い物三昧《ざんまい》も、どうかと思いますよ？　ファノン様は服や外見のことになると、ちょっとしたことですぐ不機嫌になるじゃないですか？　もう忘れたんですか。この間なんて例のランジェリー店で、自分に合うサイズのブラがないからって大暴れしておいて」

最後は気持ち小声ではあったが、店の者全員の耳に、その一言はしっかり届いている。

正直、彼女のバスト関連のことは、この界隈《かいわい》では特にタブー視されている話題だ。なお本日のファノンの装いでは、その慎《つつ》ましすぎる胸に結構な盛り付けが施《ほどこ》されていた。ただ、ちょっとした不自然さとアンバランス感が、店員一同、ちょっぴり気にはなっていたところだ。

「それは言わない約束でしょ!!」

「あ、失礼いたしました。ですが、他の隊員も先ほどからこちらを窺《うかが》ってますから」

「分かったわよ！　というか私、そんな狭量《きょうりょう》じゃないから！」

「じゃ、帰り道で急にムクれるのも無しでお願いしますね？」

エクセレスは念を押すように言う。

ファノンが部下を連れてファッション関連の買い物に行く折、帰り道では部下達はいつも、最新流行のジャケットやコート、足が長く見えるようなスラックスなどでコーディネイトしているのが常だ。そんな時は彼女らが全員、肩で風を切って歩いているように、ファノンには見えるらしい。

加えてサングラスを掛けたり大人っぽいショールを巻いたりと、全員がモデルさながらに仕上がるものだから、逆にファノンのファッションが浮いてしまうことがあるのだ。

その結果、大満足なはずの買い物帰りに、かえってファノンがご機嫌斜《なな》めになることがよくあり、エクセレスはそれを警戒しているのである。

「……ちょっと宜《よろ》しいでしょうか？」

ファノンの気分が、すでに買い物から離れていきつつあるのを目敏《めざと》く察した女店主は、ここぞとばかりに、三人の間にスッと割り込んだ。

そう、バックヤードから持って来させた「とっておき」がようやく届いたのである。それも、ファノン用に仕入れておいた目玉商品だ。

「こちらの逸品《いっぴん》ですが、ファノン様にこそお似合いになるかと思いまして、当店で勝手ながら、お取り置きさせていただいておりました。もちろん、現品限りとなっております。どうです、この肌触《はだざわ》り！　これは、生地《きじ》に高級素材を惜《お》しみなく使った、こちらの商品でしか味わえないものとなっております」

　磨き上げた接客トークを駆使《くし》して、女王に献上《けんじょう》するが如く、高価な服をファノンの目の前で広げて見せる。

　だが女店主はふと、ファノンに気に入られたらしい例の新人店員の視線が、嫌《いや》そうに自分に突き刺《さ》さっていることに気づき。

（何、その目は！　私は店主よ、あなたは店員！　だからここは共同戦線で……あ、ダメだこいつ、一緒《いっしょ》に売り込もうって気がない。空気読めっての！）

　やはり世紀の逸材に見えて、新人店員たる彼女の根は天然のままだった。それなら援護《えんご》は無用とそうそうに見切りをつけて、女店主は、そのとっておきの宣伝を始める。

　彼女が広げて見せたその服は、高級な絹織物風となっていて、薄い生地の反対側が透《す》けて見えていた。

「こちら、最高のお休み心地《ごこち》をお約束する寝衣《ネグリジエ》となっております。もちろん普段《ふだん》誰《だれ》にも見られないものだからこそ、寝室《しんしつ》でのお召し物には気を配りたいもの。それこそが、大人の淑女《しゅくじょ》の嗜《たしな》みの一つといえましょう。その中でもこちらは最高級の生地を使用して……」

「それ、下品じゃない？　いらない」

「あ、はい、左様で……」

確かに色々とスケスケではあるが、大人の色香《いろか》を望むだろうファノンの要望には、最大限応えられるものと思っていただけに、女店主の落胆《らくたん》の色は濃《こ》い。

がっくりと肩を落とした彼女の横から、何を思ったのか、例の天然新人が口を挟《はさ》む。

「ほえ～、それ、店長の趣味じゃなかったんすね～」

「違うわよっ!!」

ひとまず、あわや修羅場《しゅらば》という展開に、店員一同が肝《きも》を冷やす場面は多々あったものの、なんとかファノンはご満悦《まんえつ》の様子で部下達ともども店を後にしてくれた。もちろんこの日、このブティックの売り上げが、過去最高の凄まじい金額を叩《たた》き出したのは言うまでもない。

この街は流行に敏感《びんかん》なだけあって、明日にもファノンが訪《おとず》れたことは知れ渡るはず。そうなれば連日客が押し寄せてくるだろう。

だが、一難去ってまた一難。

この後マネキンにファノン一向が購入《こうにゅう》した服を着せたりと大々的に宣伝する作業が残っている。今日は確実に残業になるが、それもこれも店員全員の頑張《がんば》りのおかげでできる作業だ。

というか、大成功に終わったのは全《すべ》て、あの店員らしからぬ店員のおかげでもあった。

随分《ずいぶん》とファノンの趣向《しゅこう》がわかっているようで、彼女を支店の店長に据《す》えるより本店勤務にしていた方が、またファノンが訪れた時の助け舟《ぶね》になってくれるかもしれない。

図《はか》らずも昇進《しょうしん》の機会を逃《のが》してしまった彼女だが、何やら上機嫌《じょうきげん》で退勤していった。

今回の彼女の働きを鑑《かんが》みれば、残業を免除《めんじょ》するのも致《いた》し方《かた》あるまい。

何はともあれ、高級ブティックのゲリラ豪雨《ごうう》は過ぎ去った。


一方、その店を後にしたファノン一行だが……。

「ファノン様、私に持たせなくても、皆に荷物を持たせたのでは本末転倒《ほんまつてんとう》では？　やはりお店に頼んで、家まで届けてもらった方が良かったと思いますが」

エクセレスが言う。律儀《りちぎ》な彼女は、他の隊員に申し訳なく思っているのだろうが、ファノンはそれに反駁《はんばく》するかのように。

「何を言ってるの。部隊員と親交を深めるための良いレクリエーションじゃない。そもそも今日は全部の代金は私持ちなんだし、皆、楽しんでるわよ？」

「ええ、まぁそれも問題なのですが……」

確かにメンバーは誰一人《だれひとり》として文句を言うどころか、寧ろ率先《そっせん》して荷物持ちをしている始末。そういう意味では確かに彼女達《たち》は皆、ファノンを慕《した》っている。いや、それどころか信奉者《しんぽうしゃ》と言っても過言ではないくらいだ。

浮かない顔のエクセレスに、そんな女性隊員の一人が、陽気な声を飛ばしてくる。

「ファノン様の言う通りですよ、エクセレスさん。今日くらいは副官の職務なんて忘れて楽しんじゃいましょうよ！　そもそも私達は、こうして尊敬するファノン様の日常を知れるだけでも十分に嬉《うれ》しいですし、お供ができて光栄に思っているほどです。それに女性同士気兼《きが》ねなく語り合える時間も、軍においてはそうそう取れるものではありませんから。ファノン様の心配り、最高ですよ！」

「もう、あなた達は、いつもそうやってファノン様を甘《あま》やかすんだから」

困り顔のエクセレスに、彼女はさらに破顔一笑《はがんいっしょう》し。

「それにこうして、私達のぶんも、色々と買っていただいてしまいましたしね」

そういうことね、とエクセレスは額を手で覆《おお》った。

これでは体のいい買収ではないか。隊員らがファノンをお姫様扱《ひめさまあつか》いするのは今に始まったことではないが、ここ最近は度が過ぎているようで、ちょっと心配なのだ。

まあ、確かに彼女《かのじょ》らは軍人である以上、普段《ふだん》から男っ気も少なく、シングル魔法師《まほうし》の部隊員としてもらっている高額な給料の使い道もないだろうから、良い気晴らしにはなっているのかもしれない。

かくいうエクセレスも、さして打ち込める趣味もないくらいだ。

そもそも外界に出る魔法師に、趣味に興じる余暇《よか》など持てるはずもないのだから。そんな中でもファノンは別格で、多忙《たぼう》にもかかわらず、隙《すき》を見てはこうして街へ繰《く》り出しているのだから、本当に恐れ入る。

「それにしてもこれだけ女性がいて、いい加減、誰かにお輿入《こしい》れの話でもないものかしら？」

エクセレスが、そんな愚痴《ぐち》とも冗談《じょうだん》とも取れない一言を溢《こぼ》すと。

「いや～、嫁《よめ》入りの支度金《したくきん》が貯《た》まっていくばかりですね～」

「自宅で大人しく帰りを待っていてくれるタイプの男性を探すのも、一苦労ですよ。ファノン様のおかげで、うちの国の軍務は比較的《ひかくてき》外界に長くいなくて済むほうですが、それでも、ねぇ？」

隊員達が次々と話に加わってくるが、幸い賑やかな通りにおいては、さほど喧《かまびす》しさが目立つこともない。

まあ、こんな折でもなければ、確かに皆、ゆっくりと羽を伸《の》ばすこともできないのだ。

ここ最近は、隊員の入れ替《か》えもない。

可能であれば、このままずっと顔ぶれが変わらないことを、今回も、エクセレスはそっと心の内で願った。

そんな彼女の憂《うれ》いを一蹴《いっしゅう》するかのように、先頭を行くファノンが、上機嫌で傘をくるくると回しながら、ふと振り向き。

「結婚《けっこん》なんて別にいいわよ。独り身だろうと、今が十分に楽しいもの。それにあなたたちは、そこらの下らない男連中なんかには、もったいないくらいだもの」

「ですよね〜」などと同意の声が上がり、隊員達《たち》は同時にどっと沸《わ》く。

そこにはただ、和やかな休日の光景があるだけ。

たとえそれが、シングル魔法師率いる精鋭《せいえい》部隊の面々だったとしてもだ。

街の人間も慣れたもので、そうとは知っているはずだが、誰も無駄《むだ》に騒《さわ》ぎ立てたり、余計な声をかけてこない。国内有数の都会だけに、国防を支える彼女らのたまの息抜《いきぬ》きを邪《じゃ》魔《ま》しないだけの配慮《はいりょ》が、この街に住む者には備わっているのだ。

特にファノンに関しては、休日にしょっちゅう買い物に繰り出しているおかげで、余計にそんな暗黙《あんもく》のルールが出来上がっている。

エクセレスは、そんなことも含《ふく》めて、つくづく全てはファノンの人徳なのだと思うことにした。もちろんその容姿の愛らしさもあって、行く先々で道を空けてもらったりもするのだが、例の禁句のことは軍部内だけでなく街の人々にも浸透《しんとう》しているらしい。

皆、ファノンをクレビディート随一《ずいいち》のシングル魔法師と知りつつ見て見ぬふりをするか、せいぜい挨拶《あいさつ》をする程度で、容姿の幼さにはきっちり触《ふ》れてこないのが、彼女としては本当に助かっている。万が一そんなことがあれば、往来の真ん中で激高してキレ散らかすファノンを必死で宥《なだ》める余計な仕事が、副官たる彼女に回ってきてしまう可能性が大なのだから。

それはそうと、今のエクセレスには、それとはまた別の心配事があった。

「そういえばファノン様。クローフ様から緊急《きんきゅう》の要請が来ていますが、よろしかったのですか？」

クローフ・ヴィデ・ディートはクレビディートの元首である。アルファの例に洩《も》れず、国のトップである元首が総督《そうとく》を差し置いて、シングル魔法師に直接指令を下すことは、7カ国においては珍しくない。

特にクレビディートにおいては、政治と軍事を分離《ぶんり》するのではなく、元首の指揮権の下に一体化させたいというクローフの考えと方針もある。

故に、この国では軍が上げた戦果を、総督ではなく元首自らが積極的に取り上げ、大々的に発表する。魔法師の存在価値とその偉大《いだい》さを国民と共有し、同時に国家の威光《いこう》と尊厳を守っているのだ。

これらの事情から、ファノンには度々《たびたび》、総督を飛び越えて、元首から直接様々な要望が届くことがある。

ただファノンの性格もあって、それを二つ返事で請《う》け負《お》うことなどまずあり得ないし、彼女はその都度、きちんと報酬《ほうしゅう》を要求する。例えば国内有数のファッションストリートの全面貸し切りや、国賓《こくひん》向けの接待施設《しせつ》の一日自由使用の許可申請《しんせい》といった無茶《むちゃ》を、特別休暇《きゅうか》の付与《ふよ》とセットで押し通したりもするのだ。

いずれにせよ、今回もどうせ、そんな任務達成に対する報酬や式典絡《がら》みの話だろう。

「いいのいいの、この前も無茶な要求を引き受けたんだもの。二週間くらい内と外を行ったり来たりで、外界の魔物《まもの》の相手で満足にシャワーも浴びられなくて大変だったのよ？ そもそも今は休暇中なの、だから何て言われても、行くのは嫌よッ！」

「はいはい、分かっていましたよ」

どんな任務であれ、気分が乗らなければ駄々《だだ》を捏《こ》ねて押し切るのがファノンだ。一度、その口から「嫌だ」の一言が出れば、それを覆《くつがえ》すのは容易ではない。

（そうならないように私がいるのですが、残念なことにファノン様の我儘《わがまま》ぶりには、私もちょっと賛成なんですよね）

シングル魔法師であるにもかかわらず、仕事は仕事、プライベートはプライベートと清々《すがすが》しいほどに割り切る彼女の性格が、エクセレスはどうも嫌いになれない。それどころか、どこか好ましいとさえ感じていた。

「で、そもそも用件は何なの？」

「あ、そこは気にするんですね」

「だって、今日はともかく、どうせ明日にはまた呼び出されるんでしょ。あのオッサンのことだし」

　仮にも一国の元首をオッサン呼ばわりするのはどうかと思うエクセレスだったが、それがファノンという人物なので、そこは一先《ひとま》ずスルー一択《いったく》。

「それじゃあ、そこの路地の陰《かげ》へ。みんなにも聞いておいてほしいから」

　副官としての真剣《しんけん》な面持《おもも》ちを浮《う》かべつつ、気持ち小声になった彼女の言葉に、全隊員が無言で従う。

　それからしばらくして、人気のない路地に一同を誘導したエクセレスは、改めて口を開く。

「一応、クローフ様から届いたのは、緊急報告めいた内容です。先頃《さきごろ》【エリア９０】で盗難事件が発生、軍の機密物資が盗《ぬす》まれたとのことです」

「【エリア９０】って、魔法軍装関連を扱《あつか》ってる国内の軍事施設ですよね。なら、内部の人間の犯行ですか？　政府高官でも軍上層部でもない外の人間が、最高レベルの軍事機密エリアにアクセスできるはずもないし」

女性隊員の一人が、そんな疑問を呈《てい》する。

「それがどうも、内部からというわけではないようなの。先程《さきほど》追伸《ついしん》があって分かったのだけれど、外からの強襲《きょうしゅう》を受けたみたい」

エクセレスの返答に、全員の顔がさっと曇《くも》る。彼女達は皆《みな》軍人だから知り得ていることだが、【エリア90】では新開発されたAWRや予備のそれに加え、魔法犯罪者から押収《おうしゅう》した魔法具、裏の違法《いほう》AWRといった武装品までもを管理している。いわば、クレビディートにとっての特殊《とくしゅ》武器庫とでもいった場所なのだ。そこが襲撃《しゅうげき》された、となると……。

懸念《けねん》を示す隊員達を代表するように、一転して不機嫌そうに眉を寄せたファノンが、低い声で問う。

「警備がザルだったのかどうか知らないけど、それは国内治安担当の不手際《ふてぎわ》よね？　なんでその話が、私達外界担当に回ってくるのよ？」

「場所が場所だけに相当な警備体制だったはずですが、まあ、その通りなんです。外界のことならともかく、国内で起きたトラブルに、ファノン様が動員される謂《い》われはありません。ただ、元首様もそこは存じているはず」

「あ～、そこを押《お》してってことは、どうにもきな臭《くさ》そうってわけ？」

「はい、犯人は逃亡《とうぼう》中だとか。あそこを堂々と襲撃し、しかも逃《に》げおおせているからには、外部の人間の中でも、かなりの手練《てだ》れかと」

だがエクセレスが言外に持たせたそんな含みを、ファノンは一蹴して。

「知らないわよ、そんなの。言ったわよね、私は休暇中！　嫌よ、絶対に嫌っ!!」

「はあ……そういうことでしたら私から元首様に、正式にお断りの返事を送らせていただきますが」

「それと、厳重抗議《こうぎ》もね。休暇の邪魔をされるなんて、金輪際ごめんだわ」

「はいはい、分かりましたよ。ただ、ちゃんと手ずから署名をお願いしますね」

元首にそんな返事を送りつけた上に抗議までするとは、ファノンの署名入りでなければ、まず受け取ってすらもらえないだろう。

（それにしても、どこの国でもシングル魔法師の扱いって、こんなにも大変なものなのかしら）

エクセレスはついつい不敬なことを考えてしまう。だが、それでもファノンがクレビディートのシングル魔法師であることは、まだ喜ばしいことなのだろう。

少なくとも、魔物の侵攻《しんこう》に脅《おびや》かされることなく、穏《おだ》やかなこの街を見ていてそう思うのだ。それに隊員達も彼女の我儘を許容している。おかしな部隊ではあるが、本心では、面《おも》白《しろ》いと感じているはずだ――エクセレス自身がそうであるように。

そんな僅かな感慨《かんがい》に耽《ふけ》っていると、隊員の一人がふと。

「エクセレス様、この話はもう終わりで良いんですけど、ファノン様の力は、広大な外界だからより有効になる部分があると思うんです。それが狭《せま》い街中で捕《と》り物《もの》なんて、ねぇ？」

彼女の意見に、他《ほか》の者も同意とばかりに頷《うなず》いている。

「ええ、私もそこが気掛《きが》かりではあるのよ。確かに防衛戦力として、ファノン様はクレビディートの魔法師の頂点。そこを買われて、ということだったのかもしれないわね」

この発言には、すぐさまファノン本人から訂正《ていせい》の言葉が飛んでくる。

「防衛ってことなら〝世界一〟よ。他国のシングル魔法師がどうかは詳《くわ》しく知らないけど、どうせハルカプディアみたいに、頭に蛆《うじ》が湧《わ》いた薄ら馬鹿《ばか》しかいないでしょ」

前回の7カ国元首会談で、ハルカプディアのシングル魔法師、ガルギニス・テオトルトがバカをやったと、ファノンの口から聞いたことを思い出す。

何でも、アルファの少年魔法師に喧嘩《けんか》を売って逆にやり込《こ》められ、大恥《おおはじ》をかいたとか。

「ん～、でもファノン様、それ、他国の者に聞かれたら問題発言ですよ」

「雑魚《ざこ》どもの感情なんかどうだっていいわよ。ま、一応3位より上は、まあまあってとこだけどね」

隊員達は、また始まった、とばかりに苦笑《くしょう》して、目を見合わせた。たいした自己肯定ぶりだが、これが決して口先ばかりではないだけに、かえって反応に困る。

実際、ファノンの実力に対し、4位という評価は過小だという声は多い。敬愛する自国のシングル魔法師を持ち上げる傾向《けいこう》はどこも同じだろうが、この意見には、簡単に一笑《いっしょう》に付せないだけの根拠もある。先日の出撃《しゅつげき》では、ファノンはクレビディートの絶対防衛ラインどころか、その遥《はる》か前に防衛線を敷《し》いて、あらゆる魔物を一切《いっさい》寄せ付けなかったのだから。

もちろんエクセレス自身も、誰よりもファノンの実力に敬意を払《はら》っているつもりだ。

「ねぇ、ところであなた達、もう下らない仕事の話はやめにしましょう。今日が休暇ってこと、忘れてない？」

ファノンの一言に、ギクリとばかりに、全員が顔を引き攣らせる。

確かに、細かいことばかり気にし過ぎていたのかもしれない。そんなだから、たまの休日にすら、ゆっくり羽を伸ばせないのだと言われているような気がした。この分では、やっぱり自分達が結婚《けっこん》を迎《むか》えるのは、当分先になりそうである。

「やっと取れた休日だもの、今日は楽しみましょ。とりあえず、午後の戦《ショッピング》いに備えて、食事でもしない？」

「いいですね！」

賛同の声が一斉《いっせい》に上がる。

「そうですね、腹が減っては、と言いますし」

どうせシングル魔法師たる彼女が訪ねるだけで、またもお店でひと騒動《そうどう》が起こるのだろうがやむを得まい、とエクセレスも声を重ねた。

副官の彼女が同意したことでその後の方針が確定し、これで高級ランチにありつけるとばかり、隊員達がさらに歓声《かんせい》を上げる。

そんな中でふと、エクセレスの視線が止まった。往来の向こうから人波に逆らうように歩いてくる、大柄《おおがら》の人物。

巨漢《きょかん》と表現するにしても、あまりに大き過ぎるその肉体。身長は二メートルを超《こ》えているだろう。その脇《わき》には、古い軍帽《ぐんぼう》を被った細身の男。

その二人組からは、ただならぬ気配が漂《ただよ》っているが、粗野《そや》な印象は受けない。寧《むし》ろその足取りは、どこか訓練された軍人を思わせるもの。

大柄の男は全身を覆う外套《がいとう》を羽織っているが、その背中から肩口《かたぐち》は、異様な盛り上がりを見せていた。見たところ鍛《きた》え上げられた肉体を持っているようだが、それにしても尋常《じんじょう》ではない。

エクセレスの不審《ふしん》な視線に気づいたのか、大柄の男の口元が微《かす》かな笑《え》みを湛《たた》える。彼《かれ》が懐《ふところ》に手を入れた直後、空気が弾《はじ》けるような妙《みょう》な音が轟《とどろ》いた。

「なっ！」

エクセレスは耳を疑った。それは……最近ではめっきり聞くことのなくなった銃声《じゅうせい》そのものだったからだ。

いや、間違《まちが》いない。そう認識《にんしき》した途端《とたん》、エクセレスの身体を緊張《きんちょう》が走り抜《ぬ》けた。魔法が発達した現代では、そんな旧式の武器が使われることなど、まずないはず。だが、ここは人の多い街中だ、嫌な予感が脳裏《のうり》を掠《かす》める。

果たしてそれは、まさに地獄《じごく》の蓋《ふた》が開く合図だった。

巨漢が空に向けて一発撃ったのを皮切りに、細身の男が動いた。見せしめとばかりに通行人の眉間を貫《つらぬ》くと同時、彼も懐から銃《じゅう》を取り出し、四方八方に乱射し始める。

さすがに旧式の銃火器《じゅうかき》そのものではなく、どうやら今風に改造されているらしい。その銃身《じゅうしん》には魔力光《まりょくこう》が宿り、銃口《じゅうこう》からは魔法の弾丸《だんがん》が射出される。

「銃型ＡＷＲ⁉　皆さん、逃げて！」

エクセレスが叫《さけ》ぶが、その警告は少し遅《おそ》かった。

一瞬《いっしゅん》何が起こったのかと、人々は一様に足を止め、音の鳴る方向を見た。直後、誰《だれ》かの叫び声が、通りに響《ひび》き渡《わた》る。

そして——パニックが生まれた。逃げ惑《まど》う人々の背中を、無感情に作業のように細身の男が、容赦《ようしゃ》なく撃《う》ち抜いていく。無抵抗《むていこう》の一般人《いっぱんじん》の身体に大穴が穿《うが》たれ、血飛沫《ちしぶき》が舞《ま》い、舗装《ほそう》された路面に鮮血《せんけつ》が染《し》みこんでいく。

たちまち、一帯は阿鼻叫喚《あびきょうかん》の地獄のような様相を呈した。抵抗《ていこう》すら思いつかず、群衆がただ悲鳴を上げて逃げ散る中、転んだ者の背中を別の者が踏《ふ》みつけて倒《たお》れ、またその人間が新たな者に踏み敷かれて、混乱の大波が広がっていく。

そんな中、またも非情な弾丸が新たな標的に向けて発射されるが、今度は命中直前で、魔法の障壁《しょうへき》に弾かれる。

その障壁の向こう……クレビディートが誇《ほこ》る第4位、ファノン・トルーパーはカッと目を見開いていた。

彼女の持つ傘《かさ》が高熱を帯びたように白煙《はくえん》を立ち昇《のぼ》らせている。その表面には、先程の障壁を編んだ魔法式が、紅《あか》い魔光《まこう》とともに浮かび上がっていた。

「ファノン様、援護します！」

そんなエクセレスの声が聞こえているのかいないのか、往来の真ん中で凶行《きょうこう》に及《およ》んだ二人組を、ファノンは鋭《するど》い眼差《まなざ》しで睨《にら》みつける。

同時に彼女の部下達が臨戦態勢に入る中、まずは敵二人のうち、巨漢が動いた。

彼が銃を投げ捨て空中に手を伸ばすと、そこから魔力で編まれた鎖《くさり》が数本走り、逃げ惑う一般人の首に枷《かせ》が嵌《は》められた。

さらに鎖は次々と犠牲者《ぎせいしゃ》を求めて伸び、すぐに五人ほどが各々《おのおの》首に魔法の枷を嵌められ、引き摺《ず》られながら男の前に蹲《うずくま》った。彼らは苦悶《くもん》の表情を浮かべながら、それぞれ首枷《くびかせ》を必死で外そうとしているが、非魔法師では到底太刀打《とうていたちう》ちできるはずがない。

そして、大男は野太い声で笑う。

「はは、僥倖《ぎょうこう》だな。こんな楽しげな場所で、ＡＷＲの試運転ができるとは」

細身の男が応じて。

「ええ、ゴードン所長。こっちの銃型ＡＷＲも随分と手に馴染《なじ》みます。超圧縮弾《ちょうあっしゅくだん》も撃てるようですしね」

「今は元所長だ」

「ああ、そうでしたっけ、失敬」

「だが、そちらの武器が有用なようで、重畳《ちょうじょう》だな。さて、私の方ももう一度試《ため》しておこう。狭い刑務所《けいむしょ》で囚人《しゅうじん》相手のつまらん揉《も》め事《ごと》ばかりだったからな、腕《うで》が鈍《にぶ》ってなければいいんだが。まあ、相手がシングル魔法師なら申し分ない」

言葉を終えると同時、外套を脱《ぬ》ぎ捨てるゴードン。その背中には、まるで身体から生え出たような、機械めいた第三の長腕が現れた。それを外套の下に隠していたために、背中が異様に膨れていたのだろう。

黒曜《こくよう》色に輝く長腕は人間を掴《つか》めるほど大きく、複雑な関節機構を持っている。直後、表面に刻まれた微細《びさい》な魔法式が淡《あわ》く光る。

その巨腕が再び大きく伸びたかと思うと、無骨な手指を丸めて巨大《きょだい》な拳《こぶし》を形作る。ゴードンはそれを、先程《さきほど》首枷で拘束《こうそく》した人々の上へと、無造作に振り落とす。

短い悲鳴を上げつつ、涙目になって蹲る一般人達。

だが、彼らを護《まも》るように、再びファノンの魔法障壁《まほうしょうへき》が展開される。

しかし、魔力をまとった巨拳を直接受け止めたその壁《かべ》は、今度は一秒ともたずに崩壊《ほうかい》・霧散《むさん》してしまった。

「ニヒッ！」

ゴードンが唇《くちびる》を笑いで歪《ゆが》めると同時、さらに力を込めて振《ふ》り落とされた鉄槌《てっつい》は、犠牲者《ぎせいしゃ》達《たち》をまとめて打ち砕《くだ》くかに見えた。

同時、舗装された道路表面に衝撃《しょうげき》が広がり、爆風《ばくふう》とともに無数の瓦礫《がれき》や粉塵《ふんじん》が周囲に飛び散る。

やがて煙《けむり》が晴れた頃《ころ》には、その衝撃的な現場には、大穴が空いていた。その様子は、犠牲者達の姿形はおろか、その骨や肉片《にくへん》すらも、跡形《あとかた》もなく消え失《う》せてしまったかのよう。

だがゴードンはつまらなそうに、無言で腕に繋《つな》がった枷の鎖を引く。首枷と連結されて人々を捕《とら》えていたはずのそれは、途中《とちゅう》で見事に寸断されていた。

「何あれ、ねぇ、エクセレス？」

低いトーンの声と、感情をうかがわせない目で、副官に語りかけるファノン。

「凶悪《きょうあく》魔法犯罪者ですね。しかも見慣れないＡＷＲを用いてます」

そう返しながらも、エクセレスは他の隊員を少し下がらせる。

彼女らはエクセレスの意図を察し、先程、間一髪《かんいっぱつ》で魔の鎖を断《た》ち切り人々を救出。ファノンが解放した五人の一般人達を護衛するかのように、防衛陣形《じんけい》を取る。

「ただ残念ながら、こちらは【三器矛盾《むじゅん》】を持ってきておりませんよ」

エクセレスの緊迫《きんぱく》した声が続く。それは愛用の傘とは別のファノンの特製ＡＷＲだが、その言葉通り、普段から携帯《けいたい》するようなものではない。

「違《ちが》う、そんなことを聞いてるんじゃないわよ」

だがファノンは、そんなエクセレスの返事に、満足していないようだ。

口調から感じ取るまでもなく、今の彼女は、かなり機嫌《きげん》が悪い。

「あれはなんなのって聞いてるの！」

つまりは、シングル魔法師たる彼女の目の前で、無辜《むこ》の一般市民相手に狼藉《ろうぜき》を働き、世界最硬とも称《しょう》されるファノンの障壁をも打ち砕いた力。彼女はそれに、真っすぐな憎悪《ぞうお》と敵意を燃やしていた。

その怒《いか》りの声に答えたのは、皮肉にもニヤリと唇を歪めた、さっきの大男だった。

「新型だよ――人機一体型ＡＷＲ【バルバロス】、だそうだ」

「チッ！　エクセレス、【エリア９０】で盗まれたのって」

「はい、改造銃《かいぞうじゅう》型ＡＷＲと、最高機密の新型ＡＷＲだとか……つまり細身の男の銃と、あの大男が言った【バルバロス】、ということで間違いなさそうですね」

【バルバロス】とはそもそも、貴重なメテオメタルを用いて作り出された、過ぎし時代の遺物の再現。ファノンもエクセレスも、実物を見たのは初めてだ。ならば他の隊員達も同様なはずで、対応策や真の性能など全てを知る者は、この場にいないことになる。

加えて銃型ＡＷＲも敵の手に渡っているとなると、油断できない。近年クレビディートでは、旧時代の銃をＡＷＲに置き換《か》える試みが盛んであった。そんな試行錯誤《しこうさくご》の中で、知識の粋《すい》を結集して生み出された銃型ＡＷＲは、いわば最新鋭《さいしんえい》武装と言える。

「それとファノン様。私の聞き違いでなければあの大男、仲間の細身の者に、確かゴードン所長、と」

「誰よ、知らないわよ」

「以前見た軍の所属リストが正しければ、外界の監獄《かんごく》に秘密裡《ひみつり》に出向した、我《わ》が国の魔法師だったかと」

　7カ国が共同運営する外界の特殊《とくしゅ》監獄――トロイアの名は表向き伏《ふ》せられていたが、噂《うわさ》だけはファノンも聞いたことがあった。

　そもそも実存程度ならともかく、そこに実際に派遣《はけん》されている人材がいる以上、ちょっとした噂が立つのを完全に抑《おさ》え込むのは難しい。ちなみにそこの看守らは、各国がそれぞれに派遣した腕利《うでき》きが集まっているという話だったが、もちろん栄転してエリート街道《かいどう》まっしぐらというには、あまりに胡散臭《うさんくさ》い派遣先である。だからこそ、クレビディートのシングル魔法師として華《はな》やかな道を歩むファノンには、これまでまったく縁《えん》のない場所だったのだ。

「ふぅん……元看守？　でも、誰であろうと関係ない。私の休日を、血まみれの喧騒《けんそう》で台無しにしてくれたお礼は、きっちりさせてもらうから」

　そんなファノンに、ゴードンは不敵な笑みで応じる。

「礼を言うのはこっちのほうだ。ちょうどいい実験台として、性能テストにお付き合いいただこうじゃないか、お嬢《じょう》ちゃん」

たちまち場の空気が張り詰《つ》め、ゴードンと細身の男を囲《かこ》い込むようにして、まずはファノンの部下達が一斉に仕掛《しか》ける。

ファノンらとゴードンの会話の間に保護していた一般人達を退避《たいひ》させ、素早《すばや》く攻撃《こうげき》に転じた連携《れんけい》の巧《たく》みさはもちろん、襲《おそ》いかかる動きの俊敏《しゅんびん》さもまたクレビディートでも随一。栄誉《えいよ》あるシングル魔法師率いる部隊の隊員は、もれなく魔法師としても一流だ。

彼女らは飛びかかりながら、手にしたそれぞれのAWRを一閃《いっせん》させた。

「物足りぬな」

だが、多勢に無勢に見えたゴードンは、一切動じる素振《そぶ》りを見せない。

一瞬の内に、一人の腹へ拳を叩き込んで吹《ふ》き飛ばし、もう一人の蹴《け》りを易々《やすやす》と防いだかと思うと、三人目は【バルバロス】の腕で頭部を掴んで動きを止める。

次いで、黒曜色の腕に魔法の輝《かがや》きが灯《とも》る。

「爆《は》ぜろ」

しかし、相手を掴む無骨な機械の指の隙間《すきま》から、女隊員のニヤリとした笑みがゴードンへと向けられたかと思うと、彼女はクイッと指を曲げる。すると間髪《かんぱつ》を入《い》れず、ゴードンの足元四方から、地面を砕いて飛び出した岩の槍《やり》が伸びた。

彼女が瞬時《しゅんじ》に判断した相打ち狙《ねら》い。

が、ゴードンは「貧弱だ」と一言呟《つぶや》くや、片足のみで地面を踏み抜く。大地が捲《まく》れたように爆発《ばくはつ》じみた衝撃が波及《はきゅう》していき、岩の槍は粉砕《ふんさい》されて、バラバラに破片《はへん》を飛び散らせた。

「さて、もう一つ試《ため》してやろう」

ゴードンの言葉に続いて、【バルバロス】の腕に魔法構築の兆候が見られると同時。

「これならお気《き》に召《め》す？」

ゴードンの背後に跳躍《ちょうやく》した隊員が、そんな台詞《せりふ》とともに、片手を大きく振りかぶる。その腕の軌跡《きせき》をなぞるように、燃え盛る溶岩《ようがん》でできた巨腕が、真っすぐゴードンへと振り下ろされる。

「【溶流の右腕《アグニ》】！」

「仲間ごとかっ！」

ゴードンは【バルバロス】で放とうとしていた魔法をキャンセルし、素早く背後の新手へ向き直る。

【アグニ】はいわば、部分的な召喚《しょうかん》魔法ともいえるもの。巨大な炎神の腕のみを現出させたその魔法構成は複雑そのものだが、巨体《きよたい》の一部だけを魔法で編むため、発動速度の点で優《すぐ》れる。空気を焼いて迫《せま》りくる熱塊《ねっかい》を前に、ゴードンの瞳《ひとみ》が大きく開かれる。

回避《かいひ》は不能と見て【バルバロス】で受け止めるべく動くが、無理に動かした反動で、ゴードンの身体が引っ張られるようにして体勢が崩《くず》れた。まだ慣れるには時間を要する。

一方、掌《てのひら》を開いた状態の【バルバロス】は、そのまま無造作に【アグニ】の炎の腕に触れた。次いで掌の中央に埋《う》め込まれていた特殊な魔法核《かく》が輝いたかと思うと、それに触れた【アグニ】は、巨腕ごと解体され、魔力残滓《まりょくざんし》へと還《かえ》ってしまった。

「馬鹿なッ⁉」

驚愕《きょうがく》に目を見開く女性隊員。そんな彼女の着地の隙を、すでに体勢を戻《もど》したゴードンは、余裕《よゆう》をもって待ち構える。【バルバロス】の特殊性能のテストも終わったことだし、次はその指から生えた爪《つめ》で、獲物《えもの》を刺し貫いてみるのもいいだろう。

そんな刹那《せつな》──。

「……どこを見てるの？」

少し高い少女っぽいその声は、あろうことかゴードンのすぐ側で発せられた。

咄嗟《とっさ》に視線だけを動かすと、傘を持つ小柄《こがら》な女が、音もなく彼の間合いに踏み込んでくる。

「ようやくお嬢ちゃんも参戦か。だが、接近戦が得意なタイプには見えんぞ」

「…………」

ゴードンの余裕は、この場に彼の相方がいるからこそか。果たして細身の男が動き、ファノンがゴードンに迫ると同時、すでにその銃口をファノンの頭に狙い定めていた……が。

「――ッ！」

細身の男がトリガーを引く直前、コンマ一秒程度の逡巡《しゅんじゅん》が生まれ、魔弾《まだん》は発射されなかった。

その銃口には、傘の先端《せんたん》――ファノンの持つＡＷＲ――が、まっすぐにピタリと据えられ、それ以上の動作を封《ふう》じていたのだ。

ゴードンに注意を向けていたにもかかわらず、ファノンはしっかり周囲の警戒《けいかい》を怠《おこた》っていない。それどころか、寧ろ全く隙がないと言えるくらいだ。

細身の男としては無理に銃を発射しようにも、銃口に押し込まれた傘先に膨大《ぼうだい》な魔力が収束されている以上、それを躊躇《ちゅうちょ》せざるを得ない。

無理に撃てば魔弾が銃口ごと暴発し、かえって己《おのれ》がダメージを受けてしまうかもしれないのだから。

そんな逡巡も一考の余地すらないとばかりに、男はトリガーにかけた指に力を込めた。

軍帽の下で無味乾燥な目が黒く沈《しず》む。

だが細身の男は視界の端《はし》で、ファノンに肉薄《にくはく》されたゴードンの注意が逸《そ》れ、【バルバロス】から解放された女隊員が素早く後退するのを見るや、決断する。ファノンが己の逡巡に付け込み、部下を救う時間を稼《かせ》いだと悟《さと》ったからだ。

狙いがなんであれ、彼は直ちにトリガーを引くのみ。

たちまち銃口の先で爆発が生じ、彼は至近距離《しきんきょり》からの衝撃波《しょうげきは》の嵐《あらし》に晒《さら》される。だが男はニィッと笑みを濃くした。

そのまま盛大に吹き飛ばされながらも、細身の男は軍帽を押さえて、器用に空中で一回転し、しゃがみつつ着地。それからファノンに笑みを向けて、再び立ち上がる。

彼はほぼ無傷――咄嗟に撃ち出す魔弾を、予定していた爆裂弾《ばくれつだん》から別の弾《たま》へと変更《へんこう》したからだ。結果、派手な風は巻き起こったものの、ダメージを負うほどの爆発は生まれなかったのだ。

男が手にしたAWRの銃身は赤く焼けていたが、それも深刻なものではない。寧ろ正常の範疇《はんちゅう》に収まる。

一方、ファノンの傘型AWRは、その先端が花咲《さ》いたように爆ぜ割れている。

ほとんど半壊《はんかい》というところか、銃型AWRの性能は疑うまでもない。

細身の男は、咄嗟に撃ちだす魔弾を爆裂《ばくれつ》式のものから変更しただけではない――新たな魔弾には、いわば徹甲弾《てっこうだん》ともいうべき、物理的な破壊《はかい》のための力を帯びさせていたのだ。

硬《かた》い物を壊《こわ》す、そのために生み出された魔弾。ファノンの傘型ＡＷＲはその威力《いりょく》に耐《た》えられなかったのだろう。弾は傘を破ってファノンの身体にまで迫ったが、ファノンは即座《そくざ》に傘を振ることで、辛《かろ》うじて弾道《だんどう》を逸らしたようだ。

だが結果的には、男の判断力と反応速度が勝った。さらに、自在に撃ち出す魔弾を変更できるというＡＷＲの性能もまた満足いくもので、細身の男に改めて優越感《ゆうえつかん》をも与《あた》えてくれた。

ファノンは破壊された傘を冷めた目で見て、今度は目の前のゴードンに向き直る。

「この傘、お気に入りだったのに……」

「余所見《よそみ》はいかんぞ、貴様もすぐに壊れてしまうのだからな」

ファノンの身体がすっかり隠《かく》れるほどの巨体を揺《ゆ》らし、ゴードンが彼女を見下ろしながら笑った。

「臭い口を開くな、オッサン」

直後、ゴードンの頭上から何かが降ってくる気配。

「……!?」

見上げると、巨大な壁が頭上から迫っていた。その実体はファノンが生み出した分厚い魔法障壁であるが、何しろ面積が大きい。たっぷり大通り全《すべ》てを覆うほどの広さで、ほとんど吊《つ》り天井《てんじょう》が落ちてきたようなもの。

「馬鹿がっ！　確かにあれなら逃げ場がないが、貴様ともどもペシャンコになるぞ！」

「頭が高い」

だがファノンは恐《おそ》れる様子もなく、地面に向けてクイッと指を下げて見せる。

実際、障壁の形を変更することなどファノンにとっては児戯《じぎ》に等しい。

ゴードンは迫る魔法の天井を【バルバロス】で支えて抵抗するが、その足がたちまち、地面を割って沈み込む。

「ぐ……支えきれん、だと⁉」

それもそのはず、この障壁は超重量《ちょうじゅうりょう》などにより〝落ちている〟のではない。単に、地面に向かって〝動いている〟のだ。

具体的には座標指定による壁の移動力そのものを利用し、ゴードンの巨体を地に押し付けている。つまりは、この巨大《きょだい》障壁を構成する全魔力が、ゼロ座標として指定された場所――地面へと向かって壁を動かす魔法的推進力こそが、ゴードンが今感じている凄《すさ》まじい圧力の正体なのである。

その技術だけとっても、確かにファノンの障壁魔法は、まず間違いなく7カ国一であろう。

だが、窮地《きゅうち》に立たされているはずのゴードンは、嘲笑《ちょうしょう》めいた余裕の笑みとともに。

「ぬかったな……人間の壊し方は、そうじゃない」

ファノンははっとしたように、そう発した彼を見つめる。

続いて、【バルバロス】の掌に埋め込まれた核《かく》が輝くと、巨大な障壁は脆《もろ》くも砕かれ、大量の破片は、まるで春の陽気に融《と》けゆく氷片でもあったかのように、空気中に散り散りになって消えてしまった。

続いて、ファノンの小さな身体に向かって打ち下ろされる、【バルバロス】の巨拳の一撃《いちげき》。

咄嗟にそれをバク転で回避したファノンを、今度は細身の男の銃撃《じゅうげき》が襲う。たたらを踏むようにして魔弾を躱《かわ》すが、着地の隙《すき》に生まれる一瞬の停滞《ていたい》に合わせて、すでに細身の男の切り札が放たれていた。

圧縮空気弾——容易には視認《しにん》できない隠蔽《いんぺい》された弾丸が、無音でファノンを襲う。

そこに一人の女性隊員が飛び込んできた。彼女《かのじょ》は土塊《どかい》の装甲《そうこう》を纏《まと》った拳で、不可視の魔弾を迎え撃つ。

が、弾を弾くどころか、魔法的強度で後《おく》れを取ってしまったらしく、そのまま土甲《どこう》に加えて下にある生身の腕まで貫かれ、空中に鮮血がほとばしる。

ただ弾道を変えるべく大きく腕を振ったことが功を奏して、弾はそのまま、ファノンを逸れて後方へと流れていった。

「くっ！　すみません、ファノン様」

女性は苦悶の表情を浮かべつつ、流血する腕を押さえる。

「余計なことしなくていいから」

ファノンは実に不機嫌《ふきげん》そうな低い声でそう告げ、同時に部下を傷つけられた怒りからか、大波のような魔力を一気に身体から溢《あふ》れ出させた。

ファノンの魔法特性が広範囲《こうはんい》向けのものである以上、このままの調子で戦えば、この国の地図上から、街が一つ消えかねない。

負傷した隊員は、小さく微笑《ほほえ》んでそのまま引き下がる。

彼女は知っている――ファノンのＡＷＲは、確かに守るべき者が多いこの場所では、本来の性能を発揮できない。それでもこのシングル魔法師は、この隊の最強であることに変わりないのだ。

これから組み上げられる魔法がいかなるものであるにせよ、彼女の尋常ならざる魔力量をもってすれば……。

傘型AWRは半壊しているものの、それでも50％の力でも出せれば、魔法構成の代替機《だいたいき》能《のう》としては十分。

すかさず巨大な魔法の兆候を見てとった細身の男が、軍帽の鍔下《つばした》からの鋭い眼光とともに、ファノンを制止すべく新たな魔弾を撃ち放つ。

銃口から魔力の火が吹き上がり、一発の弾丸が射出された。

だがファノンの障壁展開が先んじて完了《かんりょう》。一瞬の内に、隊員らを守るべく、一際《ひときわ》分厚い障壁が展開される。

「【爆撃弾倉《ビアンマ》】」

だが、一発だったはずの魔弾は着弾《ちゃくだん》直前で分裂《ぶんれつ》、数え切れないほどの小弾の雨となって降り注ぐ。それも、魔力で生み出された無数の魔力弾である。それらが障壁に触《ふ》れる度に小爆発《しょうばくはつ》が起こり、障壁の構成を魔法的に破壊していく。

その猛攻《もうこう》はいつ果てるともなく続き、障壁の表面を数百、数千の魔弾が激しく打ち付ける。いや、それは単に打ち付けるというより、いずれもが互《たが》いに跳弾《ちょうだん》を繰《く》り返して複数回の波状攻撃となっており、無限に続く熱帯の雷雨《らいう》を思わせるかのようだ。

そんな果ての無い執拗《しつよう》な攻撃を受け、ファノンはやむなく構成途中の魔法を解除し、障壁を精密展開して、全方位をカバーせざるを得なくなる。

そのうちにも次第《しだい》に障壁を脆くなっていき、やがては貫通《かんつう》する弾も出てくる。やはりAWRにダメージを受けた影響《えいきょう》が、無視できないレベルで表れてきている。

（ふざけんな！）

胸中で口汚《くちぎたな》く吐《は》き捨てると、ファノンは腕に力を籠《こ》め、追加の障壁を一気に増やす。

それでようやく跳弾を続ける弾丸の雨を食い止めたが、ふと見ると、代わりにゴードンの【バルバロス】が、大きく掌を広げて、彼女本人へと迫りくる。もちろんファノン自身の周囲にも、障壁を張り巡《めぐ》らせてあるが、その狙いは。

（魔力収束による強制解除……！）

先に、一般市民を救おうとしたファノンの障壁や【アグニ】を分解・無効化した【バルバロス】の荒業《あらわざ》である。

例の特殊核《とくしゅかく》が光っていることからファノンはそれを看破したのだが、如何《いかん》せん障壁を張るのに忙《いそが》しく、身動きが取れない。それを察した隊員二人がファノンの左右に位置取り、炎と風系統の上位級魔法が放たれる。

戦闘《せんとう》の主導権を奪《うば》わせないための、息をもつかせぬ応酬《おうしゅう》。

戦術上、先手を取った彼女達《かのじょたち》の判断は正しいはず、だったが……。

「下がりなさい!!」

【バルバロス】の特性の前には迎撃《げいげき》など意味がないことを悟り、ファノンは飛ぶようにしてちょうど一歩分、彼女らの前に躍《おど》り出る。

二人の放った炎と風の魔法がゴードンに直撃《ちょくげき》する寸前で【バルバロス】の特殊核が輝き、収束された魔力が、一気にファノン達に向けて放射された。

その凄まじい白色の光線の前に、二つの魔法はたちまち掻《か》き消え、代わって死の輝きがファノンと部下達を襲う。

ファノンは咄嗟に傘を地面に突《つ》き刺《さ》し、両手を前に突き出す。

次いで、それまで戦闘に参加していなかったエクセレスが、何を思ったかファノンの後ろに立つと、背中にそっと手を触れた。

「…………」

が、別にエクセレスは治癒《ちゆ》魔法師でもなく、その動きは、特に魔力的な意味でファノンに加勢するといった効果を持たない。

寧ろその結果としてファノンの注意が逸れ、障壁の発生箇所《かしょ》指定がぶれたかのような印象すらある。

そして実際にその直後、ファノンが生み出した何枚もの障壁の一部は、彼女らの四方を固めるのではなく、周囲一帯のあちこち、巨大な瓦礫の裏や木陰《こかげ》など、一見無関係そうな場所に出現してしまっている。

理解に苦しむところだが、何はともあれ、展開された障壁は現在可能な最大級の強度を持っていることだけは確か。

特にドーム状に展開する最大の障壁の上に、薄《うす》っすら輝く魔法式があちこちに走っているのが見える。それは、これまでの障壁とは一線を画す強度を持たせてある何よりの証拠《しょうこ》だ。

過去にこれで防げなかった魔法は存在しない。

が、それでもなお、ファノンの顔に余裕の色は見て取れなかった。

【バルバロス】が白光の出力を上げ、ファノンの歯が食いしばられる。衝撃に倒壊《とうかい》する家屋や、根っこごと吹き飛んだ木や街灯などが軒並《のきな》み余波に晒された。

「んぐっ!」

噛《か》み締《し》めた奥歯《おくば》が擦《す》れる。まるで綱引《つなひ》きをするかのような、魔力比べが続く……息詰《いきづ》まるような時間の末、ついに決着はついた。

【バルバロス】からの魔力照射は、次第にその輝きを薄れさせると方々に散り、途切《とぎ》れたのだ。

だがその威力が凄まじかったことに変わりはなく、その証左に、ファノンの障壁の外にあった後ろの建物の一部などは、綺麗《きれい》に消失してしまっている。

それを見届けると、ファノンは荒《あら》い息をつきながら、己の展開した障壁群をようやく解除する。突き出した彼女の手からは、薄っすらと白煙が上がっていた。

そんな一部始終を確認《かくにん》して、ゴードンは落胆《らくたん》するでもなく、細身の男へと告げる。

「ふぅむ、流石《さすが》に最硬の魔法師とも言われているだけある、あれでも壁は破れなかったか。だがまあ相性《あいしょう》の問題だな、次には恐らく……いずれにせよ、もはや敵ではないと分かった。帰るぞ、スザール」

「所長、もうよろしいので？」

「元、だと何度言えば……まあいい。だいたい俺《おれ》も、かつてはあんなせせこましい監獄の所長どころか、シングル魔法師候補だったんだ」

「初耳ですね」

「ああ、あまり吹聴《ふいちょう》するようなことでもないからな。正直、あんな小娘《こむすめ》に敗れ、囚人相手の閑職《かんしょく》に左遷《させん》されたと情けなく思った時もあったが。ここには積年の恨《うら》みを晴らしに来たのだが、どうも興が醒めた。あの程度でシングルだというのであれば、一国の魔法師のトップというのも、ごくつまらぬ椅子《いす》だったかもしれない」

ゴードンは続いて、黒光りする己のＡＷＲを見やって。

「それよりこの【バルバロス】……新しい力というのは、実にいいな。古臭《ふるくさ》い元首どもの価値観を叩《たた》き潰《つぶ》し、握《にぎ》り潰すほうが、よほど楽しいというもんだ。もはやクレビディートの要、ファノン・トルーパーとの小手調べは終えた。このまま暴れ続けて元首や上層部の屑《くず》どもを殺すにしても、あまり歯ごたえがなさそうだ」

「ではダンテと合流しますか。あの男も信用なりませんが」

「ふん、あんな犯罪者くずれ、元より信用など……スザール、貴様もまだ鈍ってるな」

ゴードンの言葉に、細身の男――スザールは軽く目を伏せて小さく笑う。脱獄《だつごく》計画の最初に立ち会った以上、彼は最後までゴードンに付き合うつもりであった。

立ち去ろうとした直後、ゴードンがふと背後に視線をやる。

途端、【バルバロス】の腕が無造作に伸《の》び、飛来した魔法を打ち消した。

二人の背中を狙った、ファノンが送った手土産《てみやげ》代わりの魔法である。それもゴードンは、たった一振《ひとふ》りでかき消してしまったが。

「障壁を弾丸のように飛ばす、か。スザール、お前の銃型AWRを皮肉ったのかもしれんぞ。いや、原型を作ったのが奴《やつ》かもな。しかし、さすがにあの魔力量は化け物だな」

あれだけ障壁を張った以上、ファノンの魔力は大きく減ったはずだが、それでもまだ余力を残しているということだ。

「悪足掻《わるあが》きにしてはつまらない。半壊状態のＡＷＲでこれほどの魔法を編み上げる技量には驚《おどろ》きこそあれ、危機感を抱《いだ》くには至らない。絶対優位とはいわないにしても、惨《みじ》めですね。次に会ったとしても、そうそう遅《おく》れは取らないと分かりました」

「ああ、そうだな。次の機会があれば、だが」

ゴードンもまた、そう言い捨てるとゆっくりと歩き出す。

ついでとばかり、さして興味もなさげにそこらの建物の破片を拾うと、彼は【バルバロス】の腕を軽く後方へ向けて振るった。


少し離《はな》れた場所から、ゴードン達が去った方へ火傷《やけど》をした掌を向けていたファノンは……。

ふと何かが超高速《ちょうこうそく》で飛来するのを感じ、咄嗟に目の前に障壁を張る。

そこへ、凄まじい勢いで空を切り裂《さ》いてきた飛礫《つぶて》が衝突《しょうとつ》する。

唸《うな》りを上げて回転する飛礫はどんどん障壁に食《く》い込《こ》んでくる一方、障壁の構成強度は次第に弱々しくなる。やがて壁の表面に罅《ひび》が入ったかと思うと甲高《かんだか》い音を立ててそれが砕け、飛んできた勢いのままに、飛礫がファノンの額を直撃した。

スザールとの去り際《ぎわ》、悠々《ゆうゆう》と歩を進めつつゴードンが最後に放ったそれは、いわばファノンが放った障壁弾《だん》のお返し代わりというところか。

そのままファノンは、ドサリと仰向《あおむ》けに倒れる。

隊員達が慌《あわ》てて駆《か》け寄る中、ファノンは目を見開いたまま、空を仰《あお》いでいた。

その額に、一筋の血が流れ落ちる。

無言のファノンの視界を覗《のぞ》くように、そっと顔を突き出してきたのはエクセレスである。

「ご無事ですか？」

エクセレスは終始戦闘に参加しなかったが、それは彼女の能力が戦闘に適さないからだ。

ファノンも隊員達もまた、その用途《ようと》が全く別のところにあると理解しているからこそ、何も言わない。

いや、正確にはエクセレスは先程《さきほど》の戦闘において、一つだけ明確に貢献《こうけん》はしていたのだが……。

それはさておき、エクセレスの一言を受けて、無言だったファノンの表情が、クシャリと崩れた。一気に表情を険しくして、ファノンは怒りのままに咆哮《ほうこう》する。

ただシンプルな一言に、あらゆる感情を乗せて。

「ぶっ殺す！」

「最後の小石のあたりなんて、ちょっと遊ばれちゃった感じがありましたからね。まあ、

ＡＷＲの差もありましたし」

　まあまあ、と宥《なだ》めるようにそう言うと、エクセレスはあくまで温和に、きかん気な妹を慰《なぐさ》める姉のような慈愛《じあい》の表情で、横たわったままのファノンを見下ろす。

「クソクソクソ、クッソがっ！」

　最後にもう一度だけ吐き捨てて、ムクリと上体を起こしたファノンは、周囲一帯を見渡《みわた》す。【バルバロス】が街中で放った魔力照射は、甚大《じんだい》な被害《ひがい》の爪跡《つめあと》を街に残していた。

　それでも、エクセレスがこの部隊にいなかったら、死者はもっと多かったはずだ。

　ファノンが【バルバロス】に対抗《たいこう》すべく大量の障壁を張ろうとしたあの時、エクセレスがその背にそっと触れたのは、【心話】とも呼ばれる情報伝達系の特殊《とくしゅ》能力を発揮するため。

　彼女がそこかしこに避難《ひなん》している市民達の位置情報を教えたことで、命を落とす者を、最小限に抑え込めたのだ。

　あの一瞬でファノンは魔力照射を防ぎながら、同時に三百以上の障壁を展開させていた。

　自分達だけでなく、背後で無数に散らばっている市民達をも、一緒《いっしょ》に守ったのである。

「さあ、一回だけはあちらに譲《ゆず》ってあげて、こちらも次の準備を整えるのがよろしいかと。そもそも、あんな柄物《がらもの》の傘を無理やりＡＷＲにするから、いざという時に困るんですよ」

「ふんっ」

ファノンは不機嫌そうに鼻を鳴らすと、打って変わって心配げな表情を作り、別の女性隊員の傍《そば》へ近寄って。

「さっきはごめん、腕は大丈夫《だいじょうぶ》？」

それは、先程スザールの魔弾《まだん》からファノンをかばった女性隊員だった。身体には直撃していないとはいえ、腕を貫通したのだから無事では済まない。

今、彼女は止血のために、腕に布を巻いている。それは例のブティックで買った服を千切って作った、即製《そくせい》の包帯だ。

そういえば戦闘のあおりで、大量の服が入ったままのブティックの持ち帰り袋《ぶくろ》も、ほとんどどこかへ飛んで行ってしまった。まあ、見つかったとしても一つとして着られるものはないだろうが……止血のための包帯代わりになってくれたのなら、まだいいくらいだ。

「申し訳ありません、ファノン様。不覚を取りました」

「ううん、良いわよ。私が何を言ったとしても、あの時にあなた達が取る行動なんて分かってるもん」

「では、名誉《めいよ》の負傷ですね。すぐに治して戦線復帰します！」

その女性隊員はピシッと敬礼のポーズを取り「負傷により、休暇申請《きゅうかしんせい》は省略させていただきます」と付け加えた。

「気にせず休んでいいわよ。私が後でアイツらをまとめてぶっ殺すから」

「ではお任せいたします！　隊長！」

茶目《ちゃめ》っ気《け》まじりのそんな声に、ファノンはにこりとして頷《うなず》くと、すぐにまた厳しい顔つきに変わる。その間にも別の隊員が、ファノンの額と火傷した掌に布を巻いて、応急処置を済ませた。

それからエクセレスは今の状況《じょうきょう》を鑑《かんが》みつつ、今後の隊の動きについて提案した。

「まずはファノン様の、本格的な治療《ちりょう》を行いましょう」

「エクセレス、治療は奴らを追いながらでもできる」

「そう言われると思いましたので、すでに治癒魔法師を呼んであります。あと、軍部に連《れん》絡《らく》を入れておきましたので、じきにあれも到着《とうちゃく》するかと」

それを聞き、我が意を得たりとばかりに、ファノンの笑《え》みが濃《こ》くなる。

「そう……【三器矛盾】のうち、二つは私の権限で持ち出させました。特に【アイギス】は必要かと思いましたので」

「上等よ、さすがエクセレスね。で、戦闘に参加しなかったぶんだけ、別の成果もちゃんとあるんでしょうね？　市民達の位置を私に教えて助けたってだけじゃ、うちの副官としては不合格だからね」

溜《た》め息《いき》混じりに、エクセレスは頷く。

「私を誰《だれ》だと思っているんですか？」

そう言い終えるが早いか、エクセレスの首筋——鎖骨から妙《みょう》な痣《あざ》が広がり、次第に蠢《うごめ》きながら、顎《あご》、次いで頬《ほお》へと這《は》い上がってくる。

部隊員の中で敬称《けいしょう》をつけて呼ばれるのは、ファノンとエクセレスのみである。彼女が副官であることもあるが、それ以上に、エクセレスが実は探知魔法師としてはシングルの階位——探位1位であるからだ。

彼女があえて戦いに参加しなかったのは、下手にその能力を発揮して、相手に感づかれないためであった。

「ようやく回ってきた私の出番ですから、逃《のが》しはしませんよ。どうやら、現在は高速で移動中のようですね。二人とも完全に捕捉《ほそく》できています。進行方向は……」

ふとエクセレスは小難しい顔になって「ん？」と呟き、同時にその表情を曇《くも》らせていく。

「アルファ……隣《となり》の国に向かっていますよ、これ」

一般人《いっぱんじん》と違い、シングル魔法師のファノンは軍人だ、簡単に他国を行き来することは許されない。歩く戦力でもあるシングル魔法師が、無断で越境《えっきょう》し他国に入ったということが明るみになれば、それだけでちょっとした武力侵入《しんにゅう》とみなされ、外交問題に発展しかねないのだ。

かといって正式な手続きを踏《ふ》めば、入国審査《しんさ》を受けたうえでの外交部からの通達文のやりとりなど、幾重《いくえ》にも余計な手間がかかってしまう。

「もういい！　いくら隣国《りんごく》だって関係ない！　私の【三器矛盾】が届き次第、アイツらを追うわよ。大体、国境侵犯《しんぱん》なんていくらでも取り繕《つくろ》えるわよね、エクセレス？」

「うっ……まぁ、彼《かれ》らとは明確に交戦状態に入っているので、それっぽい理由はでっち上げられますけど。絶対、後で問題になりますよ？」

「構わない！　アイツらは私がぶっ殺す」

どうも、相当にお冠《かんむり》のようだ。こうなったらファノンを止めるのは難しい。実力行使しようにも、実質的に彼女を力で止められる人間など、国内のどこにもいないのだから。

もっとも、他の隊員の顔を見ても、全員やる気が漲《みなぎ》っている。そもそも自国のシングル魔法師、しかも敬愛する隊長が虚仮《こけ》にされて黙《だま》っていられるほど大人な人物は、残念ながらこの部隊にはいない。

一番の人格者たるエクセレスですら、尻拭《しりぬぐ》いを面倒《めんどう》とは感じながらも、すでにアルファに対しての、正当性のある言い訳を考え出していた。

「クレビディートの都市に被害も出てますし、市民の犠牲者《ぎせいしゃ》も出ています。国際レベルでの危険を有する犯罪者を追っている、とでもいえば、後付けで外交部が上手《うま》いことやってくれることでしょう。アルファは隣国ですし交渉《こうしょう》もある国家ですから、融通《ゆうずう》も利《き》くでしょうしね。何なら、アルファに迫る危険を防ぐうえでの、無償《むしょう》協力という形にしても良いですね。事件性を考えても、クレビディート側として、誠意をもって当たれば解決できるでしょう。事後承諾《しょうだく》になりますが後で元首様に申し入れて、シングル魔法師の正式な派遣という扱《あつか》いにすれば、政治的にアルファも無下にできません」

「細々《こまごま》としたことは任せるわ。それよりエクセレス、アイツらを見失わないでよ？」

「そこはもちろん。ファノン様も知っての通りに魔力《まりょく》情報体を捕捉しておりますので、そうそうヘマはしません。それに相手がこの探知を看破するには、ちょっとした魔力の流れどころか、周囲一帯の魔力全《すべ》てを読み解けるほどの腕《うで》じゃないといけないのはご存知《ぞんじ》でしょう。いずれにせよ尻尾《しっぽ》は掴《つか》ませません」

「それじゃ、私のAWRが届いたら動くわよ」

「他の隊員も招集しますか？　みんな喜び勇んで休暇《きゅうか》を返上してきますよ」

「いい。動ける面子で行く。一応、国境付近に隊員の装備一式を用意させて。私の軍服も」

「了解《りょうかい》しました」

エクセレスは、例の負傷して離脱《りだつ》する隊員に、上層部との連絡係《れんらくがかり》を頼《たの》んだ。

相手は盗《ぬす》んだＡＷＲの強力さを差し引いても、シングル魔法師のファノンと立ち合えるだけの実力者だ。

しかも、ゴードンがエクセレスの記憶《きおく》通り、秘密監獄の所長だったとしたら、事は重大だ。もしかするとゴードンとスザールという二人だけの関《かか》わる範囲《はんい》では、事件の全ては収まらないかもしれない。

エクセレスはそんな懸念《けねん》を抱きながら、遠くアルファがある方角に目を向けた。

「そういえば……服、全部駄目《だめ》になっちゃったわね」

方針が決まって多少気分が落ち着いたのか、ファノンは本日の別の戦果について思い出したらしく、悲しそうにぽつりとこぼした。

久しぶりの休暇を誰よりも待ち侘《わ》びていたのはファノンだ。そんな彼女が今日、女性隊員を五人も連れ出しての買い物を、心の底から楽しんでいないはずがなかったのだ。

しゅんとして肩を落としたファノンに、すかさず隊員達が寄り添《そ》う。

「大丈夫ですよ。これが片付いたらすぐにやり直しましょう。またあのお店に行きましょうよ、ファノン様」

「ですね、今度は連休を申請《しんせい》しましょう。部隊員全員で、元首様と総督《そうとく》に嘆願書《たんがんしょ》も添えますから」

その言い方はファノンを気遣《きづか》っているようでいて、実は彼女達本人も十分休暇を楽しんでおり、それがふいになったことを、残念に思っているのだろう。

彼女らの優《やさ》しい言葉にちょっと感極《かんきわ》まったのか、うう～っと一瞬《いっしゅん》、幼い子供のように唇《くちびる》を震《ふる》わせたファノンは、それでも健気《けなげ》にキュッと、口を強く引き結び直した。

エクセレスとしては、隊員らのこういうところが甘《あま》いのだと思うが、確かにファノンには同情してしまう部分がある。

それに実のところ今日の買い物では、断り切れずにではあるが、エクセレスにもファノンの見立てで買ってもらった服があった。ただ、残念ながら自分でも似合うとは思っていない。それらはちょっと可愛《かわい》すぎて、普段着《ふだんぎ》としては確実に着れないものだったからだ。

それでもその服は、ファノンが一生懸命《いっしょうけんめい》に選んでくれたものなのだ。なんだかんだ言っても、大事な宝物になるはずの一着。それがむざむざ、ゴードンらの凶行《きょうこう》により失われてしまったのである。

「ファノン様、皆《みな》もこう言っていますし、元気出してください。ほら、私もその、ファッションについてはどうも疎《うと》くて。だからまた、ファノン様の見立てで選んでもらえますか？」

「……うん。分かった」

俯《うつむ》きながらボソボソと呟くように言うファノン。

一応、いくらか我儘姫《わがままひめ》のご機嫌《きげん》は直ったようだ。ほっと胸をなでおろしたエクセレスだったが、ふと、とある気配を察し。

「──あら、思った以上に早かったみたいですね」

改めて肉眼でも遠目に、部隊員らが全速力でこちらに駆けてくる姿を確認する。

そしてその中の二人は、後生大事そうに何かを──巨大《きょだい》な筒《つつ》を思わせるパーツを、しっかりと胸に抱《かか》えていた。

第78章 「プラスワン」

「アハハハァァァ‼　弱い、弱すぎるわ‼」

第２魔法学院――その訓練場区画に、少女の甲高い声が響《ひび》き渡《わた》る。

誰も観客がいない非公式試合であるのをいいことに、リリシャは高らかに、容赦《ようしゃ》なく相手――テスフィアを嘲笑してみせた。

元はテスフィアの挑発《ちょうはつ》から始まった因縁《いんねん》の勝負だったが、いざ模擬戦《もぎせん》が始まってしまえば、リリシャとテスフィアとの力の差は、誰の目にも歴然としたものとして表れてしまっていた。

というのも、リリシャが新たに手にしたAWRの性能が、それこそアルスの興味すら引くほどに高かったせいである。

指に装着するタイプの珍《めずら》しいAWRではあるが、こともあろうにフェーヴェル家から贈《おく》られたものだというからには、その秘《ひ》められた性能の高さは言うまでもない。

だが、テスフィアの【詭懼人《キクリ》】は例外として、基本的にAWRというものは、本体への魔力情報の蓄積《ちくせき》によって、その性質自体が所有者向けに最適化される。だとするなら、あれが誰かのお下がりということもまたあり得ないだろう。

（しかし、あれほどのAWRを誰にも使わせずに取っておいたのか？　まさに魔力鋼糸を扱うためのAWRと言っても過言じゃない。間違《まちが》いなくセルバさん絡《がら》みで用意されていた逸品《いっぴん》だろうが、それをよくもまあ、惜《お》しげもなく……）

アルスは二人の戦いを眺《なが》めながら、フェーヴェル家の度量とでもいうべき器の規格外さに、頬を引き攣《つ》らせていた。

（どういうつもりか知らないが、他人にポンと与える玩具《おもちゃ》にしては上等過ぎる）

少なくとも、フェーヴェル家に牙《きば》を剥《む》いたリリシャに与えるようなものではないはずだ。

（まったく、貴族の考えることは分からん。が、あまり悩《なや》み過ぎると、俺もドツボにハマりそうだな）

そう、セルバにしても、フローゼ・フェーヴェルにしても、所詮《しょせん》アルスには元より関心の埒外《らちがい》の存在――そもそも貴族社会などという、柵《しがらみ》と因習を煮《に》詰めた泥沼《どろぬま》の深みなど知りたくもないのだ。

隣で思案顔のロキは、アルスとはまた別のことを考えているようだ。察するに……そう、これはこれで実に実戦志向の彼女らしい。ただし、うら若き乙女《おとめ》としては赤点に違《ちが》いないが。

「ま、確かにあれは厄介《やっかい》だな？」

「……！　そうなのです、どう攻略《こうりゃく》したものかと」

アルスに水を向けられ、生真面目《きまじめ》な顔で返答するロキ。力を持つ者を目にするたび、驚嘆《きょうたん》するよりも先に、自然と敵に回した時の対策を模索《もさく》してしまうその姿は、確かに魔法師としては健全なのだろう。

「あのAWRから出されている糸は特別製と言っていい。単に強度の話だけじゃなく、ごく僅《わず》かに発振《はっしん》しているだろ？　実に理に適《かな》った魔力鋼糸の運用だ」

糸自体が高い強度を持つため、自在かつ万能《ばんのう》に操《あやつ》れるのはもちろんだが、その細やかな糸の振動《しんどう》は、見たところ「魔法そのものを阻害《そがい》する」性質を宿しているようだ。いわば、アルスの持ち札の一つである【震格振動破《レイルパイン》】を、集中的に糸の表面に発現させているのと同じ……つまり、触れた魔法の構成を断裂《だんれつ》してしまうのだ。

魔法を魔法で打ち破るのは、魔法師の世界における対人戦闘では定石となっているが、あれを前にすれば、そんな前提すらも崩《くず》れてしまうだろう。

対人暗殺を前提とした技を用い、魔法師としては例外的に、実戦レベルの魔法の使用を苦手としているリリシャだが、そんな彼女の弱点が見事にカバーされてしまう。いわば「魔法対魔法」という魔法師にとって常識的な構図を、「魔力対魔法」という特異な構図に置き換《か》えることが可能になるのだ。

　そうなれば、巧《たく》みに複数の魔力鋼糸を操れるリリシャにとっては、こういった限定された訓練場での戦いは、分が悪いどころか、寧《むし》ろ有利なフィールドにさえなってしまう。

　逆に彼女と対峙《たいじ》しているテスフィアは、周囲の空間全て、それこそ四方八方からの攻撃《こうげき》に常に備えねばならないという、悪夢のような状況に陥《おちい》っているはずだ。

　ただ幸いなのは、備え付けの魔力置換《ちかん》装置によって、リリシャの魔力による糸の攻撃もまた、頭痛といった形に置換されるだけで済むことだろうか。まあ、だからこその模擬戦形式とも言えるのだが。

　それはともかく、軽く腕組《うでぐ》みをして経過を見守りつつ、アルスは傍《かたわ》らのロキに、小さく付け加えた。

「そうだな、もし自分の身に置き換えて対策を練るというなら、あの場では、実際に何ができて何ができないか、それを考えるといい」

　微《かす》かな微笑《びしょう》を交えてのその言葉に、ロキが二人へ向ける視線に、さらに一層の熱がこもった。

　そして再び、訓練場の一角では——。

　防戦一方かに思われたテスフィアが、思い切ったように攻勢《こうせい》に転じていた。

魔法を寸断する糸を気にしてだろう、いったん魔法による直接攻撃を諦《あきら》め、つかず離れずの距離《きょり》を維持《いじ》しつつ、AWRたる刀で斬《き》りかかる。体捌《さば》きもそれなりに様になってきており、迷いなくまっすぐに振《ふ》り下ろされる袈裟《けさ》懸《が》けの剣筋《けんすじ》が、一瞬の隙を突いてリリシャに迫《せま》る。

だがリリシャは、その逆襲《ぎゃくしゅう》にまるで動じる様子を見せず、例のAWR――【刻爪六道《マグダラ》】を装着した右手を艶《あで》やかに持ち上げる。

その下をテスフィアの愛刀【キクリ】が駆け抜《ぬ》けた……が、結果は、まるで金属同士がぶつかったような甲高い音が響き渡ったのみ。

見ると、リリシャの五指の先から地面に向けて、五本の糸が伸びていた。硬質化《こうしつか》したそれがまるで鉄籠《てつかご》の格子《こうし》のような防御壁《ぼうぎょへき》となり、テスフィアの一閃《いっせん》を防いだのだ。

だが、テスフィアもそれは見越《みこ》していたのだろう。ガリガリと糸の上を滑《すべ》る刀は、見る間に冷気を纏う【氷刃】へと変化し、糸に薄い霜《しも》が付着していく。テスフィアはその凍《こお》った糸に刃を滑らせつつ、リリシャの右手を狙《ねら》って刃を翻《ひるがえ》すと、勢いよくそのまま刀で斬りあげた。

直後、たちまち周囲に響いたのは、カチッという奇妙《きみょう》な音である。

目の前に現れた光景は、アルスたち以外の観客がいたならば、見る者に少なくない衝撃《しょうげき》を与《あた》えただろう。

とはいえ、基本的にリリシャは、テスフィアの斬撃を【マグダラ】で受け止めたというだけ。だが、その「受け止め方」が驚きであった。

こともあろうに、スピードも力も十分に乗っているはずのその一刀を、リリシャは【マグダラ】の指一本で……濃い魔力は水に油を入れたように空間がぼやけ、爪先でピタリとテスフィアの一閃を受け止めた。

元より自信はあったのだろうが、己《おのれ》のＡＷＲの高性能ぶりを改めて実感したのだろう、リリシャはにんまりと、悦《えつ》に入るかのような笑みを浮《う》かべた。

小さく弧《こ》を描《えが》いた艶やかな唇の動きに呼応するかのように、【マグダラ】の表面に妖《あや》しげな光が灯《とも》っていく。

次の瞬間《しゅんかん》、指先から無数の魔力鋼糸が放たれたかと思うと、テスフィアの刀身を目指して触手《しょくしゅ》のように伸び、何重にも巻き付き始める。

咄嗟《とっさ》に刀を引いたテスフィアは、なんとかその糸を振りほどくと、空いた片手を、小さく振り上げた。

たちまち二人の間に、互いの視界を遮《さえぎ》るほどの巨大な氷壁《ひょうへき》が、迫《せ》り上がりつつ出現する。

合わせてテスフィアが大きく飛び退《すさ》ると同時、その氷壁すらも、あっという間に無数の糸の追撃《ついげき》を受け、バラバラに寸断されて崩れ落ちていった。

「ふぅ～、セルバも確か、そんな糸を使うのが得意だったわね。ふふん、魔法《まほう》が残念な分、そっちの技能に、ちゃちな才能を全振りってわけ？」

「一言余計！　ま、でも良かったー。せっかくのアルス君の教えだけど、生徒があなたじゃ、実を結ぶ日はまだまだ遠そうね。当分はあなたの戯言《たわごと》も、余裕《よゆう》の笑みで聞き流せそうよ、テスフィアちゃん」

気を張っていたのが馬鹿馬鹿《ばかばか》しいとでも言いたげに、リリシャは上から見下すような笑みを、テスフィアに向けた。

相手を侮《あなど》りきったその嘲笑《ちょうしょう》に、思わずこめかみをピクつかせたテスフィアは、怒《いか》りのままに魔力を発散させ、一呼吸の間に、長大な氷剣たる【アイシクル・ソード】を出現させる。

冴《さ》え冴《ざ》えとしつつ蒼《あお》く光る氷の刀身。一瞬で空中に形成されたそれは、何度見ても匠《たくみ》の手によるガラス彫刻《ちょうこく》のように美しい。

そのまま口から冷気を吐きながら、テスフィアは手首のスナップだけで、その巨大な氷剣を射出した。

「せいぜいこれで息の根が止まらないことを祈《いの》るわ、リリシャ」

あくまで品のある微笑で応戦するテスフィア。

それは、どうにも奇妙な模擬戦であった。お互いにあしざまに罵《ののし》り合うでもなく、あくまで言葉の毒針を用いて、遠まわしに急所を刺し合うかのような舌戦《ぜっせん》付き。いわば貴族の仮面だけは付けたままの、お上品な精神的殴《なぐ》り合いである。

それはともかく、今放たれた一撃《いちげき》は、まぎれもない必殺の一撃なのは確か。テスフィアが放ったフェーヴェルのお家芸【アイシクル・ソード】の威力《いりょく》は本物である。空気を穿《うが》ちながら飛ぶ長大な剣が、たちまちリリシャに迫るが――。

「笑わせてくれる！」

リリシャは吐き捨てるように言うが早いか、【マグダラ】の爪先で目の前の空間をピンッと弾《はじ》いてみせた。その直後、【アイシクル・ソード】に異変が起きた。リリシャが指を動かした、ただそれだけで……それこそ空中に縫《ぬ》い止《と》められたように、巨大な剣はピタリと静止してしまったのである。

「んなっ⁉」

テスフィアが大きく目を瞠《みは》る。そんな彼女《かのじょ》の目の前で、フェーヴェル家の堂々たる継承《けいしょう》魔法《まほう》は……その美しき氷剣は、今や美術館の不可視のケースの中に鎮座《ちんざ》した、ただの展示品と化してしまっていた。

能力ある者が目を凝《こ》らせば、それに薄っすらと光る幾本《いくほん》もの魔力鋼糸が巻き付いていることと、その始点がリリシャの眼前に張られた一本の主糸《おもいと》にあること、そしてそれら全《すべ》てが、訓練場区画の壁面《へきめん》に念入りに結《ゆ》わえ付けられていることが分かっただろう。

固定のために、それを巻き付ける突出部《とっしゅつぶ》や手掛《てが》かりが必要なただの糸と違い、リリシャの糸は、まるで壁面から生え出ているようにも見える。いわば接触部《せっしょくぶ》が、ほとんど壁《かべ》そのものと一体化しているようなのだ。それこそ天井《てんじょう》、前後左右、あらゆる角度から伸びた糸が氷剣に絡《から》みつき、身動きひとつすら許さないのである。

加えてそれ以外にも糸は無数に伸び、あるいは交差して、区画内を文字通り網《あみ》のように覆《おお》っている。今やそこは、蜘蛛《くも》の巣のごとく縦横無尽《じゅうおうむじん》に糸が張り巡《めぐ》らされた、異形の狩場《かりば》へと変貌《へんぼう》していた。

「AWRはあなたの家からの頂き物とはいえ、勝負については話は別。それに、仮にも〝元首直属〟が、たかが一学生に負けるわけにはいかないのよねぇ」

今度は手近な別の糸を、まるでハープの弦《げん》でもあるかのように優しく、【マグダラ】で弾くリリシャ。途端《とたん》、その手つきの優美さとは真逆の鋭《するど》い音が周囲に響くとともに、【アイシクル・ソード】は、内部から爆《は》ぜ割れていった。

「どうよ？　降参するなら今だからね。ま、私もちょっぴり大人げなかったわ……どう？

あなたさえよければ、この勝負は引き分けってことで？」

そしてリリシャは、この不毛な戦いを終わらせるべく、あくまで優しげにそう切り出す。力の差で圧倒《あっとう》しておいてから、勝者の余裕の笑みをもって救いの手を差し伸べ、半ば意に沿った回答を強制する。

そんな打算もあってのことだったが、ここでリリシャはさらに顔を外に向け、この戦いを見守っているアルスへとちらりと視線を送った。もちろん不甲斐《ふがい》ない教え子の師として、彼からの仲裁《ちゅうさい》の申し出を期待してのことだ。

視線を向けられたアルスは、小さく肩を竦《すく》めたのみ。

そのまま顎でクイッと負けん気の強い生徒の方を差し示し、リリシャの甘さを指摘《してき》する。

この模擬戦を学生のお遊びだと決めつけるのは、あくまでこちらの勝手に過ぎない。なにしろ相手は、負けず嫌《ぎら》いなテスフィア・フェーヴェルである。彼女は窮地《きゅうち》に陥れば陥るほどにその真価を発揮するタイプ。侮りがたいというよりは、ある意味で、極《きわ》めて面倒くさい素質の持ち主なのだ。

そんなアルスの反応が予想外だったのだろう、リリシャは眉間《みけん》に皺《しわ》を寄せて、理解できない、とでも言いたげな表情を見せる。

が……次の瞬間。

リリシャは本能的に、もはや敵ではないと見切ったつもりの赤毛の少女の方に、視線を戻《もど》さざるを得なくなった。微かに足元から吹《ふ》き上がってきた冷気が、リリシャの顔を強張《こわば》らせる。

張り巡らせた魔力鋼糸により、テスフィアと自分の間には、まず十分に安全といえる距離を確保していたはず。そう、あの糸をかいくぐって己に近づくことは、今の彼女では到《とう》底《てい》不可能であるはずなのだ。

たとえどんなに素早《すばや》い動きを取ったとしても、指先一本でも糸に触《ふ》れれば、巨大なダメージが訓練場のシステムで置換されることにより、テスフィアには耐《た》え難《がた》い頭痛や精神的衝撃がもたらされる。万が一それを気力で凌《しの》いで踏み込んできたとしても、リリシャには直ちに、触れられた糸からの「警報」が伝えられるはずなのだ。

だから……そこに彼女の姿があるはずがなかった。なのに。

「チッ！」

赤いサイドテールが、リリシャの視界の端《はし》で大きく跳《は》ねた。

どうやってかは分からないが、一瞬の踏み込みを悟《さと》らせず、テスフィアが眼前に迫ってきていた。

（い、糸はどうやって……あッ⁉）

今度はリリシャが目を瞠る番であった。ギリギリ視認《しにん》できる細さで紡《つむ》ぎ出した、自分の魔力鋼糸……それらはいつの間にか、一瞬にして氷に纏《まと》わりつかれ、細長い氷柱《つらら》状に変化してしまっていた。

あれでは鋭い切れ味はおろか、本来の糸としての役割は完全に失われ、易々《やすやす》と視認できることで、トラップとしての機能さえ損《そこ》なわれてしまう。

そう、全てはアルスが言外に示した通りだった。

たかが模擬戦と侮り、どこかで彼女の潜在能力《ポテンシャル》を見誤っていた。彼女が貴族であれば尚《なお》更《さら》、自分のような過酷《かこく》な道程を歩んできたはずがないと、所詮はお嬢様《じょうさま》であり学生、と根《こん》拠《きょ》もなく見下していたのだ。

予想もしなかった反撃《はんげき》にリリシャは狼狽《ろうばい》し、反射的に一歩後ずさっていた。

ふと視界に入ったテスフィアの表情。その双眸《そうぼう》は瞬《まばた》き一つしないどころか、極度の集中と深層意識へのアクセスを示して、静かに見開かれたまま。つい今し方まで憎《にく》まれ口《ぐち》を叩いていたとは思えないほどの、いわば〝無〟そのものと一体化したかのような気配が感じ取れる。

はっと息を呑《の》むその間にも、リリシャの耳は、周囲を満たしていくパキパキという不気味な音を聴《き》いた。いわば、形を取った冷気。急速に新たな刃――【氷界氷凍刃《ゼペル》】

――が形成されつつある。いつの間に魔法を紡いでいたのか、テスフィアの背後には、【アイシクル・ソード】よりもなお冴え冴えとした、鮮《あざ》やかな蒼い魔力光を伴《ともな》う氷剣の姿が生まれ出ていた。

その強力な魔法の存在感に気圧《けお》されたように、リリシャは無意識のうちに【マグダラ】に大半の魔力を注《そそ》ぎ込んでいた。《亡き指の天指》とも呼ばれるAWR表面に彫《ほ》られた魔法式が、血が流《なが》れ込んだように赤黒く染まっていく。

ここに至って、リリシャはただ待ち構えるのではなく、応戦することを選んだ。途端、真剣《しんけん》勝負の緊迫《きんぱく》感とともに、まるで命のやりとりをする果し合いの如き殺気が、二人を隔《へだ》てる空間に、一気に満ち満ちていく。

「そこまでだ」

さして声を張り上げたでもない、どちらかというとぼそりとした、とでもいった形容が似合う簡潔な一言。臨戦態勢の二人の耳元に、ふとそんな一声が響いた……ような気がした。いや、それは実際、彼によって発せられたものなのだろう。

今、リリシャとテスフィアの間にあるのは、黒い髪《かみ》を靡《なび》かせた少年。

激突《げきとつ》寸前の少女二人の間に、まるで影《かげ》のように滑り込んできたアルスの姿がそこにあった。

アルスはリリシャの腕を片手で掴んで制しつつ、同時にもう片方の掌《てのひら》で、低い姿勢で迫っていたテスフィアの額を押《お》さえつけていた。

続いて掌の下から覗くテスフィアの〝目〟を見るや、アルスはそっと、冷気でどこかひんやりとした彼女の額を押さえていた掌を放すと――。

「イッ⁉」

一瞬後、周囲にパシンッ、と乾《かわ》いた音が響き渡った。人指し指を曲げざまに放たれた、いわゆる「デコピン」である。

いや、単にそれだけの音にしては、そこに少し妙な響きが交ざっていたのも事実だったが……。

しかし一瞬のけぞったテスフィアが、倍の速度で頭を起こした時には、彼女の目には、いつも通りの活発な感情の色が戻っていた。

「ちょっと、アル！　痛いじゃないの！　頭蓋骨《ずがいこつ》にまで響いたわよ⁉」

「うるさい。もう少し〝真面目《まじめ》に〟戦えるようになってから言え」

「何言ってるのよ！　せっかく勝てそうだった、のに……ん？」

テスフィアはふと、神がかりな神秘体験を経たばかりの人間がよくそうするかのように、曖昧《あいまい》な言葉を呟《つぶや》くと首を傾《かし》げた。極度の集中により表層意識が消え去り、深層意識で身体と魔力を操っていたためだ。ちょうど夢から覚めたばかりのように、先の戦いのクライマックスにおける記憶がぼんやりしているのだろう。

「まあいい。アリス、宣言しろ……この勝負は引き分けだ」

えっ、ちょっと、などとテスフィアとリリシャ、双方《そうほう》から抗議《こうぎ》の声が上がったものの、確かに決定権は審判《しんぱん》たるアリスにある。

だが当のアリス本人はポカンとしたまま事態を把握《はあく》しきれておらず、アルスが止めに入った理由にも、まだ気づいていないようだった。

「え、う、うん。分かったよ」

だが、アルスに促《うなが》されるまま、なんとかアリスも言葉を紡ぐ。え～、とでも言いたげに、テスフィアが口を尖《とが》らせ、リリシャも不服そうにふくれっ面《つら》を見せるが。

「それでいい。どうせ勝敗がついたとしても納得《なっとく》しないだろ、お前ら」

アルスにズバリ痛いところを突《つ》かれた二人は、やいのやいのと言っていた口を、やむなくという風に同時に閉じた。

「じゃあ」とアリスは一呼吸入れた後、手を一つ大きく叩《たた》くと「この勝負、引き分け～」

と、締《し》まらない声で言い渡した。

その後は、いかにも平和主義者なアリスらしいやり方で和解の握手《あくしゅ》を促され、二人がしぶしぶ従ったところで、この不毛な勝負に決着がついたのであった。


その後は各々《おのおの》帰り支度《じたく》をすると、普段《ふだん》のように訓練場を出て、家路につく。もちろんアルスは、女子寮《じょしりょう》へとテスフィアらを送り届けることになった。

その道中――先頭ではテスフィアとアリスとリリシャが、なんだかんだと話《はな》し込《こ》んでいる様子だった。話題は基本、他愛《たあい》もないことではあるが、先日の【アフェルカ】をめぐる事件のことも多少なりとも口に上っているあたり、互《たが》いの緊張《きんちょう》状態も解け、いつも通りの時間が皆に戻ってきたことを悟らされる。

特に、火傷《やけど》を負った自分を見つけ保健室に運んでくれたことに、改めてテスフィア達《たち》にリリシャが礼を言い、ちょっと耳たぶを赤くしたテスフィアが、それに素直《すなお》ではない軽い憎まれ口で返すといった光景にはいかにも放課後、といった和《なご》やかなムードが漂《ただよ》っていた。

そんな賑《にぎ》やかな三人の背中を眺めながら歩くアルスの傍ら……ずっと考えこんでいたらしいロキが、唐突《とうとつ》に「あっ！」と小さく声を上げた。

「さっきの試合のあれ……切《き》り替《か》えて、いるんですね？」

およそ脈絡《みゃくらく》のない発言であったが、アルスは一拍《いっぱく》置いてから「正解だ」と返答した。そう、今更《いまさら》ながら、ロキは二人の模擬試合中に己が抱《いだ》いた疑問……それへの解答を見出《みいだ》したのだろう。

続けて、アルスは軽く補足してやる。

「リリシャの使った糸――特に後半の状態だと、あれはもう糸というより、いっそ線と認《にん》識《しき》する方が良いくらいだ。特にテスフィアの【アイシクル・ソード】を止めた時に使ったあれだが、両端《りょうたん》の壁への座標固定は、異常なくらいの強度だったからな。つまりは糸と線の状態を随時《ずいじ》切《き》り替えている、という風に捉《とら》えたほうが分かりやすいだろう」

「私は最初、微《び》振動《しんどう》状態とそうではない時、つまり〝状態〟の切り替えなのかと思ってましたけど」

「それもある意味で正しいが、糸自体が変化しているわけじゃないからな。まさに変幻自《へんげんじ》在《ざい》といったところだが、あえてそれを〝切り替え〟と考えるのはやはり正しい。本質ズバリではないが、攻略上という意味合いでは、良い着眼点だ」

アルスの言葉に、ロキは嬉《うれ》しげに頰を赤くする。

「微振動状態では特殊《とくしゅ》なチェーンソーの刃のようなもので、魔力と魔法自体を断《た》ち切る。一方で、そうでない糸はセルバさん同様の、暗殺や罠《わな》といった用途《ようと》に用いて使い分けができるはずだ。ただ今のところ、どの糸でも自在に〝モード〟の切り替えができるわけじゃないな。多分あの爪型ＡＷＲから放たれた糸だけが、特異な性質を持っている。つまり、ＡＷＲを装着している中指だけが特殊な魔力鋼糸を作れる、ということのようだ」

「なるほど。二つのモードを、全ての指から放つ糸で同時に扱うことはできない、ということですね」

　ロキの口調がひときわ熱を帯び、つい声が大きくなると同時、前方を行くリリシャから肩越《かたご》しに、ちらりと鋭い視線が飛んできた。それ以上の詮索《せんさく》は無用、とでも言いたげなリリシャの目つきに、アルスは苦笑《くしょう》して、小さく頬を掻《か》いた。

　そう、誰かに一方的に己の手の内を明かされるなど、リリシャでなくともあまり良い気はしないだろう。彼女は今や元首直属の身。対人戦闘《せんとう》がメインとはいえ、ある種、やはり彼女も魔法師と言える立場なのだ。

　だとすればなおのこと、自分の能力の秘密が余人に知れ渡ることは避《さ》けたいはずだ。

「さすがに野暮《やぼ》だったな、ここまでだ」

「はい、私も行き過ぎた詮索でしたね」

　許しを乞《こ》うように、リリシャに向けて小さく頷《うなず》いたアルスとともに、ロキもまた、そっとリリシャに頭を下げた。

「敵ではなく、味方でもない」……かつてそんな風に評したリリシャはもうここにはいない。少なくとも、敵ではないことは、確定している。

信頼《しんらい》したのだ――アルスが、ロキが、彼女を。

途端、何を思ったのかリリシャは速度を落として、それとなくテスフィアとアリスの輪から離《はな》れ、二人に近づいてくる。

先ほどのお詫《わ》びのつもりか、その意を察したロキが急ぎ歩を進めて、アルスの傍らのポジションをリリシャに譲《ゆず》り、代わってテスフィアとアリスの間に加わる。

まるで入れ替わったように、アルスの隣にリリシャが並び歩く形となった。

しばしの間があり――少女の細い肩《かた》が小さく揺《ゆ》れると同時、新たな話題が切り出される。

「……あれには、ちょっと驚《おどろ》いた」

唐突な言葉。だがアルスは巧みに、その意図を汲《く》む。テスフィアとの模擬戦、特にその中でテスフィアが見せた、思いもかけない資質のことを指しているのだろう。

本来なら、実力的にリリシャに軍配が上がるのが明白だった試合だ。そもそも対人戦において、経験差はほぼ100%、そのまま勝敗につながるのだから。

なのにテスフィアはリリシャの想定を遥《はる》かに上回り、まさにあと一歩のところまで追い詰《つ》めたのである。寧ろ、アルスがあの時割って入らなかったら……。

「俺《おれ》も、驚いている」

アルスもまた、別の意味で……テスフィアの資質というより、土壇場《どたんば》での成長ぶりに驚いていた。

「ま、ああ見えてもあいつは、努力できるという点では天才だ。シングル魔法師界隈《かいわい》ではあの程度は当たり前だろうが、実際に学生レベルでとなると、あれほど経験をすぐさま己の実力に変えられる、というタイプは少ないからな。今回はお前もあのＡＷＲに救われたんじゃないか、実際のところ」

「嫌《いや》な言い方するじゃない。それに、随分《ずいぶん》とテスフィア・フェーヴェルを持ち上げるのね」

「ん？　なんだその呼び方、気持ち悪いぞ」

「だって、よ？　呼び方が分からないのよ」

「前は、普通《ふつう》に呼んでただろうが」

「あの頃《ころ》は私もちょっと猫《ねこ》を被《かぶ》ってたし、能天気で頭がお花畑なお嬢様の相手をしてると割り切れば、どうとでも、ねえ」

困ったように呟くリリシャ。彼女の中で、テスフィアという存在に対する感情に、大きな変化があったのだろう。アルスが見るに、それこそ天変地異並みの変革が起きた、とでもいう気がするが。

演技を通じての上辺だけの友達付き合い、といった態度をやめたというのなら、学院に放《ほう》り込まれた当初のアルスと同じ戸惑《とまど》いを、きっと彼女も抱いているのではないだろうか。とはいえ、テスフィア自体の能天気さは言うまでもないので、アルスとしては、リリシャも別に何かを変える必要はないように思えた。

達観した見方をすれば、それが友達であれ親友であれ、多少の演技は必要なのではないだろうか。いくら気がおけない仲でも、親友の家を裸《はだか》で訪ねる者はいまい。多少なりとも、身支度《みじたく》くらいは整えるもの、つまりは偽《いつわ》るのではなく、最低限の礼儀《れいぎ》として、自分を飾《かざ》る必要くらいはあるはずだ。

ただ、そんな気はしたものの、こういう方面について自分は極端《きょくたん》に疎い自覚もある。だからこそ、どこまでいっても本当のところでは、リリシャの悩みを解消することなど自分にはできないようにも感じられた。なので、アルスはあえてぶっきらぼうに答えておく。

「適当に呼べば良いだろ、それこそ演技でも何でも良いんじゃないか？　そんなもんだろ、きっと」

するとリリシャはジトッとした目をアルスに向けると、わざとらしい溜《た》め息《いき》までついて見せる。

「やれやれ、相談相手を間違えたようね。ハァ～、こんなことなら……」

「酷《ひど》い言いようだが、まあいい。そもそもお前の周りに、こういったことを相談できるような奴《やつ》がいるとは思えんが」

「ちょ、そっちのほうが酷くない？　い、いるわよ！　そう……シセルニア様とか？」

早速《さっそく》その名前が出てきたところで、アルスは苦虫を噛《か》み潰《つぶ》したような顔をした。彼女こそは、アルスの「個人的に関《かか》わりたくない人物」リストにおいて、つい最近トップ3にまで急浮上《きゅうふじょう》してきた期待のルーキーである。

そんなアルスの様子に気づかず、リリシャはぶつぶつと続ける。

「後は、リンネさんとか？」

「ここまで全く学院の友人が出てこないところを見ると、お前が学院でいかに薄《うす》っぺらい人付き合いしかしていないのかがよく分かるな。ま、たしかにリンネさんあたりはいろいろ苦労してそうだし、経験も豊富そうだが」

そんな軽口を叩いてからふとアルスは、「ところで」と前振《まえふ》りをしてから切り出した。

以前から、機会があれば聞いておこうと考えていたことを、思い出したのである。

「そういえば、シセルニアの王宮《とこ》であった、例の事件のことだが、お前はあの場面で何故《なぜ》、あれほど碌《ろく》でもない兄を助けようとした？」

無愛想《ぶあいそ》かつ抑揚《よくよう》のない声音《こわね》で、アルスはその問いを少女に投げかける。

リリシャはあの事件で背に焼印まで押され、まさに死の淵《ふち》を彷徨《さまよ》った。なのに彼女は土壇場で、全ての元凶《げんきょう》たるレイリーの助命を元首に願い出た。そこまでする必要がどこにあったのか？　何故、己を死の間際《まぎわ》まで追いやった張本人を助けたいと願ったのか？

リリシャの兄・レイリーが【アフェルカ】再編に有用な人材であったことは、アルスにも分かる。だがそれでも彼《かれ》の力が、必ずしも欠かせないとまでは思えなかった。あの出来事からアルスがうかがえることは、たった一つ、どこまでも冷徹《れいてつ》になり切れないリリシャは、やはり暗殺者稼業《かぎょう》に向いていないだろう、ということだけだ。

それ以外には……正直、アルスにとって不可解なことが多すぎた。だからこそ、まるで自分に足らない何かを補おうとするかのように、アルスは今、その答えを求めた。

「奴が血縁者《けつえんしゃ》、だからか？」

とりあえず、多分違うだろうと思いつつも、適当な推測を投げかけてみる。

リリシャは、遠く女子寮の窓に灯る明かりを――いや、そんな幻《まぼろし》めいた光のさらに先を見透《みす》かそうとするかのように遠い目をしながら、そっとかぶりを振った。

「どうだろう。あなたが聞きたいことが、何か分からない」

「そうか。まあ……俺にも分からない、からな」

アルスもまた、彼女に倣《なら》うように小さく呟く。それはリリシャへの疑問の形を取りつつも、その実、己自身への謎《なぞ》かけだったかのような。

だから、少なくともその言葉通りのものをアルスが求めていないのを、リリシャも察したのだろう。

アルスには身寄りがない。肉親や血縁者がいない。政治的な関係者や協力者なら、ベリックやヴィザイストの名が挙がるのかもしれないが、本当に断ち切れぬ絆《きずな》でつながった相手というなら、どこまで行っても、彼は独りなのだ。

そんなアルスだからこそ、あの時、何がそこまで強くリリシャをあの行動に駆《か》り立てたのかが、知りたかったのかもしれない。

リリシャはしばらく黙《だま》り込んでいたが、やがてふと、呟くように言葉を紡いだ。

「レイリーお兄様とは、私も半分しか血が繋《つな》がってないのよ。それに、ジル兄様が追放された時も悲しいとは思えなかった。でも、そうね……それが本当の記憶《きおく》かどうかも曖昧なくらい小さい時、凄《すご》く可愛《かわい》がってもらったような気がするの。お兄様も昔からあんな感じじゃなかった、と思う。リムフジェ五家を纏める者としての、重圧もあったでしょうしね」

そんな昔話をしながらも、リリシャの声は、まるで己とは無関係な歴史上の人物の逸話《いつわ》を語っているかのように平淡《へいたん》だった。この内地にもし冬が訪《おとず》れることがあったのなら、その存在感の薄い声は、きっと冷気で白くなる息とともに、寒空に昇《のぼ》って溶《と》けてしまっていただろう。

「そうね。やっぱり答えは、私にも分からないわ。でも、心に決めたことが一つだけあるの。【アフェルカ】同様に、リムフジェの家に今起きている混乱も、必ずいつか収めてみせる。ま、確かにこんな小娘《こむすめ》一人の力じゃ難しいかも、だけどね」

そんな自虐《じぎゃく》気味な言葉もどこか嬉しそうに、リリシャは静かな笑顔《えがお》を見せつつ語った。

「……」

それに相槌《あいづち》を打つでもなく、アルスはただ黙って口を閉ざしたままだった。そんな彼の態度をどう取ったのか、リリシャは言う。

「学院に来る前に、あなたのことはたっぷり調べた。だから書類データ上でも、短い実際の付き合いの中でも、なんとなくは分かってるつもり。あなたはあの時、私の中に何かしらの合理的な判断があったんだと思いたいんでしょ。損得とか利害計算とか、何かそういったものを見出したいんじゃない？　そんで、どっか安心にも似た納得ってものを手に入れたいんだ。その点では私は、あなたを正しく理解していると思う……思うんだけど、同時に私を助けてくれたあなたは、私の知っているアルス・レーギンじゃなかった。ね、これって答えになるかしら？」

「どうだか、な」

認めたくはないが、リリシャの表現が、確かに最も近い気がする。そう、釈然《しゃくぜん》とはしないが。

「難しく考えるの、好きだね。それでいて説明が欲《ほ》しいとか。納得できるできないにかかわらず、そこには何かしらの要因があると考えている、と」

リリシャの言葉はどこか宙を漂っているように聞こえたが、そんな中でふと彼女は、何気なくとでもいった風に「ドライな性格……」とだけ発して、自分勝手に自己完結しつつ、何かを結論付けてみせた。

彼女は一度夜空に視線を振ってから、頷くように顔を下げて、横目で纏わりつくような視線をアルスに向けてから。

「でも、案外ロマンチックなのかもね」などと呟《つぶや》いてみせる。その声音には、今のアルスには理解できない不思議な艶《つや》が含《ふく》まれているような気がした。

それはそうと、そんな彼女の態度がなんだか捨て置けないような気分になり、アルスは仏頂面《ぶっちょうづら》で言う。

「いや、別にそこまで聞きたかったわけじゃない。機会があったら、いつか聞けたら、という程度のことだ。何年先でもいい、その時に思い出したら、程度だ」

「だったら、今聞いておいて正解なんじゃない？　この先、悶々《もんもん》とした気持ちで何年も過ごすの？」

そんな言葉に微かに交じった皮肉の色に、珍《めずら》しくムッとしたアルスの眉間に小さく皺が寄る。他愛ないことだと、数分後にはもう忘れてしまうような——そんな取るに足らない疑問、すぐに記憶の中から消えてしまいそうな些事《さじ》を、彼女《リリシャ》はまるで、わざわざ重い呪《のろ》いのように言う。

「ま、良いわよ。私も誰《だれ》かに聞いて欲しかったのかもしれないし、それがあなただっていうのは、如何《いか》にもお誂《あつら》え向きじゃん」

あくまで足運びを変えず、リリシャは歩を進め……だが三歩目にはもう、早速口を開いた。

「うん、情がなかったといえば嘘《うそ》になるよ。少なくともあの時、シセルニア様の前で言ったことは打算だらけで、でもそれが私が差し出せる、唯一《ゆいいつ》の説得材料だったからね。一つ、すっごく都合のいいことを言っても良いかしら？」

「どうぞ」とアルスはあえて、己がまるで、あの事件やリリシャ本人とは一切《いっさい》の利害関係を持たない第三者であるかのように振《ふ》る舞《ま》った。

「もしかしたら、お兄様は……【アフェルカ】から解放したかったのかもしれないなって」

「誰を？」

「私を」と、振り向いたリリシャは、自信なさげに自分の顔に指を向けた。

「そりゃ、確かに都合が良すぎる話だ。あれほどのことをしておいて、か？」

そんなアルスの辛辣《しんらつ》な言葉を浴びつつも、リリシャは苦笑しながら再び前を向くと、後ろ手に指を組んで歩き出す。その歩調は変わらない——寧ろ、負っていた重い荷を全て下ろし切ったかのように、軽い足運びだった。それこそ誰がどう言おうと変わらない、永遠に失われない確かな落としどころを、きっちり己の中で見つけたのだとでもいうように。

「確かに、無謀《むぼう》過ぎるセルバさんの暗殺を命じたのはお兄様。矛盾しているかもね？　でも王宮で再会した時、お兄様は私に言ったわ。弱者には弱者の生き方があるだろうって……どこか、哀れむみたいに。はっとしたの、あの時」

リリシャは、静かに続けた。

「そもそも致命的《ちめいてき》な任務の失敗は、十分に私を追放する理由になる。つまり、家からあえて遠ざけることで、業を断ち切るきっかけを与えることだってできる。だったら……」

「だが、その前にセルバさんにお前が殺されていたら、情もへったくれもないだろうが」

アルスはどうも納得できない、という風に反駁《はんばく》する。しかしリリシャは、小さく首を振《ふ》り。

「ううん。知ってるかもだけど、ミルトリア師匠《せんせい》はセルバさんと同じ、元【アフェルカ】

の隊長だったのよ。そして師匠は、【アフェルカ】の相談役としてもセルバさんの粛清《しゅくせい》には反対だったって聞いたわ。二人の間には、かなり複雑な因縁《いんねん》があるみたい。少なくともセルバさんは、きっと師匠を恨《うら》んではいなかった……今も、かつてもね。そして私は、その師匠の教え子なのよ。セルバさんほどの人なら、きっと私の技や動きから、それを察することができたはず」

そう言われると、アルスにも思い当たることがなくもない。少なくともあの場で、セルバはリリシャの使う魔力鋼糸《まりよくこうし》の技を、あえてじっくり観察していた節がなかったか。なにせあの実力差だ、彼がそうしようと思えばリリシャの即時抹殺《そくじまっさつ》は容易だったはず。だとすれば、リリシャの背後……特にその〝師たる人物〟の存在を、きっちり見透《みす》かしていたのではないか。

「なるほど。セルバさんもよほどのことがなければ、お前を殺すつもりはなかったかも、と？」

「あくまで可能性として、だけどね」

「だが……甘《あま》すぎるのも間違《まちが》いない。一歩何かが違っていれば、やはり結末はお前の死で終わってたはずだ。レイリーがそこまで見切っていたという保証もないしな」

「そうね。もしかすると私に〝死命〟を与《あた》えたところまでは、本気だったかもしれない。

でも、人間って……ときに矛盾するものよ。そしてね、あの王宮で言葉を交《か》わした時、レイリーお兄様もやっぱりその〝人間〟だったんだ、と、私は感じたの。自分でもまったく、よく分からない話だけれど」

「はぁ～、俺にはお前という人間こそがよっぽど分からんぞ。というか、並外れた能天気にすら見えてきた。そんなんで元首直属部隊とか、大丈夫《だいじょうぶ》なのか？　頼《たよ》りなさ過ぎだろ」

「馬鹿《ばか》なこと言ってるって、自分で理解できるくらいの分別はあるわよ。だからあえて否定はしない、ただの身内贔屓《みうちびいき》だと思って良いよ」

一方で死を与えようとしながら、反面で哀れみを抱く。直接レイリーと対峙《たいじ》したアルスの感触《かんしょく》としては、あの男がそんな矛盾した感情を心の底に秘《ひ》めているとは到底信じられなかった。しかし、互いに身内だからこその情――どうにも複雑で、ときに相反することすらあるらしい、縺《もつ》れに縺れた糸のような想《おも》い――なんてものが本当にあるのなら、そもそも〝身内〟がいないアルスには、それはきっと理解できない。だからこそ、それを持ち出されてはどうにも反論できないのも事実だ。アルスは仕方なく、頭を掻いて。

「ふぅ……まあいい。とにかく、だからあの兄を助けた、と？」

しかしそんなアルスの意に反して、リリシャは頭を横に振った。

「う～ん、自分でも結局よく分からないのよ、そんなの。あの時は、そこまでじっくり考えられたわけじゃないもの。でもね、死に瀕《ひん》したお兄様は、どこか肩の荷が下りたように見えたの。あぁ、死ぬつもりの人ってこんな顔をするんだなって。その時、本当に久しぶりに……まるで霞《かすみ》が晴れたみたいに、お兄様の素の顔が見えたような気がしたんだ」

「死ぬつもり、か。確かにあの場でわざわざ俺に突っかかってきた以上、それは奴にも理解できていた結末だったかもしれんが。それこそお前にしか、兄妹《きょうだい》にしか分からんだろうな」

「きっと、相手がアルス君だったからこそよ。お兄様は多分、あの時初めて、本気で己《おのれ》の力をぶつけて〝死合える〟相手に出会ったんだと思う。栄《は》えあるアルファの1位、アルス君の手に掛《か》かるなら、って気持ちがあったかもしれない。そもそもお兄様と互角《ごかく》以上の相手なんて、【アフェルカ】内にもいなかったしね。ねぇ、知ってる？　リムフジェは暗殺貴族として、独自の魔法《まほう》技術を持ってるって」

「それも、一種の継承《けいしょう》魔法みたいなものか」

「継承魔法ってほどじゃないけど、門外不出ではあるわね。リムフジェ家が研究していたのは《リミッター理論》。【アフェルカ】に入隊し、上を目指す者は、必ず習得しなければならないとされているわ」

「なるほどな。で、どういう内容のものなんだ。少なくともレイリーは妙《みょう》な技こそ使ってたが、それに類する未知の理論に基づいたものではなかったようだが。だからこそ、俺にもある程度、奴の戦術と原理を把握することができたわけだしな」

魔法の追求者たるアルスとしては、どうにも気になるが、リリシャはそこで小さく微笑《びしよう》する。

「実は、私もよくは知らないの。そもそも詳細《しようさい》は、落ちこぼれの私には教えられなかったから。実際、お兄様の妹だから【アフェルカ】に置いてもらえてたようなものだったしね。ただ隠語《いんご》というか、一部では【不屈《ふくつ》】とも呼ばれてるみたい。あえて言うなら、呪印の別用途みたいな感じのものらしいわ。そして、お兄様はその秘中の秘を、アルス君との対決では使わなかった。とにかく、私が言えるのはこれだけ」

リリシャはそこで言葉を切り、代わりに意味深な視線を送ってきたが、それはつまり「察してくれ」ということなのだろう。言外のメッセージを受け取り、アルスはしばし黙り込んだ。

なるほど、という気もする。レイリーはあの時、本気ではあっても、持てるカード全《すべ》てを出していなかった、と言われれば、どこか腑《ふ》に落ちなくもないのだ。やはり旧来の【アフェルカ】とも、その秘技らしきリミッター理論とやらも胸に抱《かか》えたままで、人知れず果てるつもりだったのだろう。その秘技が【アフェルカ】や家が齎《もたら》した物であるが故《ゆえ》に、あの戦いでは忌避《きひ》したのかもしれない。培《つちか》った技術と、持てる力だけで挑《いど》んだのだろうか。兄妹揃《きょうだいそろ》って不器用というか、妙な意地を通すのが得意らしい、とアルスとしては半ば呆《あき》れたような気分だ。

「さて、こんな感じでどう?」

どう、と聞かれても、アルスとしては返答に窮《きゅう》するところだ。そもそも答えをどの程度本気で求めていたのか、ということからして曖昧なのだから。

「ふふ。兄妹だから、自分の全てを投げうってでもお互いを信じあって、その窮地《きゅうち》を救いたいとか。そういう分かりやすくって、お涙頂戴《なみだちょうだい》的なエピソードを期待してた?」

茶化《ちゃか》すような口調で、リリシャはアルスの横顔を覗《のぞ》き見てくる。そんな悪戯小僧《いたずらこぞう》のような表情をじっくり見て腹立たしくなるのも嫌なので、アルスは仏頂面で一瞬《いっしゅん》だけチラリと視線を送り、彼女《かのじょ》の金色の髪が揺れる様子のみを、視界の端に収めるに留《とど》めた。

言葉こそおちゃらけているようだが、その実きっと、リリシャ自身も、あの行動の理由を正確には把握していないのだろう。

そんな、人それぞれの複雑な心の機微《きび》。それを全てキッチリ引き出して並べて分析《ぶんせき》し、完全に暴《あば》き出そうとするのは、きっとこの上なく野暮で無粋《ぶすい》な行為《こうい》なのだ。

だからアルスは、結局は彼女がした選択《せんたく》と、その行動の結果だけが全てなのだと理解した。

そして同時、どこか自分に欠けているものも少しだけ明らかにできた——そんな気がしたのだった。

気づくと、女子寮がすぐ目の前に迫《せま》っていた。やがてリリシャは、ちょうど正面出入り口の手前で、アルスを振り返った。

「だいたいね、助ける助けないでいえば、知らない内にあなたも同じことをしてるわよ。フェーヴェル邸《てい》に突然《とつぜん》現れて、セルバさんと私の間に割って入ってくれたのは誰だったかしら？」

思わせぶりにそう言ってのけると、リリシャはぱっと相好を崩《くず》し、一度だけ花のような笑みを浮かべ……それから少し、はにかむように頬《ほお》を赤くし、顔を逸《そ》らす。

それじゃ、と言い捨てるようにして、彼女は入り口のゲートにライセンスを翳《かざ》した。

そのまま一度も振り向くことなく、先に行ったアリスとテスフィアの後を追うように、リリシャは女子寮へと入っていく。しかしその足取りは、決して不機嫌《ふきげん》そうなものではなく、寧《むし》ろどこか嬉しそうであった。

アルスは一瞬、憮然《ぶぜん》とした表情を浮かべたが、すぐにふっと微笑を浮かべ。

「ふん。せっかくのＡＷＲだ、しっかり使いこなせるようにしておけよ」

と、その背に声を掛ける。リリシャは肩越しにひらひらと手だけを振って応じると、そのまま乙女《おとめ》の花園へと消えていった。


それから、しばらく何もない日々が過ぎた。

アルス達は学院に戻《もど》ってからは、まさに普通の生徒としての、ありふれた生活を送っていた。退屈《たいくつ》な講義を聞き流し、若い雛鳥《ひなどり》が親鳥に餌《えさ》を求めるように、ただただ身勝手な要求や不満を漏《も》らしてわめき騒《さわ》ぐ学生らの声を聞くのにも、いい加減慣れた。

研究室でも、手をつけかけて中断したままだった様々な研究に、アルスはようやく本腰《ほんごし》を入れ始めた。再び、研究漬《づ》けの不摂生《ふせっせい》な生活が、ゆっくりと幕を開けつつあったのだ。

こんな日々こそが、きっとアルスにとっては幸いな――それでも特に自分から望んだというわけではないが――不自由な自由というものだったのだろう。

やがて、そんな揺蕩《たゆた》うような時間が流れ、一年の終わりも見えてこようかという頃。

周囲を覆《おお》う夜は、次第《しだい》に静謐《せいひつ》の気配だけを色濃《いろこ》くしていく。

全てが沈黙《ちんもく》に満たされていくような静けさの中、人類・7カ国を抱える揺り籠《かご》のような生存圏《けん》――その生真面目《きまじめ》なオート・チューニングシステムだけが、外気温に倣いその小世界の温度を自動調節して、ただ静かに動き続けるのだった。

◇　◇　◇

「ねえ、色々とツッコミどころ満載《まんさい》な気もするけど、私、怒《おこ》って良いのよね？」

それはあと数日で年が明けようとする夜、アルスの研究室でのことだった。

リリシャが、不機嫌そうに金髪《きんぱつ》を揺らしながら、眉《まゆ》を顰《ひそ》める。

「へ？　年末だし、せめて皆《みな》でお世話になってるアルの研究室の大掃除《おおそうじ》を、ってことだよね？　まあもともと普段からロキがちょくちょく掃除して、毎日ちゃんと小綺麗《こぎれい》にはされてたわけだけど」

とぼけ顔のテスフィアの言葉に、アリスがニコニコしながら続ける。

「まあね、それはそれ、建前上ってことで〜」

「別にそこは、納得してるわよ。これまでの流れからして、アルス君に感謝するのは当然だもん。でも……なんで、いざやってきたらこんなことになってるわけ？」

リリシャが口をへの字に曲げながら、ぶつくさ言う。

その目の前にあるのは四人掛けのテーブルと、ロキが次々と運んできた豪勢《ごうせい》な料理である。メニューはいずれも、早朝からロキが腕《うで》によりをかけて仕込《しこ》んだものばかり。

壁《かべ》にはちょっとした飾りつけがあり、さらにちゃっかりと、リリシャのための追加の椅《い》子《す》まで買ってあるという完璧《かんぺき》ぶりだ。

「そ、そりゃ、新【アフェルカ】の隊長就任祝いだって言われれば、私も本気で怒れないけどさ！　この部屋の中には、アルファの国家にかかわる機密を保持するって概念《がいねん》はないの!?」

「俺に文句を垂れるな。文句ならそこの赤毛とヘラヘラ笑ってるアリスに言え」

「……はぅ!?」

何気ない「ヘラヘラしてる奴」扱《あつか》いにショックを受けたらしいアリスに代わって、テスフィアがしれっと言う。

「別に良いじゃない。後、フェリ先輩《せんぱい》にも声をかけようと思ったんだけど、寮《りょう》に居なかったのよね」

「まあ、フェリは祝い事に呼ばれたらちゃんと来そうなタイプだからな、何か別の用事でもあったんだろ。というか、俺も別に場所を提供してるだけだが」

「リリシャの就任祝いじゃ、フェリ先輩も気乗りしなかったのかもしれないわね」

いかにも失礼な物言いとともに、やれやれとばかりにテスフィアが首を振ると、すかさずリリシャは「それよ！」と椅子を押《お》して立ち上がった。

「まずはそこが問題なの！　なんで皆、私が隊長に就任したことを知ってるのよ！」

グリンと大きく首を捻《ひね》ったリリシャのジト目が、まっすぐにアルスを射貫《いぬ》いた。

「アルが言ってた」

「だろうと思ったわよ。どの口で『俺に文句を垂れるな』だって、ええ?」

形勢不利と察したアルスは、無言で果実ジュースのコップに口をつけると、射すくめるような彼女の視線から逃《のが》れようと試みた。チロチロと喉《のど》を潤《うるお》しながら、素知らぬふりを決《き》め込《こ》む。

そこに、木製のサラダボウルを抱えたロキがドンとテーブルの端《はし》に置き、取り皿と持ち替える。

「いずれは分かることでしょう。そもそもリリシャさんの隊長就任に一役買ったのはアルス様ですよ」

慣れた仕草でサラダを取り分けながら、ロキは何気ない口調で続けた。

「当然、三大貴族の一角かつセルバさんの情報部隊を擁《よう》するフェーヴェル家にも伝わってます。なら、テスフィアさんが知るのも時間の問題だったのでは? それに、リリシャさんには少なくとも【貴族の裁定《テンブラム》】が終わるまでは、味方でいてもらわないと」

【アフェルカ】の問題をアルスが解決したことによって、リリシャの中立的立場は崩れたが、【アフェルカ】に手を貸していたウームリュイナ側がそこを指摘《してき》するのは難しいだろう。

元首殺害計画に三大貴族の一角が手を貸していたと認めるようなものだ。だとすれば彼らは新たにもう一人別の審判《しんぱん》を立てる、「双審判制《そうしんぱんせい》」を申し入れてくるかもしれない。普通に考えれば公平性は失われたわけだから、自分達《たち》の息がかかった審判員をもう一人ねじ込んでくるぐらいのことは十分考えられた。

リリシャは、不貞腐《ふてくさ》れたように、テーブルに肘《ひじ》をついて顔を乗せる。

「当然、私だって恩に報《むく》いるぐらいの心はあるわよ。せいぜい、校内に知られないことを願うわ」

「それは心配無用では？　一応、アルス様の順位も、今日まで秘匿《ひとく》できているわけですから。そこのお二人には、知られていますが」

「順位はともかく、アルス君の凄さなんて、もう隠《かく》せてないに等しいじゃない。なんとか真相がバレるまで、時間を稼《かせ》いでるだけの状態なんですけど」

ロキの含みのある言い方に続くリリシャの鋭《するど》い指摘に、アルスに加えて、テスフィアとアリスまでもギクリとしつつ、同時に頬を引き攣《つ》らせた。確かに以前、アルスの抱える秘密が危《あや》うくバレそうになった時、巧《たく》みに場を取り繕《つくろ》ったのはリリシャだ。結果、アルスが軍に関わっていることは知れ渡《わた》ったものの、その漏洩した情報は「優秀《ゆうしゅう》さを買われ、軍でアルバイトめいた任務をたまにこなしている」という程度に収まっている。現1位という階位は伏《ふ》せられ、どうにかこうにか、まだ首の皮一枚で秘密が保たれていると言えるのは、確かにリリシャのおかげなのだ。

やがて全員にサラダの小皿が行き渡ると、ようやくロキがエプロンを外す。それから一呼吸あってロキが着席するや、各々《おのおの》果実ジュースの入ったコップを持つ。

「な、なに⁉　あまり大げさにしないでよ⁉」

そんなリリシャの異議申し立てをかき消す勢いで、「隊長就任を祝して！」とテスフィアが朗《ほが》らかに音頭《おんど》を取った。

「大いなる出世に」と、少々皮肉を交えつつも、アルスもテスフィアに便乗して祝意を示す。というか、こういったムードには慣れていないアルスは、もはやその場のノリに合わせるより他なかったのだが。

アリス、ロキもそれに続いたところで、「ちょっと⁉」などと泡《あわ》を食いつつ、リリシャもつられてコップを持ち上げる。

実にヘタレな彼女らしく、場の同調圧力に屈《くっ》した形である。

それから賑《にぎ》やかな食事と雑談が続いて、あれだけ並べられていた料理の数々が、目に見えて減っていった。料理の大半はロキが作ったものだが、中には一品二品ほど、アリスが腕を振るった料理もあった。

それぞれをシェアしあったり、料理の味について口々に感想を述べあったりと、そこには学生らしい日常風景が広がっている。

一方、ただ栄養を補給するが如く、一人黙々《もくもく》と食事を済ませるのが普通だったアルスとしては、どうしても慣れない雰囲気《ふんいき》ではある。一応普段《ふだん》はロキと二人で食事したり、学食や軍の食堂を多人数で利用した経験もあるが、家でとなると、それとはまた少し違う雰囲気だ。

育った環境《かんきょう》がそうさせるのか、やはりアルスにはまだ馴染《なじ》めない空間なのだ。

そういう意味では、ポンポン軽快に投《な》げ交《か》わされる、少女同士の話題の切り替《か》えの早さにもついていけない。

その点で言えば、ロキはよくやれている方なのだろう。

リリシャも、もとより学内で「演技」をこなせていたくらいなので、かなり溶け込めている。

しかし、アルスがこの輪の中に入っていくには、得意分野の魔法なりＡＷＲなりの話題を引っ提《さ》げて特攻《とっこう》していくしかない。が、女子生徒同士特有の華《はな》やかな雑談の中に、ともすれば殺伐《さつばつ》と血生臭《ちなまぐさ》くなりそうな、そんな話題を投入できるほど無神経ではないつもりだ。

結局、こういう場面では軍の中にいる方がまだ気が楽だと感じてしまう自分に、辟易《へきえき》する他はなかったのである。

やがて粗方《あらかた》料理が片付くと、さすがに食べ過ぎたとばかりに、皆が同時に一息ついた。

続いては女子力の差とでも言うべきか、いち早くそそくさと席を立ったロキとアリスは、二人で手分けして、空いた皿をキッチンへと片付けに行く。

働く蟻《あり》とサボる蟻を見ているかのようにテスフィアは、ご満悦《まんえつ》とばかりにだらしない笑《え》みを浮かべ、喜色満面でこう呟《つぶや》く。

「ふぅ、こんなに食べたの、久しぶりねぇ～」

それこそ「艶《あで》やかな頬は幸せの印」などと、奇妙《きみよう》な格言が生まれそうな様子であった。

その姿を横目で見るリリシャは、アルスとはまた違った意味で、呆れ果てたような表情を浮かべている。

無理もない。食中、食後もリリシャは一貫《いっかん》して背筋をぴんと伸《の》ばしており、最後にごく丁寧《ていねい》な所作で口を拭《ふ》き、「御馳走様《ごちそうさま》」とさらっと言ってのけたのだから。

対するテスフィアは、実にあっけらかんとしたもので、ひたすら元気よく食べ、遠慮《えんりよ》なしに美味《うま》いの何のと連呼し、食後もお腹《なか》をさすったり椅子に背をもたれかかったりして、ほとんど地が丸出しである。「真の淑女《しゆくじよ》とは？」と、眉根《まゆね》を寄せ、大いなる疑問に悩《なや》んでいるらしいリリシャの表情を見ずとも、実に対照的な二人だった。

「私、こういうお食事会は初めてなんだけど、さすがに……」

「何も言うな。いずれ慣れる」

リリシャの台詞《せりふ》を制するように、先んじて結論を出したアルスは「諦《あきら》めろ」と言外に伝えた。テスフィアに関しては家の問題というより、同居人のアリスが日頃《ひごろ》甘《あま》やかしているような気がする光景だった。

締《し》めくくりとばかりに温かい紅茶が運ばれてくると、ようやくリリシャも一つ首を振って諦めたらしく、小声でアルスに問う。

「でも、私ここに呼ばれてホントに良かったわけ？　気を遣《つか》わせちゃったかしら？」

「気にするな、こいつらが勝手に騒ぎたかっただけなんだから。せめてこのまま、何事もなく進級したいものだな」

雑談ムードの中、アルスがこぼしたせめてもの希望。それをリリシャは聞き流すようにカップに口を付け、乾《かわ》いた喉を潤した。

「それは同意……なんだけど、私の場合は今後仕事が忙《いそが》しくなりそうで、講義にはあまり出られないのよね。一応公務扱いだけど」

「理事長とは話がついてるんだろ？」

アルスの問いに小さく頷《うなず》いてから「うん、だから学業の面では特に心配してないけど」

とリリシャは懸念《けねん》を漏らした。

その顔が今一つ晴れないのは、実技面についての懸念があるからだろう。座学についてはこなせるだろうが、彼女の魔法技能は、お世辞にも第2魔法学院の水準に達していないだろうから。

ただ、今回の騒動《そうどう》は理事長のシスティにも責任があるだけに、彼女も存分に「職権を乱用」してバックアップしてくれるだろう。それに、と、アルスは些事とばかりにリリシャの憂《うれ》い顔《がお》を笑い飛ばした。

「ふん、不得手をいちいち気にするより、そのぶん自分の得意分野を伸ばしてカバーすれば良いだけだろ。細かいことなんか気にしてたら、最後まで無難なだけで終わるぞ」

「それ、私には言ってくれないわけ？」

唐突《とうとつ》に割《わ》り込んできたテスフィアが、チラリとアルスを見やりながら口を尖《とが》らせる。

「そこは、キャラの違いだな」

「少なくとも私、淑女としてのたしなみはもちろん、一般《いっぱん》教養は完全にクリアしてるから。どっかのテスフィア・フェーヴェルさんとは違ってね」

アルスに続いてリリシャも赤毛の少女に白い目を向けた。確かに、座学についてはリリシャは英才教育を受けているようで、あまり心配はいらないだろう。

だが、意外にもテスフィアは挑発《ちょうはつ》に乗ってこなかったどころか、寧ろどこか意外そうな顔でこう返す。

「え、何それ？」

それが挑発めいたリリシャの態度ではなく、中に含まれた「フルネーム呼び」への言及《げんきゅう》であると気づくや、リリシャの頬が少し赤くなった。だがアルスはあえて、見て見ぬフリを決め込むことにする。

拳《こぶし》――というか魔法――で語り合った後に芽生える熱い友情。だがこの不器用者は、そんな王道パターンの第一歩で躓《つまず》いてしまっているようだ。

リリシャがしどろもどろになって言い訳を始める前に、

「呼び方なんて別に良いわよ、テスフィアでもフィアでも。ただし、『ちゃん』と『さん』付けはやめて」

「わ、分かったわよ。でも、あなたと馴《な》れ合いはしないからね！　……テスフィア」

「お互《たが》い様《さま》！　私だって、次こそは勝つから」

おやっとアルスが意外に感じたのは、以前の模擬戦《もぎせん》を、テスフィアが自分の敗北と悟《さと》っているらしかったからだ。円満解決のために引き分けとしたのだが、実際に戦った彼女には、また別に思うところがあったのだろう。

とはいえ、あの勝負は主にリリシャのＡＷＲの性能に左右された節がある。アルスの見立てからは少し外れた形だが、しいて言うならＡＷＲの性質が彼女のスタイルとぴったり合致《がっち》したことも大きい。テスフィアの方も成長著《いちじる》しいとはいえ、ことあの場に限っては、やはり長引けば戦況は不利になったはずだ。

その後、キッチンからロキとアリスが戻ってきた。二人は新しい取り皿とワンホールケーキを、部屋に持ち込んできてテーブルに載《の》せていく。

甘い物が苦手なアルスは思わず頬を引き攣らせたが、てっきり満腹だと思っていた女性《じょせい》陣《じん》はそんな彼《かれ》の様子などまるで意に介《かい》さなかった。

全員が、綺麗《きれい》に切り分けられたケーキに迷いなくフォークをつける。

「うっわスゴッ！　これ手作り？」

「まさか、買ってきましたよ。でも、もちろん味は保証します」

「本当に美味《おい》しいわ」

リリシャが一口食べてから、ロキへとそんな風に感想を漏らす。

アルスの前にも、一応切り分けられたケーキが一切れ。女性陣のものより随分《ずいぶん》と細くカットされているので、ロキに気を遣ってもらえたようだ。

流石《さすが》に一口も食べない、というわけにもいかないから、これくらいは甘んじて食そうと、まずは紅茶で喉を潤し、口の中をリセットする。

こんなクリームたっぷりの代物《しろもの》でなくても、甘味《かんみ》ならなんでも良さそうなところだが、真の甘い物好きからすれば、そんなアルスの考えなど、登らずにして山を知った気になるようなものなのかもしれない。

アルスはやむなく口にケーキを放《ほう》り込み、無言で一気に飲み下すようにして「処理」を終えたのだった。


かくして男一人と女四人、アルス達があっという間にケーキを完食し、ようやく完全に一息ついた頃《ころ》。

「そう言えば、新【アフェルカ】……元首直属部隊って、いったい何するの？」

不意にそんな疑問をテスフィアが発し、アリスも興味あり、とばかりに半身を乗り出す。

「どっちかといえば近衛隊みたいなものね。護衛……とか」

機密性からか、リリシャは曖昧《あいまい》な言葉で濁《にご》した。

立場上、任務の方向性すら公にはできないものなのだろう。この点はアルスと似たり寄ったりなところがある。そもそも元首の護衛については、リリシャが言うような「近衛隊」程度は以前から存在している。ただ、実はこれは王宮警備隊の派生であり、こなせる任務と与えられる権限は制限されている。そこを超越《ちょうえつ》して元首が積極的に活用する、いわば「私兵」部隊になると、かつての【アフェルカ】と元首との関係が断絶気味になってからは、長らく存在していなかった形だ。

この話題には幸いアルスも参加する資格を持っている。

「指示系統の頂点が明確に元首である部隊となると、シセルニアの代になってからは初めてか」

「そうね。外交や会談なんかはリンネさんが同行していたから」

「不用心極《きわ》まりないな。よく今まで襲《おそ》われなかったもんだ」

「……そ、そうね」

先日の兄の行動に後ろめたさを感じたのか、リリシャは一層言葉を濁す。

「表向きは、シングル魔法師が儀仗兵《ぎじょう》めいた役割を務めるがな」

アルスがフォローするが、それも暗黙《あんもく》の了解《りょうかい》として『7カ国会談』でシングル魔法師の同伴《どうはん》が通例となっている程度だ。

それにつられてロキもシングル魔法師の重要性を説く。

「名目の上では、ということですね。現場は、貴重な戦力であるシングル魔法師を頻繁《ひんぱん》に内地に持っていかれることを良しとはしないでしょう。外界では、シングル魔法師の活躍《かつやく》と存在感はあまりにも大きすぎるので」

　あくまでも現場での価値、しかしそれはリリシャも溜息《ためいき》を交え大いに同意を示した。

「当然ね。正直政治的な場だと、シングルを伴《ともな》うのは国威《こくい》発揚《はつよう》や示威《じい》の意味合いが強いらしいけど」

　軍にいた見地からロキは嫌《いや》というほど見てきた内部事情を明かす。

「それは間違いないですね。外界において前線でのシングルの不在が長引くと、それは明確に死者数の増加と引き換《か》えになるでしょうから、軍部でもきっと、それを引き合いに出し不満を示す者が多くなります」

　政治的な話には、テスフィアもアリスも置いてけぼりを食《く》らっていたが、唐突に赤毛の少女が質問を差し挟んだ。

「ってことは今後、リリシャは元首様に付いて、国外にも出ていくってこと？」

「どうかなぁ。今はしばらく、まだ学院で生徒をやっていて良いみたいだし？」

　答えを疑問形にしておいて、アルスを一度だけちらりと見たのは……おそらく、そ、う、い、う、ことなのだろう。

「監視《かんし》任務は、継続《けいぞく》中ってことか」

　ぼそりと小声で言うアルス。

「まあね。でも、ネガティブな意味じゃないよ。軍部への体裁《ていさい》もあるし、シセルニア様の意向もあるからね。ま、兼業《けんぎょう》が許されるんだから軍もずいぶん融通が利《き》くもんね」

確かにこれでは、リリシャは元首直属部隊に加えて、軍にも同時に在籍《ざいせき》することになる。これが単に軍からの派遣者《はけんしゃ》というだけなら問題ないのだろうが、今は元首直属の立場でもあるのだから、かなりの無理押《むりお》しだ。いわば、リリシャに限っての特例なのだろう。

「相変わらずのＶＩＰ待遇《たいぐう》か。あまり聞きたくない話ばかりだな」

嘆息《たんそく》して天を仰《あお》いだアルスは、すっかり見慣れてしまった味気ない天井《てんじょう》に目を向けた。

ふと時計を確認《かくにん》すると、そろそろ女子寮《じょしりょう》の門限が近く、いわば帰宅の頃合《ころあ》いであった。とはいえ、食後でもあり、お前らはすぐに帰れというわけにもいくまい。

結果、なんのことはなく全員がまたテーブルについて、温かい紅茶で一息入れ始める。それどころか、女子陣《じん》は次第に寛《くつろ》ぎだし、このまま誰《だれ》も帰らないのでは、と思えるくらいだ。

今の話題は、直近に控《ひか》えるテストについてである。憂鬱《ゆううつ》な空気が漂《ただよ》うが、アルスとしては別に単位を落とす心配はしていない。システィにはたっぷりと貸しもあるわけだし、純粋《じゅんすい》な試験となれば、少し本気を出せばクリアすることなど極めて容易である。

そういうわけで、生徒ならではの悩みとは無縁《むえん》のアルスだったが、一部の者はそうはいかない。

「テストもそうだけど、フィアは【テンプラム】があるんでしょ？　そっちの方が大事じゃないかなぁ」

本人以上に心配げに言うアリス。もっとも場の全員が、やがて誰かがこの話題を持ち出すだろうことは、なんとなく分かっていた。親友のアリスでなくても、その結果如何《いかん》によっては、テスフィアが学院を去るかもしれないのだから、多かれ少なかれ気にはなるだろう。

ただ、こんな時にはいくらネガティブに考えてみても、憂慮《ゆうりよ》の霧《きり》が晴れることはない。無限に浮かんでくる不安の種が尽《つ》きることなど、まずないのだ。

「アリス、心配しすぎだ。先にお前の方が、精神的に参るぞ。そもそもテストについては、あまり酷《ひど》いとお前が落第にならないとも限らないんだ。まずは意識を向けることを限定し、できることからキッチリやるのがいい」

それを聞き、アリスは指でカップを弄《もてあそ》びつつ、俯《うつむ》き気味に視線を落として頷いた。

「う、うん……」

「大丈夫よ、アリス。どんな内容でも軽く捻ってやればいいだけだもの、テストの方が気が重いくらいよ」

そんな調子の良い言葉を並べてテスフィアは、茶目《ちやめ》っ気《け》たっぷりに、隣《となり》のアリスに寄りかかった。

「あっ……！」

だが勢いあまって、アリスのカップの縁《ふち》から波打った紅茶が、僅《わず》かに溢《あふ》れてテーブルの上に飛び散る。

「あ、ごめんごめん」

「もぉ、フィアったら。リリシャちゃん、服にかかってない？　シミになっちゃったかな？」

「ありがとう。でも大丈夫、ちょっと雫《しずく》が手にかかったくらいよ」

アリスはさっさと立ち上がると、手近な紙ナプキンでリリシャの手をぬぐい、ついでにテーブルの上を拭く。

「あは、調子に乗りすぎたね」と反省する様子のテスフィアは、愛想笑《あいそわら》いとともに、リリシャにも頭を下げた。

「火傷《やけど》、してない？」

「大丈夫、大袈裟《おおげさ》だって。気にすることでもないよ。それにしても……はぁ～」

ここでリリシャは突如《とつじょ》として、大きな溜息を吐《は》き出した。

テスフィア達がきょとんとしたところで、元より何かきっかけを探していたのか、表面上は面倒《めんどう》くさげにではあるが、リリシャは徐《おもむろ》にこう切り出す。

「仕方ない、まだ未確定情報だから言わないようにしてたんだけど。特別に教えてあげる」

これには、アルスも意識を向けざるを得なかった。なにしろリリシャはすでに元首直属部隊、新【アフェルカ】として、活動を開始しているはずなのだから。

五家を束ねるだなんだと言っていたが、元より組織としての形があったぶん、リリシャが隊長に就任する前から、生まれ変わった【アフェルカ】の新体制はすでに機能している状態だったと考えて間違《まちが》いない。先の事件で、アルスが感じていたシセルニアの妙な性急さのこともある。

多分アルスを強引《ごういん》に巻き込まなければならないほどに、彼女は何かに対する対策を、力を得ることを急いでいた。そのために、あんな風な形で【アフェルカ】を取り込む必要があったのだろう。

（ただ今更《いまさら》、あれこれ考えても手遅《ておく》れなんだろうな）

何より、今回の一件で分かったことがある。アルスが研究のテーマとして掲《かか》げるものの一つの、『魔法師というものの在り方』自体に関する課題がある。それは、そもそも魔法師全体の能力底上げに始まり、魔法師界の健全化など、政治的な問題も含《ふく》まれる。

いずれも現在、多岐《たき》に渡って問題点が浮上《ふじょう》しているものばかりだ。

シセルニアや総督《そうとく》が何かとアルスを頼り、その存在感がアルファという国家をも規定してしまうほどに大きいのは、彼に圧倒的《あっとうてき》な力があるとともに、魔法師全体の質に問題があるからだ。根本的な原因である人材不足はどうしようもないのだが、何より質が劣《おと》るとアルスは考えている。人体に例えるなら、末端《まったん》の血管が細く脆《もろ》いため、組織を動かすべく血を送り出すその上層、心臓部の負担ばかりが大きくなってしまうのだ。

アルスが巻き込まれてしまった今回の一件は、まさにその最たる例だ。レイリーの暴走をシセルニアはとうに察して予測していたが、それを止められる戦力は、やはりアルスしかいなかったのだろう。もう一人のシングルであるレティはいわば、外界専門の戦力なのだから。彼女の爆裂《ばくれつ》という魔法特性は、必ずといってよいほど二次被害《ひがい》を伴う性質があるのだ。加えて裏の仕事をしていたアルスに言わせれば、苦手分野に無理に投入した結果、貴重なシングル魔法師を一人失うことになりかねないリスクもあった。

とにかく、シセルニアが【アフェルカ】の再構築と支配権をめぐって危険な賭《か》けを打ったのは、戦力確保のためだったのは間違いない。だからこそ彼女はいつか「アルスさえ自分のものになれば」と、恨《うら》み言のような男女の睦言《むつごと》のような、あんな思わせぶりな台詞を吐いたのだろう。

話を戻して、そんなアルスの思考を横に、リリシャが声を潜《ひそ》めつつ切り出したその内容とは。

「【テンプラム】の主審《しゅしん》……それは、フリュスエヴァン家が受け持つ。アルス君的には私個人を御所望《ごしょもう》みたいだけど、それも何とかする。ただし、それは実際に開催《かいさい》されればの話」

「どういうことだ」

「【アフェルカ】が、ウームリュイナから支援《しえん》を受けていたことは知ってるでしょ？」

シセルニアを襲ったレイリーの動きの裏にあった「次期元首」をめぐるクーデターめいた計画。そこで担《かつ》ぎ上げられようとしていた新たな神輿《みこし》が、ウームリュイナなのだという。それに絡《から》んだウームリュイナと【アフェルカ】との間にある裏の繋《つな》がりは、すでにアルスも、先にシセルニアから密《ひそ》かに聞かされていたのだが、リリシャはそれを裏付けるように続けた。

ただレイリーの話では、それはあくまで利害が一致《いっち》した上での、簡易的な支援を受けたという程度だったらしい。元首の座にウームリュイナを押し上げる代わりに、【アフェルカ】存続やその後の立場の保証などといった密約があったようだが、そこまでがレイリーの知りうる情報の限界だった。いわば互いを信用し切らない上でのやり取りだったからこそ、彼らは後ろ暗い密約とともに、握手《あくしゅ》を交《か》わすことができたのかもしれない。

「今、そっち方面を調べてるんだけど、かな～り臭《くさ》いわけ。私も多少は諜報《ちょうほう》の心得があるからね。ま、ウームリュイナがいろいろ悪事に加担してそうな証拠《しょうこ》がゴロゴロ出てきたってこと。正直【テンブラム】どころじゃないかも」

「それ程《ほど》か」と相槌《あいづち》を打ってみるアルスだったが、テスフィアとの婚約《こんやく》証書をめぐる汚《きたな》い手口の例もある。それくらいはやりかねない連中なのは、間違いなかった。

リリシャはこれから多忙《たぼう》になる、とでも言いたげに、うんざりした様子で言い捨てる。

「ええ、いくら元王族だとしてもやり過ぎね。腐敗《ふはい》し切ってるわ。【アンブロージア】って知ってる？」

「——!!」

一同の中で、反応を示したのはアルスだけであった。ロキでさえもその名前を聞いたことがないようだ。

「何それ、料理？」「花の名前？」とテスフィアとアリスも聞き慣れない言葉に当たりをつけて答えたが、その回答は実に平和的と言えた。

「違法《いほう》薬物だ。その手の非合法な薬物といえば【ケミカルブースト】が多く出回ってるな」

そう指摘したアルスに続き、全員によく分かるよう解説する役目は、リリシャが受け持ってくれた。

「そう、非常に依存性《いぞんせい》の高い薬物、それも魔法師《まほうし》にとってね。端的《たんてき》に言って高性能な魔力《まりょく》促進剤《そくしんざい》。それ故《ゆえ》に副作用も大きいけど」

「それって、7カ国親善魔法大会で禁止指定を受けてたものよね？　言っちゃえばドーピング？」

テスフィアの指摘は正しい。まさにスポーツの世界でいうドーピングなのだ。

以前、ロキが魔力の不足分充填《じゅうてん》のため、禁忌《きんき》である『魔核《まかく》』を用いて身《み》の丈《たけ》以上の大魔法を使ったが、あれも広義では同じであろう。

「【ケミカルブースト】は確かに一種のドーピング薬だ。違法の錠剤《じょうざい》型人工薬物だな。学生の競技程度のレベルだと、使用の有無《うむ》で顕著《けんちょ》に結果に違《ちが》いが出てくる。ただ、確かに依存性は高いが、一回の使用程度でどうにかなるものじゃない。それでも魔力生成器に多大な負荷《ふか》を掛《か》ける代物なんで、使い続ければ魔力生成器はおろか、血管や臓器に多大なダメージを負うが」

アルスは唾棄《だき》すべき違法薬物についてそんな風に蘊蓄《うんちく》を語った。たかが学生レベルの大会で、自らの将来性と身体を傷つけてまで、成績に下駄《げた》を履《は》かせるなど馬鹿《ばか》げている。つまりは、己《おのれ》を律しての厳しい努力を最後まで続けられなかった者に忍《しの》び寄る、甘《あま》い誘惑《ゆうわく》なのだと。

「他国でも、問題になっているとは聞いているが」

だがさすがにアルスといえど、そこまでだ。そもそも数多く流通しているらしい違法薬物の種類全《すべ》てを、情報部でもないアルスが、逐一把握《ちくいちはあく》できているわけではない。

リリシャも大きく頷いて、アルスの後を引き継《つ》ぐように言う。

「なんといっても安価に製造できるし、粗悪品《そあくひん》でいいなら、粉末状のものだってある。そもそも個人でも作ろうと思えば、簡単に作れてしまうのよね。もっともレシピだけはそう易々《やすやす》と出回るものじゃないけれど。まあ、【ケミカルブースト】についてはイタチごっこが現状だね。地道に処分していくにしても、たまの治安部隊や民警の摘発《てきはつ》程度じゃキリがないのよ、こういうのって」

壊滅《かいめつ》させるには生産拠点《きょてん》などを叩《たた》くしかないが、一つどこかを潰《つぶ》せば、また別の場所に違法薬物製造所が現れるだけで、どうにも手を焼いているのが実情であるらしい。

そんな風に話の道筋が見えてきたところで、ロキが口を挟《はさ》む。

「で、【アンブロージア】というのは、【ケミカルブースト】の上位版なのですよね？　それにまつわる黒い噂《うわさ》が出てきたことで、どうにも無視できなくなった、ということでしょうか。そもそも、どれほどの効果があるのですか？」

その何気ない質問に、アルスが答えた。

「俺《おれ》も聞き齧《かじ》り程度だが、【ケミカルブースト】の十倍はくだらないらしい」

「……！」

「十倍!?」

驚《おどろ》いた顔をしたのはロキだけでなく、テスフィア、アリスも同様だ。

「もちろんその分、魔力生成器を高性能ポンプみたいに酷使《こくし》するわけだから、肉体的ダメージもドーピング程度じゃ済まんだろうがな。個々人の資質と合わされば、正直どこまで力が底上げされるか想像できん」

「ええ、副作用によるダメージは凄《すさ》まじいわよ。それこそ感覚器官もぶっ壊《こわ》れちゃうほど。私も直接、副作用の影響《えいきょう》を受けた使用者を見たことがあるわけじゃないけど、押収《おうしゅう》した【アンブロージア】の成分ときたら、わかっているだけでも有害性が凄まじいヤバさでね。だからその手の捜査《そうさ》機関とかでもない限り耳にしないワードなわけ」

リリシャの曖昧な物言いをアルスは聞き逃さなかった。

「そもそも【アンブロージア】は【ケミカルブースト】の凝縮《ぎょうしゅく》版じゃないのか？」

一瞬《いっしゅん》だけ唇《くちびる》を湿《しめ》らせるように口を閉じたリリシャは、目に濃《こ》い憂慮を宿す。

「それがそういうわけじゃないのよ。以前は確かにそうだった。でも私達が今、目をつけている【アンブロージア】は全く別物。押収できたものは言っちゃえば試作品かもしれないって話なのよ。成分表を見てもはっきりとしたことは不明だし」

これは妙《みょう》な話だ。成分表ができるほどまでは分析《ぶんせき》できているのに、肝心《かんじん》なところが分からないままだというのだろうか？

「成分の分析はできても、その一部にブラックボックス、いわば未知の成分が含まれてるっていえば伝わる？　ううん、成分って言い方も専門家じゃないから、合ってるかどうか私には分からないけど」

「そうか」と興味をそそられながらも、アルスは聞きたいことは聞けたとばかりに終止符《しゅうしふ》を打った。彼女《かのじょ》の新たな仕事にまで口出しするつもりは毛頭ないのだ。

リリシャは眉を寄せると、いかにも話題を戻《もど》すために「それより」といったん話を戻した。

「とにかくアイル、というよりウームリュイナ家の周辺で、そんなきな臭いネタがどんどん出てきてるわけ」

「確かなんだな？」

「ええ。でも、相手が相手だけに軍も関与《かんよ》できないし、治安部隊も民警も動きづらいでしょうね。こっちの調査も始まったばかりだから、実は何とも言えない。そもそもあの家が今日まで存続できていた背景を考えると、当然清廉潔白《せいれんけっぱく》とはいかなかったでしょうから、隠蔽《いんぺい》工作や各所への根回しも、手が込んでるのよ」

ウームリュイナの毒牙《どくが》は、思った以上にこのアルファに食い込んでいるようだ。アイルのあの自信に満ちた言動や人を食った態度は、その絶大な力にも裏打ちされていたわけだ。ただ【アフェルカ】を裏で支援していたことまで元首の知るところとなった今、かの大貴族も穏《おだ》やかではいられないはずだが。そんなアルスの内心を読んだように、リリシャが言う。

「とはいえ、さしものウームリュイナも今、バタバタ立《た》て込んでいることは間違いないかなー」

テーブルに肘をついて、手の指をヒラヒラさせたリリシャは、鼻で笑うように続けた。

「だから、【テンプラム】の開催告知も引き延ばされている。少なくとも、今すぐにどうこうって話じゃないでしょ」

それを聞いたテスフィアは、分かりやすい程に顔に安堵《あんど》の色を浮《う》かべた。一度は避《さ》けて通れないと覚悟《かくご》を決めたものの、回避《かいひ》できることなら回避したい、というのが心情なのだろう。そして何より、あのウームリュイナ家が苦境にあるということは、それなりに溜飲《りゅういん》が下がる出来事だったようだ。

早速《さっそく》「いえーい」などと、苦笑いしているアリスとハイタッチを交わそうとする様子は、ちょっと浮かれすぎなようにも見えた。

「いずれにしても、わざわざ稼がなくても時間的猶予は出来たということだな。なんとかタイムリミットまでに、新魔法が形になれば良いが」

独白するアルスの横で、テスフィアは「そうね、いっそ訓練に集中できるってものよ」などと鼻息を荒《あら》くしている。

何はともあれ……。

「そっちで奴《やつ》らを掻《か》きまわしたり、いっそ潰してくれるなら、こっちは大助かりだな」

「そう上手《うま》く行けば良いけど。追い詰《つ》められた鼠《ねずみ》ほど、怖《こわ》いものはないわよ。それにあの家は鼠なんて可愛《かわい》いもんじゃない。堕《お》ちた元王族、ドス黒い血で汚《よご》れた獅子《しし》なんだから」

ここで紅茶を一気に飲み干したリリシャは、一つ息をつき「ご馳走様《ちそうさま》」と礼を述べる。

「なんであろうと、矛先《ほこさき》がこっちに向かなければ問題ない」

「そうですよアルス様、わざわざ労力を割《さ》いて、これ以上首を突《つ》っ込むことなんてありません。これで、ようやく一息つけそうですね！」

ロキが嬉《うれ》しそうに告げるが、彼女の魂胆《こんたん》は分かっている。不自然なほどに強引な主張はこの機会を心身ともに療養《りょうよう》する期間に充《あ》てるよう、言外に伝えているつもりなのだろう。

しかし、アルスはそんなロキの思惑《おもわく》など無視して、口角を上げてにやりと笑った。

「その通りだ。これで溜《た》まっていた研究を一気に進められる。忙しくなるぞ」

意気込《いきご》むアルスの様子に、テーブルを囲む面々の顔には、呆《あき》れの色が一斉《いっせい》に浮かんだのだった。

第79章「見えない住人」

アルファ中層に位置する辺境地帯。

都市部を離《はな》れたこのあたりには、いまだ随分と哀愁《あいしゅう》っぽさを匂《にお》わせる風景が広がっている。いくら全人類の文明基盤《きばん》が7カ国に減縮したとはいえ、生存圏内《けんない》の全員が、豊かな暮らしを享受《きょうじゅ》できているわけではない。落ちぶれた元市民やコミュニティから締め出された流民など、こういった辺境でやむなく暮らしている人々も少なくないのだ。

辛《かろ》うじて残されている文明の恩恵《おんけい》の有無は、都市部とこういった辺境で、二極化しているとも言える。

辺境は貧しく、貴族の邸宅《ていたく》などを見ることもなく、ただただ田畑が広がり、長年使われていた農業路や古臭《ふるくさ》い生産施設《しせつ》の名残《なご》りが、今も旧時代のような様相で残っている。そんな光景の中、ポツポツと外見に統一感のない木造家屋が点在し、そこではいまだ、古風な生活の知恵《ちえ》といったものが根付いた暮らしが、細々と営まれていたりする。

魔物《まもの》に蹂躙《じゅうりん》されつつある世界の果てに、皮肉にもかつての古き良き人類の故郷が再出現したような光景、ともいえるだろう。

さまざまな文化が混じり合った都市部から孤立《こりつ》し、発展を拒絶《きょぜつ》しているかのようなその風土。周囲を木々に囲まれた集落の姿は、文明から隔絶《かくぜつ》された閉鎖性《へいさせい》を感じさせるとともに、まるで旧《ふる》い絵画に描《えが》かれる俗世《ぞくせ》から逃《のが》れた者の隠《かく》れ里《ざと》のような、一種独特の郷愁《きょうしゅう》を見る者に覚えさせるのだ。

そんな、とある集落に訪《おとず》れた夜の静けさの中。

ザッザッと、どれほど気を遣って移動してもやけに響《ひび》く砂利《じゃり》の音が周囲に響いた。その荒々《あらあら》しい足音は、お上品な貴族の礼儀《れいぎ》作法など、ここでは一切《いっさい》不要だと自ら主張しているかのようだ。

月明かりだけが、この村を照らしていた。ただ、もしも疑似《ぎじ》気象装置や疑似映像の気まぐれで、偽《にせ》の月が厚い雲にでも覆われようものならば、光源を失ったこの村もまた、暗闇《くらやみ》の中に沈《しず》んでしまうのだろう。

そんな人影《ひとかげ》のない村の小道を、一人の見目麗《うるわ》しい少女が急ぎ足で移動していた。なにしろこんな辺鄙《へんぴ》な場所では、魔法科学の粋《すい》を集めた転移門《サークルポート》による移動経路すら整備されていない。最寄《もよ》りのそこから、全力で走っても一時間以上掛かってしまうのだから。

（困ったものだわ。こんな時に連絡《れんらく》がつかないなんて。冗談《じょうだん》抜《ぬ》きで大変な状況《じょうきょう》だというのに、気づいていないのかしら）

夜目は利く方だが、女性が一人でこんな夜道を歩くものではない、とつくづく思う。ただ、もし何かに襲われるにせよ、それが人間であろうということだけは、まだ救いがある。

いくら辺鄙な片田舎《かたいなか》とはいえ、人類の生存圏内には、野犬や毒蛇《どくへび》といった生物はあっても魔法で対抗《たいこう》できないほどの猛獣《もうじゅう》は、存在しないからだ。

ただこの集落の夜は、普通《ふつう》とどこかが違うような気がする。都会の貴族としての暮らしに慣れた彼女にとっては、本能的な恐怖《きょうふ》を感じさせられるような、独特の闇《やみ》の深さがあった。

まるで言い知れぬ不安を払拭《ふっしょく》しようとするかのように、彼女は豊かな胸にまで掛かる長い髪を、そっと掻き上げる。そんな仕草にすら漂う、洗練された女性としての品と艶やかさ。それはまるで盛りの花が匂うように、こんな月夜の下ですら一層際立《きわだ》つ。

「ここね……」

やがて彼女は、民家とおぼしき建物の前で小さく呟いた。そこはいわば木造家屋の離れであり、落ち着いたオレンジ色の灯りが、たった一つだけ屋内から漏《も》れ出ていた。

そんな寂《さび》れた家の玄関前《げんかんまえ》に、彼女は改めて立つ。途端《とたん》に、微《かす》かに中から感じられていた存在の気配がふっと途絶《とだ》え……周囲が、しんと静まり返る。それは明らかに、玄関前の来訪者を察して意図的に作られた、人為的《じんいてき》な静けさであった。

（そういえば、合図とかなかったわね。どうしましょう）

小さく微笑《ほほえ》むと、どこか悪戯《いたずら》っぽい笑《え》みを、その少女は口元に浮かべた。それからわざと声色《こわいろ》を変えるように、そっと喉《のど》に手を当ててから、声を張る。

「ああもう……あなた、いったい何度言わせたら気が済むのかしら？　晩ご飯がいらないなら事前に連絡しなさいと、いつもあれほど……」

途端、ダダダッと家屋の中から慌《あわ》ただしい足音が近づいてきて、ガラリと戸が開いた。

「フェリネラ、それはやめろッ！」

血相を変えて顔を出したのは少女の父――ヴィザイスト・ソカレントその人であった。

三大貴族の一角、ソカレント家の当主にして軍の有力者。高い戦闘《せんとう》能力にどっしりと存在感がある肉体、壮年《そうねん》ながら知力体力ともに衰《おとろ》え知らずで恐《おそ》れられ、アルファ諜報《ちようほう》部隊を一手に率いる猛者《もさ》も、家庭内では三顧《さんこ》の礼で迎《むか》えた美人妻には、まったく頭が上がらない。

さっきの台詞《せりふ》は、そんな父に条件反射の如く、良心の呵責《かしやく》とともに激烈《げきれつ》な反応を引き出させる、魔法の言葉である。

「んんっ」と喉の調子を少し整えると、フェリネラは満面の笑みで、父親にこう返した。

「でしたら、連絡手段は残しておいてください、お父様」

ムムッと唸《うな》ったヴィザイストの背後では、この突然《とつぜん》の出来事に危険なしと知って、音もなく現れた諜報部隊員たちが、この茶番劇を眺《なが》めている。ヴィザイストの部下五名――今やその全員がやれやれと呆れたような、それでいてどこか優《やさ》しい眼差《まなざ》しを、すっかり普段《ふだん》の威厳《いげん》を失った上司と、その美しい娘へと向けていた。

「コホン……まあいい、入れ」

咳払《せきばら》いした父に言われるまでもなく、フェリネラは滑《すべ》るように、その諜報員のために設けられた仮拠点に入っていく。中は、どこにでもあるごく普通の部屋であった。

人が住んでいることを示すべく、生活感を出すため並べられた、最低限の家具。鉄製の錆《さ》びた薬缶《やかん》などいかにも雰囲気《ふんいき》が出ていて、手の込《こ》んだ偽装《ぎそう》ぶりである。暖炉《だんろ》の火もちろちろと燃えており、室内をほんのりと暖めている。

以前の家主であった老人が亡《な》くなった後、古民家を家具ごと買い上げたらしい。当然、経費などで落ちるわけもないので、人を介して購入《こうにゅう》させ、ヴィザイストらの拠点の一つとしたようだ。

ちなみにヴィザイストはともかく、他《ほか》の隊員は素性《すじょう》を知られないために一般人《いっぱんじん》に扮《ふん》している状態だ。

「連絡もなしに突然潜《とつぜんもぐ》られちゃうと、潜伏《せんぷく》場所が分からないのよ、お父様」

まるで苦労させられた憤《いきどお》りをぶつけるように、フェリネラは静かなる怒《いか》りを声に含ませた。

「ちょうど情報共有しようと一旦戻《いったんもど》るところだったんだ、まあ適当に座《すわ》れ」

言い訳がましい言葉とともに、湯気を立てるアルミのコップが差し出される。その中身はインスタントの珈琲《コーヒー》であった。

部屋の中には四つの机が寄せ集めて置かれ、その上には雑多に資料が散乱している。手前には、それらの記載《きさい》情報を纏《まと》めたらしい大判の紙が広げられていた。

いかにも古風な様だが、一切の痕跡《こんせき》を残せない諜報活動中は、こういった原始的なやり方のほうがかえって便利なこともある。下手な記録媒体《ばいたい》より、紙なら燃やすなり飲《の》み込むなり、隠滅《いんめつ》の手立てがいろいろあるのだから。

フェリネラはひとまず、淹《い》れたての珈琲が入った温かいコップを両手で持ち、冷えた身体を温めた。互いの情報を共有したかったのは、何もヴィザイストだけではない。

改めて居住まいを正し、父と隊員が見届ける前で、フェリネラはよく整理された口調で話し始めた。

「アルスさんの一件は、一応の決着を見ました。クーデターを企《たくら》んだ【アフェルカ】の実質的主導者、レイリー・ロン・ド・リムフジェ・フリュスエヴァンは失脚《しっきゃく》。その後、末娘《すえむすめ》のリリシャ・ロン・ド・リムフジェ・フリュスエヴァンを筆頭に【アフェルカ】は組織再編され、新たに元首直属の近衛隊として、新体制で生まれ変わる旨《むね》が布告されました」

ごくシンプルにフェリネラがそう告げると、ヴィザイストはさして驚いた様子もなく、つまらなそうに言う。

「近衛、と来たか。あの元首様、どうやら危ない橋を渡《わた》り切ったようだな。リスクばかりが目立つあんな大博打《おおばくち》に、ベリックもよく加担したものだ」

無骨な木の椅子《いす》に腰《こし》を下ろしたヴィザイストは、だいぶ伸《の》びた顎髭《あごひげ》をジョリジョリとさすった。

「ああ、そういえばフリュスエヴァンの娘は、わざわざベリックが手引きして、学院に転入させていたんだったな。ふん、えげつない手を思いつくもんだ。アルスのことをよく分かっているというか、寧《むし》ろ逆に分かっていないというべきか……」

そう言い捨てて眉《まゆ》を寄せたヴィザイストは、どうも面白《おもしろ》くないとばかりに鼻を鳴らす。

「ただ、今回の一件では理事長……システィ・ネクソフィアの助力を仰ぐことができました。アルスさん周辺の問題については、今後はしばらく、貴族間で噂になることは防げるでしょう」

するとヴィザイストは、今度は少し愉快《ゆかい》そうにバンッとテーブルを叩いた。

「ははっ、そいつは良い。ベリックも下手なちょっかいが過ぎたな。奴も何かとシスティには弱みを握《にぎ》られてばかりだ。いくつ借りがあるのか勘定《かんじょう》するだけでも、うんざりと言っていい状況だろう。システィを巻き込んだとなると、ベリックとしてはさらに重い負債《ふさい》を背負《せお》い込んだ形になるな」

ただ、実のところベリックとしては、システィが絡んでくる可能性もまた、折り込み済みだったのだろう。それでも彼《かれ》はあえてリスクを選び、フリュスエヴァンの末娘をアルスに近づけたのだ。

それで全てが落ち着くべきところに落ち着いたというのなら、それはきっとベリックとしては予定調和。多少の想定外はあれど、予想の範囲内《はんいない》に全てが収まったということ。アルファにおいてあの元首とベリックが手を組んだのならば、大抵《たいてい》のことは上手く解決する。解決できないことがあるとすれば――そこが一番の問題なのだが――巻《ま》き込まれた者の鬱屈《うっくつ》だけだろう。

特に今回は、たった一人のそれだけが重要だ。７カ国で最強の魔法師、ただ一人の心証だけが。

「アルスもつくづく、不幸な星の下に生まれたものだ」

「コホン……お父様？」

「すまんな。俺が言えた義理じゃなかったな」

フェリネラの柔《やわ》らかいたしなめに、ヴィザイストは頬《ほお》を掻いて応《こた》えた。

「ま、そっち方面については、お前があいった以上、それほど心配していない。アルスもも う子供じゃない、アイツが何を選ぼうと尊重するつもりだ」

ヴィザイストのそんな言葉は、まるでアルスの心の内をぴたりと読んでいるように思えた。実際にアルスが元首の前で取ってきた態度は、それこそ敬意など欠片《かけら》もないもの。だから、彼の前には実際いくつもの選択肢《せんたくし》があったのだ。あのままアルファという国に見切りを付けて亡命しても良かったし、目の前で起こる全てに目を瞑《つぶ》ることだってできた。

ある分野の頂点という絶対的優位性は、ともすれば〝自由〟にも置き換えられるのが通常であるはず。しかしことアルスに限っては、現1位という座が逃れえぬ社会や国家のしがらみと複雑に絡まり合っている以上、そんな自由への一歩がとても遠い。

フェリネラは、憮然《ぶぜん》とした面持《おもも》ちでそんなことを言うヴィザイストをじっと見つめた。

父は、アルスが真に望む自由について、どこまで深く考えているのだろうか。それは軍のしがらみからの解放を指すのか、それともアルスが望むあらゆることを成《な》し遂《と》げられるだけの余暇《よか》や時間を指すのか。

いや……もしかするとそれは、この小さな世界の〝外〟を指しているのかもしれない。

彼に一人の女性として好意を寄せているフェリネラだったが、もしかするとそこについては、かつての上官たる父の方が、よほどアルスという人間を理解しているのかもしれなかった。

知らず知らず、フェリネラはそんな父に対して、どこか嫉妬《しっと》に近い感情を抱いていた。

「……？」

ヴィザイストの意外そうな顔を見て、フェリネラはハッとした。どうやら目の前の父に、我知らず妙に険のある視線を向けてしまっていたらしい。

フェリネラはこの居心地《いごこち》の悪さを振《ふ》り払《はら》うべく、そそくさと話題を切り替《か》える。

「ところで、お父様が別件で潜《もぐ》られたということまでは察しましたが、まさか居場所を見つけるのに、ここまで苦労するとは思いませんでした」

「ああ、そのことだが、さっきも言ったが、ちょうど情報を纏め終えたところだ。至急報告書をベリックに提出せねばならん、まさに爆弾《ばくだん》、という案件でな」

父の口調に、常ならぬ雰囲気があるのを感じ取って、フェリネラは緊迫《きんぱく》した面持ちで尋《たず》ねる。

「……ということは、事実だったと？」

ヴィザイストの目配せによって、他の諜報員達《ちょうほういんたち》が、さっと整理した情報をまとめた資料を手に、集まってきた。

フェリネラは正式な諜報隊員ではないが、実質的には父の手伝いという名目で、これまで軍人顔負けの諜報活動をいくつもこなしてきている。なのでこんな状況下では尚更《なおさら》、隊員達もフェリネラを部外者扱《あつか》いすることはない。

「まず、こちらをご覧ください」

どこにでもいるような冴《さ》えない顔の隊員が、真面目《まじめ》くさった口調で言った。

彼はくたびれたワークシャツに汚れが染《し》み付いたボトムス、加えて年季の入った皮のワークブーツという恰好《かっこう》だ。

このヴィザイストの部下五名は、いずれも何の変哲《へんてつ》もない恰好をしているが、全員が選《よ》りすぐりの諜報員だ。妻子がいる者も存在するらしいが、彼らは本名を捨て、常に偽名《ぎめい》を使ってあちこちに潜伏しつつ活動している。フェリネラでさえ本名については一人も知らないくらいだ。

いかにも市井《しせい》の生活に溶《と》け込むのにふさわしい、一切の個性を平凡《へいぼん》なルックスの中に覆い包んだその男は、壁《かべ》に無造作に貼《は》られた写真類を小さな棒で指し示していく。

「まず、リークされた標的の写真です」

「結構、画像が粗いですね」

かろうじて人相は分かるが、どうにも輪郭《りんかく》がぼやけている。フェリネラはその詳細《しょうさい》を認《にん》識《しき》するのに、思わず目を細めてしまったほどだった。

「この距離《きょり》でも、セーフティゾーンぎりぎりです。用心深いというのとはまた違い、とにかく勘《かん》が鋭《するど》い女でしてね」

写真の入手を担当したのだろう別の男が、フェリネラにそう説明した。

「この女の名は、ミール・オスタイカ」

そこまで言った後で、男はもったいつけるように一拍《いっぱく》空けて「脱獄囚《だつごくしゅう》です……とある場所からの」とはっきり告げた。

「要人の暗殺など何件もの殺人に関与、実行したとされています。実は俺の他に、彼女に接近したフェーヴェル家子飼いの情報屋がいたのですが、気づかれて消されたものと思われます」

「……!! フェーヴェル家も探《さぐ》りを入れていたのですか」

フェリネラの問いには、ヴィザイスト自らが答えた。

「そのようだ。もっとも尊い犠牲《ぎせい》のおかげで、こちらは上手く情報を持ち帰れたが」

流石《さすが》に相手も、二重に監視《かんし》されていたとは思わなかったのだろう。

「かつての鬼教官《おに》、人脈も広いフローゼのことだ、フェーヴェル家に現れたという襲撃犯《しゅうげきはん》の線から、探りを入れたのかもしれんな」

　ヴィザイストの言葉に呼応するように、部下の手で新たに大判紙に貼られた顔写真。それは古いコピー用紙に印刷された、白髪《しらが》交じりの男のものだった。

「こちらはヴェクター。旧【アフェルカ】の構成員で、フェーヴェル家執事《しつじ》のセルバ・グリーヌスによって始末されています。ミール同様、収容されていた場所から、脱獄《だつごく》したものと思われます」

　他にもミールやヴェクターの個人情報とおぼしき無数の資料が示されていたが、それとは別に、ヴィザイストは手元のとあるリストを持ち、子細に眺めていた。どうやらそれは、同じ特定の情報・条件を持つ囚人名簿《しゅうじんめいぼ》らしかった。

「現在判明している〝お仲間〟は、こいつらだ。どいつもこいつも超弩級《ちょうどきゅう》の魔法犯罪者。それも七面倒《しちめんどう》なことに、さっきのフェーヴェル家に現れたヴェクターの件や、ミール・オスタイカの下に数人程度が集っているという状況から見て、ほぼ全員がアルファに潜伏している可能性が高い」

　投げやりに資料の束を卓上《たくじょう》に広げると、ヴィザイストはこめかみを押《お》さえる。

　フェリネラはそれに目を落としながら、疑問を投げかける。

「でも彼らが脱獄囚だというなら、そもそも収容されていた場所というのは？　アルファの特級刑務所《けいむしょ》などですか？　少なくとも国内からはそんな情報は入ってきていませんが」

「はい、その通りです。まあ〝あるはずのない場所から、生きているはずのない連中〟が、という推測が成り立ちますね」

そこまで言うとさきほどの部下は、まず隊長であるヴィザイストにアイコンタクトを送る。その意を察して、フェリネラも父へと意味深な視線を向けた。

続いて肩《かた》を竦《すく》めたヴィザイストからぞんざいに手を振る形で許可が下り、部下の男は慇《いん》懃《ぎん》な口調で話し出した。

「特筆すべきはそもそも彼らが記録上、捕縛《ほばく》の際に抵抗《ていこう》、もしくは拘留《こうりゅう》中に事故・病死したはずの連中ばかり、ということです。そして、そんな表向き存在を抹消《まっしょう》された犯罪者が集められていたとおぼしき場所は……」

事の重大さを悟《さと》ったフェリネラが真剣《しんけん》な面持ちで見守る中、男は続ける。

「イベリスとクレビディートの相互《そうご》排他的《はいたてき》管理領域、つまりは〝外界〟。正確にはその地下に作られた魔法犯罪者専用の秘密刑務所、その名も【トロイア監獄《かんごく》】。彼らは全員が、そこからの脱獄囚《だつごくしゅう》と思われます」

「……！」

「実在したんだよ、以前から噂だけは囁《ささや》かれていたがな。手に負えない囚人《しゅうじん》を密かに集め、表向き禁止されてる死刑《しけい》の代わりに〝供給刑〟を執行してるという、胡散臭《うさんくさ》い場所だ」

ヴィザイストがうんざりしたように付け足した。

《トロイア監獄》……無論、フェリネラがその存在を知るはずもない。そもそも外界に一部の軍用基地以外の巨大《きょだい》建造物が建築された例など、過去にほとんどないのだから。

部下に飲み物を頼《たの》みがてら、ヴィザイストは鬱屈気味に大きな溜息《ためいき》を吐《つ》いてみせた。

「トロイア監獄には、元は研究施設として活用する構想もあったようだ。外界にわざわざ建造されたのも、内地ではできない種類の研究を想定していたため、と聞く。それがいつしか、７カ国の重魔法犯罪者の受け皿へと形を変えたわけだな」

ヴィザイストは忌々《いまいま》しそうにそこでいったん言葉を切ると、ふと思い出したように。

「っと、話が逸《そ》れたな。まあ、ともかく管理リスクの高い凶悪《きょうあく》魔法犯罪者どもはただでさえ悩《なや》みの種だし、受刑者《じゅけいしゃ》の生命が続く限り魔力を搾《しぼ》り取る供給刑には人道上の批判も少なくない。臭い物に蓋《ふた》をするという意味でも、一石二鳥だったということだ」

同時に、いつか極秘《ごくひ》資料で見た通称《つうしょう》〝首輪〟なる特殊《とくしゅ》装置のことも、彼の頭を過《よぎ》っていた。説明では暴れる囚人を鎮《しず》めるための魔力器具だとされていたが、おそらくは、この秘密監獄で使われていたのだろう。

「外界なら、脱獄しようにも外は魔物だらけ。加えて衰弱《すいじゃく》しきった身体では生存圏内まで辿《たど》り着けないというわけですね。実に合理的ではあります」

一方のフェリネラは、少し考えこみながら言った。確かに合理的ではあるが、そうなるとどうやって脱獄を成立させたのか、という疑問も頭をもたげてくる。

「ま、上層部がどこまで掴《つか》めているか知らんが、さすがに火元に近いクレビディートとイベリスは察知している頃合《ころあ》いだろう」

とはいえもう手遅《ておく》れだがな、と、ヴィザイストは苛立《いらだ》たしげに吐き捨てる。そこでタイミングを計っていたように、部下の男が資料に目を向けてこう切り出した。

「トロイア監獄では、囚人は罪の重さに応じて地下1~5層に分けられて管理されています。ちなみに4層でもうすでに、収容されているのは治安部隊はおろか、並みの魔法師では手に負えないレベルの凶悪犯となります」

「では5層は?」

フェリネラの疑問に、男は困ったように肩を竦める。

「残念なことに、データがあまりないのですが、裏世界の闇の深さから推測するに、一桁《ひとけた》下位の魔法師が手こずるレベルの相手が交ざっていてもまったくおかしくありませんね」

武力による国家転覆《てんぷく》計画の企《くわだ》て、禁忌にまで手を染めての大量虐殺《ぎゃくさつ》など、最悪の事件を引き起こした魔法犯罪者は、歴史上何人かいる。だが、彼らが表の魔法師ランキングにおいても名を連ねていた、という例は非常に少ない。

なぜならば、この世界に敷《し》かれている魔法師のランキングとは、あくまで「対魔物」の実績によって算出されているもの。加えてそれは所詮《しょせん》「表の世界における」ものに過ぎないからだ。光が差さぬ裏世界の闇は、先程《さきほど》の男の言葉を持ち出すまでもなく、恐ろしく濃くて深いのだ。

たとえば、対人暗殺を生業としてきた【アフェルカ】。彼らが表の魔法師ランキングに名を連ねるような強者を過去に輩出《はいしゅつ》していた、というような話はほぼ聞かない。にもかかわらず、彼らはときに、大物魔法師を兼《か》ねる貴族や有力者を易々と屠《ほふ》ってきたのである。

そんな事実からも分かるように、通常交わることのない光と影《かげ》の世界では、力の評価基準もまた、一部のみでしか重ならない。特に禁忌や邪法《じゃほう》といった類の手段まで容赦《ようしゃ》なく持ち込まれる命の奪《と》り合いとなれば、その評価軸《じく》の乖離《かいり》はいっそう深まるのだ。

「とにかく、犯罪レベルでいえば、彼らはこちらで調査しただけでも、結構な大物ばかりですからね。死亡者リストに名前が残っている者もいましたから」

「すでに捕縛された者などは、いないのですか？」

「残念ながら。推測ですが、ごく一部の変わり者でもなければ、トロイア監獄の全囚人が脱獄した可能性が高いです。ただ正直、魔法もろくに使えないだろう状態で、あの外界でどうやって生き延び、内地に辿り着いたのか。普通に考えれば内通者がいる、と結論づけるのが妥当《だとう》でしょう。ただし裏世界の住人なら、警備が厳重な秘密監獄に潜り込んで堂々と手引きをする、なんて芸当を平然とやってのける者がいてもおかしくはないですが」

これについては、ヴィザイストが苦々しげに言った。

「そういえば、以前グドマ・バーホングが何者かによって殺害された時も、同様だったな。軍本部の警戒《けいかい》の中、悠々《ゆうゆう》とあれだけのことをやり遂げてくれた犯人は、今も不明なままだ。もちろん内通者の線は徹底的《てっていてき》に調べられたが、容疑者全員がシロだった。結果、外部の者の犯行と断定するほかなかったわけだが、そんな腕《うで》のある奴がそうそういるとは思えん。多分、クラマか何かの大犯罪組織の助けがあったか、いっそ同一人物なら、今度の徹底調査でいくらかは尻尾《しっぽ》も掴みやすくなるだろう」

ヴィザイストが鼻息を荒くしたところで、さて、と新たな部下で少々軽そうな外見の男が、仕切り直すように大判紙に貼ってあった先の資料を剥《は》がし、犯罪者のリストと合わせてずらりと卓上に並べた。

「現在こちらが把握《はあく》しているのは十五名。その中でも要注意人物がこいつらです。さきほどのミール・オスタイカ。それからこいつ……ダンテ、と呼ばれてますね。なんと、どれほど調べても本名が不詳《ふしよう》としかわかりません」

「なんだ、それは？」

ヴィザイストが顔をしかめる。

「さあ？　孤児《こじ》か捨て子、戸籍抹消者《こせきまつしようしや》、トンデモな方向なら記憶喪失者《きおくそうしつしや》とか、どこかの元首の隠し子で政治問題上、名が伏《ふ》せられてるとか……あ、どれだけ厳しく取り調べても肝心なことは完全黙秘《もくひ》、心身ともに異様に頑健《がんけん》で精神誘導《ゆうどう》や自白剤《じはくざい》の類も効果なし、とあります。いっそ神様か悪魔《あくま》の使い、人造人間といった線も？」

とぼけたように肩を竦めて見せる部下に、ヴィザイストは苦々しく言い放つ。

「おい、冗談《じようだん》はそれくらいにしておけ。まあいい、続けろ」

「失礼しました。国内に潜伏しているこいつらの中で、こちらが人相を確認《かくにん》できたのはミールだけです。とくにダンテについては謎《なぞ》が多いですね。なにしろ捕縛経緯《ほばくけいい》からして妙だ。イベリスで軍人大量虐殺を扇動《せんどう》していたと、進んで〝自首した〟とあります」

「自首!?　……ですか？　トップクラスの凶悪犯罪者が？」

思わず声を上擦《うわず》らせたフェリネラは、すぐに落ち着きを取り戻し、わずかに頬を染めて小さく謝罪代わりの会釈《えしやく》とともに、先を続けてくれと促《うなが》す。

「いや、驚かれるのも無理ないです。何しろこいつについては、犯罪行為《こうい》も自首も動機が一切不明、しかし彼が捕縛される少し前に、イベリスで優秀《ゆうしゅう》な魔法師《まほうし》が、何らかの理由で大勢命を落としたのは事実みたいです。でも正直、この情報自体が国家機密レベルですから探れるのもここまでですね。ちなみにダンテは5層に収監《しゅうかん》されていて、今回の脱獄も、彼が囚人らを扇動した結果ではないか、と」

その後、フェリネラはしばらくの間、テーブル上の資料全《すべ》てを目に焼き付けて一通り覚えることに専念した。これらの資料はいずれ最低限必要なものだけを残して、全て廃棄《はいき》しなければならないからだ。

だが正直、トロイア監獄なるものの存在すら、フェリネラは知らなかった。なのに諜報《ちょうほう》隊員らは、どうやってここまで深い情報を入手してきたのだろうか。総督《そうとく》であるベリックとも近い立場の父なら、特別に頼めば、国家機密レベルの情報にもアクセスできるのかもしれないが……。

思慮《しりょ》深《ぶか》く聡明《そうめい》ではあっても、やはり年若い少女である彼女からすれば、まだまだ世界は知らないことだらけだった。いっそ、疑心暗鬼《ぎしんあんき》めいた気分にさえ陥《おちい》ってしまうくらいだ。これでは巷《ちまた》に溢《あふ》れる陰謀論《いんぼうろん》めいた言説も、あながち的外れではないのかもしれない。例えば、半世紀前に起こったという大災厄——クロノス襲来《しゅうらい》——とその結果引き起こされた恐るべき被害《ひがい》すらも、いったいどこまでが本当なのか……。いや、凄《すさ》まじい死者数と秩序《ちつじょ》の崩壊《ほうかい》をもたらしたそれが、もし偽《いつわ》りであったというなら、それは寧ろ喜ばしいことなのかもしれないが。

ともかく、今は問題の囚人リストを暗記するのが最優先だ。

優秀な頭脳をフル回転させて集中しているその時、父親から、ふと信じがたい言葉が飛び出したことで、フェリネラは思わず表情を固まらせて、耳を疑った。

「アルスだ、まずは奴にこれを伝えなきゃならん。頼めるか、フェリ？」

「……お父様、もしかして、一人娘《ひとりむすめ》の恋路《こいじ》を邪魔《じゃま》してくださっているのですか？」

硬《かた》い口調でフェリネラは顔だけを向けて、父へとおかしな丁寧語《ていねいご》を発した。アルスが軍務を敬遠しているのは間違《まちが》いないのだから。

ギクリと分かりやすく表情筋を硬直《こうちょく》させたヴィザイストは、言い訳がましく「いや、その、あくまで任務と私事は別だが」とお茶を濁《にご》そうとしたが、フェリネラは視線のみで、そんな父のしどろもどろな態度を抑《おさ》え込み。

「分かりました」

と、ごく簡潔な一言のみを返す。

気持ちを落ち着かせるため深い溜め息《いき》をつきつつ、確かにそれが一番良いやり方ね、と改めて理性的に判断した、つもりである。いや、やはりアルスに会う口実ができた、という密《ひそ》かな喜びが心の奥底《おくそこ》にあるのも、また事実だったが。

そもそもヴィザイストが率いる諜報部隊の本義は、情報収集だけでなく、それを然《しか》るべき者へと正しいタイミングで引き渡すことだ。情報は活用されてこそ意味があり、行動につながるからこそ存在価値がある。

そしてこのアルファにおいて、最大の行動力と実行力を持つのは、アルスを置いて他にはいない。軍事面の最終意思決定者であるベリックの判断を仰《あお》ぐ必要はあるとはいえ、国内戦力としては最高の力の持ち主であるアルスに、その判断に役立つ最適な情報をもたらすことは、決して諜報部隊本来の存在意義には背《そむ》かないはず。そもそもこの諜報部隊はアルスへと情報を流すための部隊でもあるのだ。

つまりはベリックが下す次の一手について、フェリネラがあらかじめアルスに補足しておく役目を与《あた》えられた、ということだと解釈《かいしゃく》して間違いない。

そこでふと、ヴィザイストの意識が玄関の外に向いたことに、フェリネラは気づく。

「やっと着いたか」

彼がそう溢《こぼ》した直後、外に立ち現れた人の気配がした。

そこにはツナギを着た恰幅《かっぷく》の良い男が、顔いっぱいに汗《あせ》を浮《う》かべて片膝《かたひざ》をつき、荒い息をつきながらかしこまっている。男のツナギは大量の汗を吸って、あちこちに薄墨《うすずみ》色の模様を浮かべていた。男は息を切らせ、時折唾《つば》を飲み込みながら、かろうじて言葉を紡《つむ》ぐ。

「ヴィザイスト隊長……は、はぁはぁ、ゴクッ……ク、クレビディートのシングル魔法師、ファ、ファノン・トルーパーがッ！　ア、アルファに向けて、先程国を発《た》ちました！」

「落ち着け、要領を得んぞ。なぜ、他国のシングル魔法師がアルファを目指す？」

シングル魔法師は国が有する最高級の戦力であり、まさに一人一人が国家総力軍にも相当する存在だ。それが無断で他国に足を踏《ふ》み入れることは、国際政治上、ほとんど領土侵《しん》犯《ぱん》に匹敵《ひってき》する重大事である。

フェリネラはすぐに、手近なコップに水を汲《く》むと、太った男に渡した。

男はそれを、慌てて喉に一気に流《なが》し込むと、

「クレビディートに潜伏していた情報員からの、確かな情報です。何でも国境侵犯の兆候ありとのこと。ファノン・トルーパーだけでなく、彼女《かのじょ》が率いる分隊が高速移動している模様です！」

焦《あせ》りに焦った早口で紡がれた言葉は、いまだにどこか取り留めもない印象だ。

「チィッ！」

盛大に舌打ちしたヴィザイストは、即座《そくざ》に意識を切り替えて、机から引ったくるようにしてアルファの地図を広げた。

脱獄囚に加えて、とち狂《くる》ったシングル魔法師の暴走。

「クレビディート政府側からは、事前に何もないのか！」

苛立ちをぶつけるかのように大声で問うが、もちろんこの場にそれについて答えられる者はいない。ヴィザイストは苦々しく顔をゆがめると、忙《せわ》しく地図にペンで記していく手と視線を動かしながら、ただ一声のみ発する。

「動くぞ！」

隊員らは直ちにその意を察して、脱獄囚に関する資料や雑多な情報の束を、一気に暖炉に投《な》げ込みはじめる。一通りの隠滅処理を終えると、彼らは皆《みな》、覚悟《かくご》を湛《たた》えた顔立ちになり、次の指令を待つ態勢に入った。

たびたび諜報の仕事を手伝っているフェリネラとて、ここまで完璧《かんぺき》に、父の意を汲み取ることはできないだろう。

「どう見ても異常事態だというのに、緊急連絡《きんきゅうれんらく》チャンネルは閉じたままか。十中八九、まだ国内の誰《だれ》も、この事態を把握できていないな。幸い、ここから国境は近い」

地図と睨《にら》めっこを始めたヴィザイストの隣《となり》に汗だくの太った男が並ぶと、ほかの部下も加わり、慌ただしく情報が交錯《こうさく》する。

クレビディートを担当している潜入《せんにゅう》諜報員と太った男が伝えてきた情報を合わせると、

ファノン達はまだアルファ国境を越《こ》えてはいないはず。だとすると、その現在位置は……。

フェリネラは臆《おく》しながらも的を射た質問を投げ入れる。

「ちなみに、現在予想されるファノン・トルーパー隊の目標・目的については？」

「は、はい……クレビディート国内でテロが起きたという情報もありましたが、途中《とちゅう》で連絡が途絶えまして、真偽《しんぎ》不明です」

「なら、どうせ国境検問所での入国手続きについても……いや、言わんでいい」

ヴィザイストは、再び苦い表情で、自らの問いを中断した。

なにしろ正式な通達なしでの、シングル魔法師の単独部隊移動である。自国の問題児、ヽヽヽもといシングル1位の気ままな行動ぶりを鑑《かんが》みても、ファノンが正規の手続きを踏む可能性は、極《きわ》めて低いと判断できた。

「脱獄囚に加えて、テロときたか。ならばクレビディートのシングル魔法師の異常な動きも、全くの無関係というわけもあるまい。とにかく今は情報が足らん」

国家の重大事が重なると何かしらの因果関係はあると見て間違いないだろう。だが、ファノン・トルーパーの暴走は別の問題を引き起こしかねない。まったく余計な仕事が増えたものだ。

（好き勝手やってくれる！　ッ、ここはこちらが出向くしか打つ手がないな）

らす。

部下にあれこれ命じてなおも情報を集める片手間に、ヴィザイストは必死に思考をめぐ

検問所を無視したとしても国境近くには魔力網《まりょくもう》による監視塔《かんしとう》があり、警備隊が配置されているはずだ。しかし、他国所属とはいえシングル魔法師相手では、いや、シングルが相手だからこそ、状況は容易に彼らの職務権限を超《こ》えてくるだろう。

極めて政治色が強い事件であるがゆえに、押すにも引くにも、判断が付きかねるはず。いかつい外見に似合わず、力だけでなく政治面の巧者《こうしゃ》でもあるヴィザイストには、そんな様子が手に取るように理解できた。

そこに、部下によって新情報が記されたメモが手渡《てわた》された。彼は引ったくるようにそれを掴み取ると、小さく唸る。

「む、移動スピードが相当に速い。このままでは、下手をすると撒《ま》かれるな。不味《まず》いな、このまま国境を越えられれば、重大な国際問題に発展しかねんぞ！」

これ以上面倒《めんどう》ごとが増えれば、間違いなく脱獄囚の追跡《ついせき》どころではなくなる。あわや、シセルニアの現体制すら揺《ゆ》るがしかねないほどの問題が持ち上がるかもしれない。

だというのに現状で一番早く、一番まともに動けるのは、ヴィザイストと彼の部下しかいないのだ。

しかし、自分達がこの辺鄙《へんぴ》な村にいたことだけは幸いだ。先程の情報でファノンらの進行ルートが把握できた今、もしかすると最短距離で、高速移動する「問題の核心《かくしん》」に接触《せっしょく》できるかもしれない。

「出払《ではら》っている者も全て召集《しょうしゅう》しろ！　座標も送っておけ！」

そんな隊長の一声に、てんでバラバラな服装の部下達から、「ハイ！」と一様に規律正しく揃った返答の声が上がった。

第80章「冷戦交渉」

クレビディートとアルファの国境近く。

そこに夜闇《よやみ》に紛《まぎ》れ、アルファを目指して疾走《しっそう》する集団の姿がある。

その全員が、身体を覆《おお》う外套《がいとう》を纏い、不審者《ふしんしゃ》然とした外見であった。

だがこの一団こそが、少し前にヴィザイストらを震撼《しんかん》させた国境地帯への侵入者《しんにゅうしゃ》――クレビディートが誇《ほこ》る世界〝最硬〟の魔法師、ファノン・トルーパー率いる戦闘部隊である。

ファノン以外のメンバー構成は、戦闘要員の男性魔法師二名に女性魔法師一名、治癒魔法師の女性一名に加え、探位1位の探知魔法師エクセレス・リリューセムである。

今、隊長たるファノンは、外套のフードを靡《なび》かせながら、鋭い目で遥《はる》か遠くの進軍先を見据《みす》えていた。

だが、先の戦闘の名残《なごり》を示すかのように額に貼られたガーゼには血が滲《にじ》んでいて少々痛々しく、隊員達も副《ふく》官のエクセレスを含めて五人では、やや心もとない印象だ。

少数精鋭《せいえい》での行軍は、アルファ側を無駄《むだ》に刺激《しげき》しないため、選りすぐったメンバーのみで隊を組んでいる。

無論ファノンとしても、否《いな》やはない。彼女としてはお膝元《ひざもと》でぬけぬけと市民への無差別攻撃《こうげき》をやってのけた凶漢《きょうかん》二人組を、たとえ一人でも始末するつもりだったからだ。

先日こそは辛酸《しんさん》を舐《な》めさせられたが、今回は違《ちが》う。きっちり現段階で最高の装備をあつらえて、この雪辱戦《せつじょくせん》に臨《のぞ》んでいるのだから。

ファノンは猛《もう》スピードで飛ばしながら、不気味な微笑《ほほえ》みとともに言った。

「エクセレス、あの木偶《でく》の坊《ぼう》と拳銃《けんじゅう》使いは、ちゃんと捕捉《ほそく》してるでしょうね」

「勿論《もちろん》ですよ。心配はいりません」

世界最高峰《さいこうほう》の探知魔法師であり探位1位を誇るエクセレスは、例の大筒《おおづつ》を二つ背負いつつも、先頭を走るファノンへと涼《すず》しげに告げた。

それはそうと、軍務に就くというのにファノンの今回の服装は私服、それもお洒落着《しゃれぎ》に等しい装いだった。彼女の可愛《かわい》いもの好きは、雪辱に燃えるこんな場面にまで、十二分に発揮されるらしい。

いわゆるゴスロリ風に装った姿は、この国境地帯では否が応にも目立つ。全身を覆うその趣向《しゅこう》に染まっていないのは、せいぜいエクセレスが専用ベルトとともに負う大筒――クレビディートが誇る至高のＡＷＲ【三器矛盾】の外装くらいであろう。

それは紛れもないファノン専用のAWRでありながら、その持ち出しには軍のトップもしくはクレビディート元首の許可が必要、といういわくつきの代物《しろもの》だ。

全ては、戦闘《せんとう》時にはとかく感情的になりやすく、ときにやりすぎてしまうファノンの性格を鑑みてのこと。

実際、気持ちが昂《たかぶ》ると人間的なブレーキがぶっ壊《こわ》れてしまうファノンに与えるには、恐《おそ》ろしすぎる性能なのだ。現状ではそれらを考慮《こうりょ》し、思慮深い副官のエクセレスがOKを出すことで、どうにか最大三つで構成されるAWRのうち、二つまでは自身の権限で持ち出すことが可能である。それぞれが独立したAWRでもある。各々《おのおの》が単独でも高い性能を誇るが、最後の一つに至っては、まさに最終兵器扱い。実質的に外界でしか使うことが許されず、持ち出すにはエクセレスはもちろん、元首と総督両名の承認《しょうにん》が必要となる仕組みだ。

（とはいえ、正直これ一つでも、十分なのでしょうけど）

エクセレスはちらりと大筒の一つを振り返り、そっと片手で、金属質で無骨なその側面を撫《な》でた。

先の戦い——街中での唐突《とうとつ》な戦闘の発生は想定外ではあったが、幸いにして被害はそこまで莫大《ばくだい》ではない。加えて相手の力も、直に見ることができた。

（このAWRを構えたファノン様を前に、二度目はない）

そんなことを考えて、ふとエクセレスは、珍《めずら》しく少し冷静さを失っている自分に気づき、意外な感慨《かんがい》を覚えた。

先を行くファノンが、とにかく激怒《げきど》していることは間違いない。正直ここまで頭に血が上っている状態の彼女を見るのは、エクセレスも初めてだ。もちろん、あえて少数での部隊編成を上申《じょうしん》したことでも分かるように、国境を侵犯されたアルファ側がその無法を咎《とが》めてきた時の言い訳は、多少なりとも考えてある。だが、それでも若干《じゃっかん》の不安は残る。なにしろ……。

（賊《ぞく》の相手だけじゃなく、アルファに気づかれずに、あれらを回収しなければいけないんですから）

エクセレスが合流した部下から、その伝言を聞いたのはつい先程のことだ。ファノンの行動は意外にもクレビディート上層部から追認《ついにん》された代わりに、条件が付けられた。

それこそが、国内の最新軍事施設《しせつ》【エリア９０】から盗《ぬす》まれたＡＷＲの回収という任務である。

一応はファノンにも伝えてある懸念《けねん》だが、彼女が少しでもそれを気に留《と》めてくれるかどうかは、かなり怪《あや》しい。

万が一大きな政治問題にでも発展すれば、わがままが過ぎて上層部に半ば放任されているファノンでなく、お目付け役を兼ねた副官であるエクセレスに、とばっちりが来ることになるだろう。

憂鬱《ゆううつ》ではあるものの、聡明なエクセレスとしては、多額の費用を投じた国家の重要機密でもある新型AWRを、このまま賊の手に渡《わた》しておくことが許されないのもまた、同時に理解していた。

（しかし、あれほど易々《やすやす》と盗まれておいて、アルファにも悟られず回収しろとはね。お偉《えら》方《がた》もずいぶん面の皮が厚いわね。ファノン様の不興を買ってでも、ということかしら）

一応ファノンを含めた全隊員にその情報は共有されており、この作戦行動の第一目標は、AWRの奪還《だっかん》ということになっている。

とはいえファノンのあの激昂《げきこう》ぶりもあるし、どれだけ秘密裏《ひみつり》に行動したとしても、自分達の任務遂行《すいこう》過程で、アルファ側に物的・人的問わず何らかの被害が及ぶ可能性は否定できない。何しろAWRを奪《うば》って逃走《とうそう》している二人の賊は、白昼堂々、市街地での市民を巻き込《こ》んだ戦闘を厭《いと》わない奴《やつ》らなのだから。

軍事上ならともかく、政治的にはかなりの難度を伴《ともな》う任務といえた。これならば寧《むし》ろ、外界で魔物《まもの》の大群を相手にする方がまだ気楽というものだ。

エクセレスが溜《た》め息をついたその時、彼女の鋭い感覚が異様な魔力波《まりょくは》を感知すると、進行方向上の空が赤く燃えあがる。

そしてこの荒々《あらあら》しい魔力波は、疑いようもない。十中八九、それは彼女らが追跡している標的、ゴードンとスザール両名による何らかの力の発動と見て間違いなかった。

「ふぅん。奴ら、何を始めるつもりかしら？　もうじきアルファの国境だけど」

不敵な笑《え》みを浮かべたファノンとは対照的に、エクセレスは冷《ひ》や汗《あせ》を流しつつ「まさか」と顔色を変えた。

「どうしたの？」

「すみません、ファノン様。追跡探知が……外れました！　標的をロスト！」

「はぁ～!?　どういうことっ!?」

素直《すなお》な驚愕《きょうがく》を示して素《す》っ頓狂《とんきょう》に叫《さけ》ぶファノン。だが、エクセレスも同様だ。探位1位を冠《かん》せられている己《おのれ》の能力に、彼女は贔屓目《ひいきめ》無しにかなりの自信があった。魔法師それぞれの、絶対の個性が出る魔力情報体を使うのが、エクセレスの探知方法だ。具体的には、その魔力波上の特徴《とくちょう》を利用して相手の位置を把握するのだが、このやり方は、ソナーめいた己の魔力波をぶつけるのとは違い、ほぼ相手に悟られることはない。

加えて彼女は、一定範囲内《はんいない》の大気中の魔力を、正確かつ精緻《せいち》に認識することができる。いわば、その中に紛れ込んだ魔法師の異質な魔力波を、手に取るように判別することが可能なのだ。

魔力を探るとき、彼女が視《み》る世界は、人とは異なる独自の感覚によって置き換《か》えられる。一度でも相手の魔力情報を視られれば、追跡用発信機《ビーコン》を埋め込むが如くそれを意識的に特徴づけ、周囲全体を示す広大な魔力情報マップの中から、容易に探り当てることが可能になるのだ。だというのに……。

エクセレスの首元の痣《あざ》が蠢《うごめ》いたかと思うと、彼女の左頬《ほお》を不気味な黒が染め上げていく。

「ダメですね。完全にビーコンを引き剥がされました。しかし、これはいったい」

しばし思考にふけるエクセレスに、ファノンは詰問《きつもん》するでもなく、その身に帯びた魔力を膨《ふく》れ上がらせていく。

「大丈夫《だいじょうぶ》、もういい。どうせ、この先に奴らがいるのは確かなんだから!!」

ファノンの声に各隊員が同時に頷《うなず》き、各々がその速度をさらに上げると、戦いに備える態勢となる。

しかし、いざ妙《みょう》な魔力波が発せられた地点に到着《とうちゃく》してみると、そこには異様な惨状《さんじょう》が広がっていた。

高台に作られていたアルファの監視塔は無惨《むざん》にも上部を吹《ふ》き飛ばされ、狂ったように燃える炎《ほのお》が、至る所で火勢を強めていた。複雑な魔法機器類は見る影もなく溶け落ちており、漏電《ろうでん》でもしているのか、あちこちで不規則な放電が見られた。

そして、崩《くず》れ落ちようとする監視塔の近くに、ざっと確認できるだけでも十名近く……物言わぬ死体となった監視《かんし》員達《いんたち》が転がっている。

彼《かれ》らはその姿から、全員がほとんど無《む》抵抗《ていこう》で殺されたことが窺《うかが》えた。中には見るからに非魔法師であろう、技師めいた者の姿もある。

（くっ……！）

遅《おそ》かった、という思いがこみ上げ、ファノンとエクセレスは、臍《ほぞ》を噛《か》む思いで唇《くちびる》を引き結んだ。そんな中で……。

「こちらに一名、まだ息があります！」と、隊員の一人が大声で叫んだ。


数分後。

顔面蒼白《そうはく》で意識を失っているその男を見て、ファノンはぎりり、と歯噛《はが》みした。

焼け焦《こ》げた枯草《かれくさ》色の国境警備隊の制服が、血で染まっている。腹部に弾丸《だんがん》を受けたらしいその生存者は、どうやら襲撃直後に机の下に逃《に》げ込み、辛《かろ》うじて命を繋《つな》ぐことができたようだった。

「医薬品の類は、そこまでの量がないわよね？　なら仕方ないわ。これ以上被害を出さないためにも一刻も早く奴らを屠る！　行くわよ、エクセレス！」

硬い声音《こわね》でそう言ったファノンに、エクセレスはかぶりを一つ振《ふ》って、背後からその華奢《きゃしゃ》な肩に手を置いた。

「いいえ、彼はまだ助かります。賊の一方的な暴挙とはいえ、私達が負傷者を放置しては、アルファ側の心証にも関《かか》わります。今はしばし奴らの追跡は思いとどまってください」

「けど！　あいつらはクレビディートの無辜《むこ》の市民を殺した！　〝最硬〟の私が、守れなかったの！　だからこそ、絶対に落とし前をつけさせる！」

「お怒《いか》りは分かります。でも、落ち着いて。私がまた、必ず捕捉しますから」

怒りに震《ふる》える肩を優《やさ》しく包むように、エクセレスはファノンをそっと、後ろから抱《だ》きしめる。ファノンは一度だけ再びギリッと歯を食いしばったが、すぐに身体から力を抜《ぬ》くのが分かった。

「そうね。よし、生存者が他《ほか》にいないか、すぐに確認しなさい。負傷者は治癒魔法師に回して！　後はせめてもの応急処置を！」

複雑な表情ながら、気持ちを切り替《か》えてテキパキと指示を出すファノンの姿を、隊員達はほっとしたように見守るのだった。

結局ファノン隊は合計三名の生存者を救出し、監視塔を含めた周囲の消火作業に、しばし時間を取られることとなった。

それが終わった後、ファノンは見るからに不機嫌《ふきげん》なぶすっとした表情で、エクセレスに問う。

「エクセレスが探知で見失うなんて初めてじゃない？」

「それほどではないですが、どうも賊の方も、狙《ねら》ってやったことではないようですね。銃使いの方の仕業《しわざ》でしょうか。監視塔の周囲三十メートル圏内《けんない》に、異様な魔力の力場が形成されています。これが生まれたことで、賊の魔力情報体に埋め込んだ認識《にんしき》上の疑似《ぎじ》ビーコンが、偶然《ぐうぜん》解除されてしまったのでしょう」

それは、スザールが強奪《ごうだつ》した最新ＡＷＲの一つ、銃型ＡＷＲである【カリギュラ】によるものと推測された。

「この感じ……ジャミング効果のある小弾をばらまく、爆裂《ばくれつ》分散型の魔弾《まだん》を撃《う》ち上げた、というところでしょうか」

エクセレス達が知る由もないが、それはかつてバナリスで、アルス達を苦しめたあの〝魔力を阻害《そがい》する雪〟にも似た効果を持っているようだった。今回形成された力場は、範囲内における魔力結合を完全に阻害するもので、一定時間ごとに発せられる魔力波により、その都度ランダム構築される仕組みらしい。時折空間内に爆《は》ぜる魔力光が確認された。

「そうね。それはそうと、この多様な魔弾を発射する機能は、私の【三器矛盾】を参考に作られたんじゃないかしら」

特に銃という形状から類推される機能なので、【三器矛盾】中でも防御《ぼうぎょ》特化の【アイギス】を参考にしているとは考えづらい。ならば、残りの二つを参考にしていると考えるのが自然である。

「私には滅多《めった》に使わせないくせして……最悪ッ！」

ファノンは、苛立たしげに爪《つめ》を噛みながらそう毒づいた。

「監視塔だけじゃなく、通信用の魔力ケーブルが全部断《た》ち切られているほか、この妙な力場によってこの周辺一帯の通信システムが丸ごとダウンしています。そもそもここの襲撃《しゅうげき》は、それを狙ったものなのでしょうね」

だが、それで結果的にエクセレスの探知まで引き剥がされてしまったのは、誤算という ほかはない。

「狙いは時間稼《かせ》ぎか、越境《えっきょう》後の追跡を嫌《きら》ってってとこかな？」

ファノンの言葉に、コクリと頷き返すエクセレス。そこに負傷者の治療《ちりょう》を終えた治癒魔《ま》法師《ほうし》の女性が、エクセレスに近寄って耳打ちする。

「副官、匿名《とくめい》でアルファの治安部隊に救助要請《ようせい》を出そうとしたのですが、どうにも連絡《れんらく》がつきません。特に通信系が完全に沈黙《ちんもく》していて」

困惑《こんわく》したように告げた隊員に向け、眉《まゆ》をひそめるエクセレス。この力場は魔力探知の阻害だけでなく、寧ろ、通信網《つうしんもう》の遮断《しゃだん》を狙ってのことだろう。

彼女はちらりと負傷者の姿を視界に収めてから、そっとこめかみを揉《も》んだ。

「困りましたね、ファノン様。このまま放っておくわけにもいきませんし」

「もう、どうにかならないの⁉」

幼い顔に露骨《ろこつ》な苛立ちを浮かべ、地団駄《じだんだ》を踏むようにして、遺憾《いかん》の意を全身で表現するファノンに、エクセレスは「いやはや」とばかりに苦笑《くしょう》する。

ただ、ここで人命救助優先の方針を投げ捨てるわけにもいかない。一先《ひとま》ず生存者全員を少しはアルファ側寄りの木立の陰《かげ》へと移動させると、エクセレスはやむなく部下の一人に、緊急用《きんきゅうよう》信号弾を発射するよう告げる。地上に落下した弾の残骸《ざんがい》により、アルファ側に露骨に素性《すじょう》を知らせてしまうことになるので、彼女としてはできれば使いたくなかったのだが、背に腹は代えられない。だが、まさに部下が指示に従おうと頷いた瞬間《しゅんかん》、ファノンがそれを制した。

「エクセレス――どうやら、その必要はないみたいよ」

ファノンの声に僅《わず》かに交じった緊迫《きんぱく》した気配に、エクセレスは思わずはっと身体を強張《こわば》らせた。決して油断していたわけではないが、未《いま》だ不可解な力場が生み出す、魔力妨害作《ぼうがい》用の影響もあろう。

いつの間に、という驚《おどろ》きにエクセレスが言葉を失っている間に、彼らは突如《とつじょ》として木立の影から姿を現した。

それは、男の一団である。誰もが一様に愛想《あいそ》の良い表情を浮かべ、ごく質素な装いをしていた。近くの集落の村人かと思われるが、一人、また一人と……数人が、温和な表情とともに現れると、徐《おもむろ》にこちらに近づいてくる。

「……!!　ファノン様」

エクセレスがスッとファノンに近寄ると、素早《すばや》く目配せをした。それだけで彼女の意を察したファノンは、さっと鋭《するど》い視線を男らに投げかける。エクセレスが敏感《びんかん》に察知したのは、彼らがただの周辺の村人というには、どうも不可解な気配を身にまとっているという事実だ。

そして、ファノンが露骨な警戒の態度を示した途端《とたん》。

男らの先頭に立っていた一人の男が、いかにも農作業で曲がったように見せていた猫背《ねこぜ》を、急にしゃんと元に戻《もど》す。まるで背中に板でも入れているかのように、ピンと伸《の》びた背筋。同時に他の男らもそれに倣《なら》い、一斉《いっせい》に姿勢を正したかと思うと、彼らの歩く姿までもが目に見えて変化する。それは紛れもなく何かしらの戦闘訓練を受けた者特有の、まったく隙《すき》の無い立ち居振《ふ》る舞《ま》いであった。

ファノンらが思わず身構えたその時。

「こうも早く見破られるとは、私の部下もまだまだ至らないようだ。それはそうと、あなた方には色々とお話を聞く必要がありそうですな。クレビディートからのお客人」

そんな声が周囲に響《ひび》いたかと思うと、最後に木立から姿を現したのは、これまでどこに隠《かく》れていたのかと思うほどの、いかつい巨漢《きょかん》だった。がっしりした巨木《きょぼく》のような体格に太い声。同時にそこに込められた威圧《いあつ》感には、返事次第《しだい》では一戦を交えることも辞さない、という覚悟が感じられる。

それだけを見ても、ファノン隊に課せられていた隠密《おんみつ》行動という前提、それも可能な限り穏便《おんびん》に、という目論見《もくろみ》は早くも崩れ去ったのではないかと思われた。

しかし、こともあろうにこの国境付近にやってきて早々に彼と出会ってしまうとは、どうにも自分達はツキに見放されているようだ、とエクセレスは目を細める。

「これは初めまして、ソカレント卿《きょう》」

社交的な笑みを向けて、まず第一声はこちらから。相手の反応を窺いつつ、エクセレスは一層、顔に作為的《さくいてき》に浮かべた微笑みの色を濃《こ》くした。

「どうやら私達の所属は、すでにご存知《ぞんじ》のようですね。お察しの通り私はクレビディートの探知魔法師、エクセレス・リリューセムです。同行者は、いずれも私の仲間でして」

隊の裏方として事務処理や情報収集を司《つかさど》る副官であり、さらに偵察《ていさつ》任務に近い分野を扱《あつか》う探知魔法師であればこそ、エクセレスは他国の情勢にもそれなりに通じている。この容《よう》貌《ぼう》に加え醸《かも》し出される老練な雰囲気《ふんいき》、彼はアルファの凄腕諜報《すごうでちょうほう》部隊を率いているというヴィザイスト・ソカレントその人に違いない。ならば、情報の真偽や虚実《きょじつ》を見破るのは、朝飯前のはず、下手な嘘《うそ》をついても利はないと判断し、素早く隠密行動の建前を捨て去る。それはあえて嘘をつかず、寧ろ率直《そっちょく》な態度を示すことで、相手の懐《ふところ》を探《さぐ》る方針へ転換《てんかん》。それは大胆《だいたん》ながらも大局を見誤らない、エクセレスならではの柔軟《じゅうなん》な対応と言えた。

しかしそんな彼女に、ヴィザイストは一切《いっさい》表情を変えることなく応対した。

「丁寧《ていねい》なご挨拶《あいさつ》、痛み入る。なるほど、確かにその見誤るはずもない美貌《びぼう》は、探知魔法師1位のエクセレス殿《どの》ですな。そちら同様、私もクレビディートの事情には少々通じておりまして、しかし……」

ふと、ヴィザイストの声に隠す気もない皮肉と苛立《いらだ》ちの色が交じったのを、その場の全員が感じ取った。

「人様の敷地《しきち》を堂々と軍靴《ぐんか》で踏みにじっておいて、笑顔《えがお》で握手《あくしゅ》を求めようとは……クレビディート流のご挨拶は、ずいぶん品位に欠けているようですな」

射すくめるような視線に、ジリッとエクセレスは後退《あとずさ》りする。豪胆《ごうたん》にして細心な貴族の当主、ヴィザイスト・ソカレントの名は、隣国《りんごく》であるクレビディートにも鳴り響いている。なんといっても、彼は近年の魔法大国アルファの栄光をずっと支えてきた、三巨頭《きょとう》の一人なのだから。

その情報探知網《たんちもう》の広さはまさに怪物級《かいぶつ》で、彼から針の先ほどの個人情報でも守ろうとするならば、十年来の友人すら間諜《かんちょう》と疑わなければならないとまで言われている。

同時、エクセレスは彼の部下達の巧《たく》みな偽装《ぎそう》を見て、確信していた。魔法師の〝副業〟にしては出来過ぎている。まさに一ミリの油断もできない相手だ、と。

ただ、一瞬《いっしゅん》でそこまで読み取ったのはエクセレスだからこそのことで、他の隊員は、せいぜいソカレントという名から、アルファの大貴族の名を思い出した程度だろう。

仕方なく、エクセレスはそっとファノンの前へ出る。ヴィザイストの皮肉を受け、すでに面白《おもしろ》くなさそうな表情を浮かべるファノンの、突発的《とっぱつてき》な暴走を抑えるためだ。

まずは相手の軸足《じくあし》を探りたいところだ。その真意があくまで温和な話し合いによる平和的解決にあるのか、必要とあらば軍事衝突《しょうとつ》も辞さない強硬《きょうこう》なスタンスにあるのか。

いや、すでに後者であると、先程《さきほど》のやり取りで確定しているようなものだが、せめて交渉の席にはつきたい。

「失礼しました、ソカレント卿。もちろんこの無残な襲撃は、我々が引き起こしたものではありません。それに不測の事態による御国《おくに》の負傷者の応急処置は、我々がすでに済ませております。ただ、何人かのご容態は急を要するかと思いますので、一刻も早く医師に診せた方が良いかと」

エクセレスが、あえて「我々が」を二度も強調したのは、この惨事《さんじ》においてこちら側に非はないことを弁明し、負傷者救助の件でアルファ側に恩を売る意図だ。

加えて、念を押《お》すように彼女は続ける。

「当然、我々に敵対の意思はありませんよ。アルファが誇る大貴族、三巨頭のお一人にして諜報《ちょうほう》部門のトップであるソカレント卿に来ていただけて、寧ろ良かった」

後ろで成り行きを見守る仲間達とファノンに、それとなく彼の大物ぶりと詳細《しょうさい》なプロフィールを伝えて早まった動きに出るのを抑え、さらにヴィザイストを懐柔《かいじゅう》することで、歩み寄りの余地を引き出す。エクセレスは急遽《きゅうきょ》、なんとか話し合いに持ち込めるように、場の流れを誘導《ゆうどう》することを試みた。

にもかかわらず。

「ねぇ、このおっさん煩《うるさ》いんだけど。うだうだ言ってないで、さっさと自分とこの兵隊を

助けろっての。他国のとはいえ、目の前で手当までした人に死なれるとこっちが迷惑極《めいわくきわ》まりないのよ」

ファノンの一声に、エクセレスは思わず内心で頭を抱《かか》えた。冷静沈着《ちんちゃく》な彼女でなければ、思わずツッコミの一つでもしたくなる暴挙。

全く空気を読まないファノンの物言いに、ヴィザイストはぴくりとこめかみを震わせ。

「ほう、そちらはクレビディートのシングル魔法師《まほうし》、ファノン・トルーパー殿とお見受けするが。蛮国のシングルというのは、大人の言葉遣《ことばづか》いも碌《ろく》に知らんのか。無邪気《むじゃき》も一線を越えると、身を滅《ほろ》ぼすぞ」

「おっさんのくせに、なかなか面白い冗談《じょうだん》を言うのね。今風じゃないけど」

「ちょっとッ！　ファノン様、待ってください！」

エクセレスはバッと身を乗り出し、一触即発《いっしょくそくはつ》の気配の二人の間に、割って入る。

そう、今背後でもしファノンが〝撃発〟し、アルファ軍におけるこの重要関係者に危害を加えでもしたら、問題はもっとややこしくなる。

重大な外交問題。いや、アルファの出方によっては、国家間戦争の引き金になりかねない。

クレビディートのシングルにして最高戦力であるファノンが直接関わることもだが、何より、この一帯を襲《おそ》った賊であるゴードン、スザールを放置することになるのが不味い。

さらに彼らがアルファ国内に入り、万一そこで大量殺戮でもやらかそうものなら、両国間での戦争勃発《ぼっぱつ》のリスクは高まるだろう。なんといっても賊二人は、クレビディートで製作された最新ＡＷＲを持っているのだから。

（あ〜、まさに最悪の事態ですね。本来ならこの場を強行突破《とっぱ》してでも、問題のＡＷＲを回収しなくちゃいけないんですけど）

泣き言の一つでも言いたくなるが、この場ではエクセレスの制止すら、ファノンの激情を抑《おさ》えるには、はなはだ心もとなかったようだ。

だが、ファノンの言い分にも一理ある。負傷者を手厚く治療したのはこちらだ、それをむざむざ見捨てたとなれば、責任の天秤《てんびん》がどちらに傾《かたむ》くかは明白だった。

背後でファノンが愛用のＡＷＲたる傘《かさ》の先端《せんたん》――槍《やり》でいうところの穂先《ほさき》――をすっと上げたのを見て、エクセレスは万事休《ばんじきゅう》すと肩《かた》を落とした。

そんな中、ふと涼やかな女性の声が周囲に響いた。

「司令……」

いつの間にかヴィザイストの隣に並び立っていたその女性は――彼を諫《いさ》めるような調子で声を発した、妖艶《ようえん》な美しさを持つ若い女をエクセレスは注視した。

途端、ヴィザイストがまとっていた威圧的《いあってき》な雰囲気が、嘘のように霧散《むさん》していく。

「む……」

一拍分《いっぱく》ほどの間、成り行きを見守った後、どうやらヴィザイストの怒りは鎮静化《ちんせいか》されたようだと悟《さと》り、エクセレスも肩の力を抜いた。一先ず最悪の事態には、突入《とつにゅう》せずに済んだようだ。

改めて眺《なが》めると、その女はずいぶんと若い。豊かな胸と妖艶な雰囲気により意外に思えるが、いっそ少女と言ってよいくらいの歳だろうか。ファノンのような童顔からくる印象の幼さとは違い、純粋《じゅんすい》に肌艶《はだつや》の様子から、彼女の年若さが窺える。続いて彼女は、にこやかに微笑んで、小さく会釈《えしゃく》してから話し始めた。

「先程は、父が失礼いたしました。あなた方を歓待《かんたい》するわけには参りませんが、せめてゆっくり話ぐらいはお聞きかせいただきたく。さすれば、こちらとしても何らかの歩み寄りのご提案ができるかと思いますが」

「おいフェリッ！　うっ」

勝手な話し合いの提案とも取れるその物言いを、ヴィザイストは慌《あわ》てて遮《さえぎ》ろうとしたが、あえなく鋭い肘鉄《ひじてつ》を受けて、悶絶《もんぜつ》してしまう。

（今、父って……言ったわよね？　それじゃあこの少女が）

エクセレスの心中の疑念は思わず「娘《むすめ》？」という独り言になって漏《も》れ出し、慌てて彼女《かのじょ》は口を結んだ。

しかし、相手が誰であれ、一先ず救われた気分だ。これ以上ない助け舟《ぶね》を出してくれた彼女に、年下だろうとはいえエクセレスは最大限の礼を目線で伝えた。

「ファノン様、確かにアルファ国内では、我々はただの隣国の魔法師に過ぎません。そしていかにまだ国境付近とはいえ、アルファの方々が我らの動きに疑いを持たれるのも当然でしょう。ここで理由をご説明し、寧ろこの後の便宜《べんぎ》を図《はか》ってもらうことにいたしましょう」

ここはまさに国境のただ中だ。厳密に言えば越境はまだしていないと言い張れるだろうが、現時点では、まぎれもなく軍事力を伴って国を脅《おびや》かしたという状態である。ヴィザイストのさっきの態度が示す通り、すでに罪に問われても仕方のない状況《じょうきょう》なのだから、実質的に選択《せんたく》の余地はほぼないと言える。

「はいはい、話が分かりそうな相手がいて良かったわね」

ファノンは皮肉げにそう返すが、エクセレスはまた別の思惑《おもわく》を抱いていた。

先程、怒りとともに頑《がん》として主張を譲《ゆず》らない意志の強硬さを見せつけたかのような、ヴィザイストの態度……あれはもしや、こちらが敷《し》いたシナリオに乗せられることを回避《かいひ》し、嫌でも不法侵入者としての引け目を感じさせるための、一種のブラフではないか。

まあ、もしそうだとしても、ただでさえ暴発しやすいシングル魔法師のファノン相手に、駆《か》け引きをふっかける胆力《たんりょく》は大したものだが。

考えてみれば、自分達が負傷者を救出するのにかけた時間などたかが知れている。なのに、ヴィザイストらの到着はあまりにも早すぎた。

彼のずば抜けた情報収集力を考慮するに、多分相手はすでに、ある程度の情報を握《にぎ》っているのだろう。だとすれば、彼が知っているのはどこまでか？　盗まれた新型ＡＷＲのこと、クレビディートの市街地で起きたテロ事件、また賊のゴードン、スザール両名のこと……つまりファノンと自分達がここにやってきた理由についてはどうか？

思えば、さっき彼が木立からわざわざ姿を現したその時点から、すでにこの混沌《こんとん》とした状況のイニシアチブをめぐる駆け引きは始まっていたのかもしれない。

（ふう、仮に全部知られているとすると……こちらが出せるカードなんて、ほとんどないでしょうね）

それは、エクセレスの正直な感想だった。豊富な手持ちカードを有するだろう相手に対して、こちらが取引のために切れそうなカードは、せいぜい数枚がいいところ。しかも、そのうちの一枚——新型ＡＷＲの盗難《とうなん》と奪還任務のネタ——は、自滅《じめつ》必至のジョーカーである。

（直感だけど、このジョーカーだけは、多分きっと知られていない。だとすればやっぱり、隠し通さなければなりませんね）

そんなエクセレスの内心を他所に、この場には、ついにアルファ側の増援《ぞうえん》が到着したようだった。彼らは負傷者を運び出し、内地へ移送する準備をしていたが、意外なことにどうやら軍人ではないらしい。いや、もちろん何人か治療魔法師は交ざっているが、基本は軍属の医師や看護師で構成された一団らしかった。

ヴィザイストはその様子を横目に、相変わらずの野太い声で言った。

「そろそろ、ここも落ち着きそうですな。後詰めも来たところで、ぼちぼち参りましょうか」

エクセレスは頷き、ファノンも落ち着いた様子で、先を行くヴィザイスト達の後ろにつく。

道中、エクセレスはそっと心配そうな目でファノンを見やった。ここまで切迫《せっぱく》した状況下での他国との政治的交渉は、エクセレスでさえほぼ経験がない。ファノンの利《き》かん気《き》が、重要な場面で炸裂《さくれつ》しなければいいのだが。

「気づいた？　エクセレス」

声を潜《ひそ》めてエクセレスの物憂《ものう》げな沈黙を察したかのように、冷ややかな言葉が放たれた。

「到着するにはあまりにも早過ぎると思わない？」

その言葉にエクセレスも表情を硬《かた》くして応じた。治癒魔法師などそう多くない希少な人材だ。いくらなんでもこの迅速《じんそく》な対応は完璧《かんぺき》を通り越《こ》して、不信感を抱くほど。

「ええ、確かに早いです。しかし……」

そうファノンも気づいた最大の懸念――気味の悪さ。それは……。

「軍人？　相手さんの部下だと思うけど、全くわからないわね、あれは」

「演技だとしたら相当な実力派ですね。探知ができれば多少は見分けもつくのでしょうけど」

非魔法師との見分けがつかない。徹底《てってい》された自然な魔力漏洩《まりょくろうせつ》と、見るからに争いとは無《む》縁《えん》な体つき。軍人であるとは思うが、確証が得られない。こんなことは初めてだった。

ファノンは諦《あきら》めたように嘆息《たんそく》して、予想外の穏《おだ》やかな言葉を返してきた。日頃《ひごろ》はとかく勝ち気で自己中心的な言動が目立つが、本来ファノンには、若くしてシングル魔法師にまで上り詰《つ》めただけの頭脳とカンの冴《さ》えがある。今は幸い、後者の資質の方が前に出てきているようだった。

「しかし、どんな国にも食えない人間ってのはいるものね。単に力で立ちはだかってくるだけなら容赦《ようしゃ》なく潰《つぶ》せるんだけど、搦《から》め手《て》と駆け引きで、こうも抜かりない対応をされちゃ、ね……あのおっさん、ヴィザイスト・ソカレントだったかしら？　いかにも駆け引きめかして、のらくら喋《しゃべ》ってる間に到着したあの連中……負傷者の救助役どころか私達の牽制役でしょ？　多分、アルファ内でもさんざん自国のシングル様に手を焼かされてるんでしょうけど、シングル魔法師の扱いってものを、よく知ってるわ。うちんとこの元首と似てるかもね」

「あ！　……そのようですね」

エクセレスも、わずかに遅《おく》れて気付かされた。

ヴィザイストは先程「後詰め」という言い方をしたが、それは本来、戦闘力《せんとうりょく》を持った軍人の一団に対して使う言葉だ。医師や看護師は、通常戦闘員とはみなされない。つまりはそういうことなのだろう。おそらくは軍人なのだろうが、こちらに躊躇《ちゅうちょ》させたその手腕《しゅわん》は間違《まち》いないものだ。

非魔法師であれば、彼らは全く別の意味で戦力、ファノンへの抑止力《よくしりょく》たりえることを示す。もっと言えばある意味での人質《ひとじち》、ファノンの暴走を抑える魔法師倫理《りんり》の壁《かべ》である。

いくら圧倒的《あっとうてき》な魔力を持っていても、所詮《しょせん》はシングル魔法師も階位という社会制度に組み込まれた存在だ。仮にもランキングに名を連ねている以上、非戦闘員を巻き込んで派手な魔法をぶっ放すなどといったことは、社会通念上のみならず、魔法師としての誇りにかけて許されない。

この場合、非力な一般人《いっぱんじん》の頭数は強大な武力に勝るのだ。仮に――九割方、彼らが軍人であっても、一度非魔法師である可能性が浮上《ふじょう》すれば、それを頭から払拭《ふっしょく》するのは難しい。非魔法師に危害を加えるのは、魔法師最大の禁忌《きんき》だ。シングル魔法師ならば尚《なお》のこと。非魔法師あっての魔法師、その基本理念を放棄《ほうき》することは、いかにシングルといえども社会的な自殺に等しい。ましてやファノンは、己の守るべき自国民を賊に殺され、額に傷をつけられて、怒りに燃えてここにやってきたのだから。その自分が、他国の一般人を私情で戦いに巻き込むことが許されるだろうか？

ヴィザイストは、とうに見越《みこ》している。普段《ふだん》なら横紙破りを平然と行うファノンだが、今の状況ならよほどのことがない限り、その選択《せんたく》はない、と。きっと「他国のとはいえ、目の前で手当てまでした人に死なれるとこっちが迷惑極まりない」とのたまったファノンの言葉の裏にある、不安定ながらも確かな〝彼女らしさ〟、プライドの置き所といった急所を、すかさず見抜《みぬ》いてもいたのだろう。

それこそは、どれほど理不尽《りふじん》かつ勝手気ままな言動に呆《あき》れても、隊員達が彼女の下を離《はな》れない理由の一つでもあるが。

（案外ファノン様を高く買っているということなんでしょうが。大胆で思い切りが良過ぎる手段を用いてきましたね。でもまあ、確かに初戦は〝有効打〟というところでしょうか）

エクセレスはそう悟って、改めてファノンの横顔に視線を向けた。

彼女の不貞腐《ふてくさ》れたような、どこか諦めにも似た気配の漂《ただよ》う溜息《ためいき》をする姿を見たのは、いつぶりだろうか。こういった読みにくい相手との駆け引きは、良くも悪くもはっきりした気性《きしょう》のファノンにはとかく心労を与《あた》える。

エクセレスは一先ずこの展開を、予期せぬ幸運と思うことにした。


その後、ファノン達が案内されたのは、彼女らが思わず唖然《あぜん》としてしまったほどの古家《ふるや》だった。

直前までヴィザイストらが使っていた仮拠点《きょてん》である。

室内はこれだけの人数を収容するにはさすがに狭《せま》く、錆《さび》の目立つキッチンにまで空きスペースを求めても足りず、互《たが》いの部下のうち数人が立たされている有様だ。

それにしても、外交時には他国の最重要人物とみなされることもあるシングル魔法師を、このような場所に通すなど常軌《じょうき》を逸《いっ》していると感じざるを得ない。

「さて、まずはお忍《しの》びで我《わ》が国《くに》を来訪された、そちらのご用件を聞かせていただけますかな」

片手で椅子《いす》を移動させると、ヴィザイストは皮肉げに言い、どかりとその巨体《きょたい》を下ろした。

「それより、私をこんな小汚《こぎたな》い場所に引き入れるなんて、どういうつもり？　正直、神経を疑うわね」

潔癖症《けっぺきしょう》の気があるファノンが、屋内に漂うすえた匂《にお》いに鼻を摘《つま》みながら、心底から正気を疑う、という口調で言い放つ。

背後でエクセレスは冷《ひ》や汗《あせ》をかいたが、もはや観念して、全《すべ》てをファノンに委《ゆだ》ねることにした。今のファノンはこれでも抑制《よくせい》が利いているほうだし、本国ではこれまで度々《たびたび》、元首や軍総督《そうとく》を相手取って無茶《むちゃ》な要求を通してきた実績もある。実はこれでも決して交渉《こうしょう》下手というわけでなく、少々攻《せ》めっ気《け》が強すぎるだけで頭は切れるのがファノン・トルーパーというシングル魔法師なのだ。

「ふん、これは失敬」

ヴィザイストは少し鼻白んだ様子だったが、当然怯《ひる》むことなく、ファノンを見つめ返す。

「ただ、こっちも忙《いそが》しい身の上でしてな。話すだけ話して、とっとと本国にお帰りいただくのがお互いのためかと思っております」

「だから、こっちにもそう簡単じゃない事情があるってのよ！　……たくっ、仕方ないわね、ちょっと面倒《めんどう》な話になるわよ」

ファノンは椅子に座《すわ》って足を組む。ヴィザイストの目の色が少し変わり、彼はニヤリと笑って顎《あご》を撫でた。

「ほう……ならば今こそ、それをお聞かせいただけるのでしょうな？」

その後、ファノンに代わってエクセレスが、クレビディートで起こった惨事のごく一部を、かいつまんで語った。

ヴィザイストはすでにその情報について、不確かながらも掴んでいたようだが、詳細はさすがに知るまい。いわばこれは、ファノン側が明かして見せた一枚目のカードである。

「ですのでクレビディートの魔法師として、我々は逃走《とうそう》した賊《ぞく》を追ってアルファへ参りました」

ファノンに促《うなが》されて見せた手札であるが、相手は老練かつ食えない男だ。どうにもいささか分が悪い展開になりそうな予感が、エクセレスにはあった。

「つきましては、アルファ国内に潜入《せんにゅう》したと思われる賊の捕縛《ほばく》、もしくは処断を視野に入れ、ぜひとも貴国の治安維持《いじ》のために協力させていただきたい」

「ふん、我々に気づかれなければ、そのまま国内に侵入《しんにゅう》するつもりだった。違《ちが》うか？」とヴィザイストの部下の一人が、ズバリ核心《かくしん》を突《つ》いた。

「それは……いえ、いかに我らがクレビディートのシングル魔法師が率いる部隊といえども、他国での犯罪捜査《そうさ》権《けん》がないことは承知しております。しかし、こちらにも面子というものがあります。クレビディートの市民が、複数人虐殺《ぎゃくさつ》されたのですよ？　首都であれだけのことをやらかした者の処断を、他国に委ね切るわけにはいきません。必ず捕縛して連れ帰り、我が国の法律をもってその罪を贖《あがな》わさせていただきたく」

エクセレスはあえて語気を強くして、そう主張した。とはいえ、内心では少々気づまる思いがあるのは確かだ。なにしろ「面子」という言葉を使ったものの、それはクレビディートの軍人として、というより、ファノン個人の、という部分が強いからだ。

ただ当のファノンは、ゴードンに付けられた傷の上のガーゼを指で時折弄《いじ》りながら、エクセレスが張った論陣《ろんじん》に、ひとまずは満足げな様子を見せている。

ヴィザイストはそれを受けてしばし黙考《もっこう》したが、今度は態度を多少和《やわ》らげ、冷静に尋《たず》ねてきた。

「それで、主犯の名は？」

「そこまでは。こちらにも、軍人として機密の守秘義務というものがありますので」

勿論《もちろん》、タダで教えるわけにはいかない、というほのめかしである。そんな風に相手を油断なく窺いながら、エクセレスはあくまで慎重《しんちょう》にことを運ぶ。こちらが持つ貴重な情報カードを、いちいち相手の言いなりに先出ししていては交渉とはいえない。

ヴィザイストの方は、もろもろを勘案《かんあん》して、方針を思案する。

彼としては、少なくとももう一つ、二つは相手から情報を引き出したいところであった。

「ご事情は理解できますが、それはあくまで、そちらのご都合でしかない。そもそも、そのいかにも物騒《ぶっそう》な雰囲気のものは何ですかな？　それこそ武力侵攻《しんこう》の強力な手段と取られかねない代物《しろもの》では？」

ここでヴィザイストがわざとらしくチラリと視線を移したのは、エクセレスが部下に渡《わた》して抱えさせている、例の大筒《おおづつ》である。

エクセレスは刺《さ》された急所に反応しないよう、あくまで穏やかな微笑《びしょう》を返す。

「これは、賊を捕獲《ほかく》するための最低限の備えです。決して、そのような侵攻のための兵器ではございませんよ」

「ふん、怪《あや》しいものだ。その装備品……何かしらのＡＷＲとお見受けするが。私とてただの情報屋の親父《おやじ》ではなく、魔法師の端《はし》くれでもある」

ヴィザイストの身体から発せられる圧が、ふと強まった気がする。ここに至り、エクセレスも腹を決めた。相手が慧眼《けいがん》の猛者《もさ》だというのがどうにも手強《てごわ》いが、ここはなんとか、苦しい嘘をついてでも乗り切らねばなるまい。

「いえ、あくまでこの状態では、ただの部品に過ぎず……」

「平行線ですね」

ふと柔《やわ》らかい言葉による一石を投《な》げ込《こ》んで、場に満ちた緊張《きんちょう》を解いたのはフェリネラである。

彼女は給仕《きゅうじ》であるかのように、茶を淹《い》れて人数分の湯飲みを並べた盆《ぼん》を運んできたところだった。貴族令嬢《れいじょう》たるフェリネラは、一般的《いっぱんてき》な紅茶の作法だけでなく、こういった異文化のもてなしにも通じているのだ。

とはいえ、場所が場所だけに行き届いているというには程遠《ほどとお》い。茶菓子《ちゃがし》もなく、茶器はなんとも言えない古めかしい風情《ふぜい》を漂わせて渋《しぶ》く黒ずんでいるが、それでも香《かお》り立つ茶の良い匂いは、どこかしら殺気だった気配を払《はら》うのに役立つ。そして彼女はまたしても、灰汁《あく》を掬《すく》い取るように緊迫した空気を入れ替える一言を投じるのだ。

「お父様、お役目柄《がら》、厳しい態度でお臨《のぞ》みになってしまうのも分かりますが、やはりファノン様方は、仮にもクレビディートを代表するシングル魔法師のご一行。こうしてわざわざお目見えになったのですから、是非《ぜひ》とも総督……いいえ、元首様にご報告して、十分な歓待を要請しては？」

満面の笑《え》みを向けてくる娘。その瞳《ひとみ》の奥《おく》にある思慮《しりょ》を読み取ったヴィザイストは眦《まなじり》を微《かす》かに上げると、ふうっと諦念《ていねん》の息を吐《は》き出した。

「ふむ……なるほど。いっそ、それも良いかもしれんな」

「あ、それは……」

反射的にエクセレスはそう声を発しかけたが、フェリネラの提案にヴィザイストが頷《うなず》いた時点で、場の主導権は既《すで》に相手に握られていた。

ファノンおよびエクセレス達の任務、特に強奪されたＡＷＲの奪還《だっかん》は、あくまで秘密裡《ひみつり》に、というのが前提である。現場の柔軟な判断ということでヴィザイストらにやむなく明かした部分はあるが、それはあくまで任務の一部に過ぎないのだ。手持ちのカードの一部だけを切って、なんとかこの場を切り抜《ぬ》けてから本来の任務を内密に遂行する、というのがエクセレスの戦略である。

なのに、改まって大々的な歓待を受けることになれば、話はまったく変わってくる。嫌《いや》でも彼女らの一挙手一投足に注目が集まり、確実に隠密行動など不可能となるだろう。確かに外交上の不法侵入には当たらなくなるしこれまでの行動責任もうやむやにできるだろうが、それでは本来の目的は達成できない。

フェリネラの提案はそれを見越しての、いかにもな妙案であった。

エクセレスの葛藤《かっとう》にも素知らぬ顔で、ヴィザイストは続ける。

「こんなあばら家では、確かに他国のシングル魔法師ご一行をお迎《むか》えするには失礼でしたな。いいでしょう、少々荒《あら》っぽいご来訪ではありましたが、正式な手順を踏《ふ》んでアルファを訪《おとず》れるというのであれば、こちらも相応の礼をもって、不足なくもてなさせていただこう」

「…………」

エクセレスは唇《くちびる》の内側をそっと噛《か》んだ。小賢《こざか》しい駆け引きを仕掛《しか》けるには、やはり相手が悪すぎたのだろう。

そんなところに、そっとフェリネラが声をかける。

「ところでお茶のお味はいかがですか、ファノン様、エクセレス様。とくにファノン様には、こちらの不調法をお詫《わ》びいたします。そもそも私も、他国のシングル魔法師様とお会いするのは初めてで、本来ならばこんな質素な茶のおもてなしなど、礼を失することは存じているのですが……」

あくまで不快感を与えず、するりと相手の懐に入り込む見事なタイミングと話術。その鈴《すず》の鳴るような声音《こわね》と小さくはにかんだような微笑《ほほえ》み。フェリネラの完璧な淑女《しゅくじょ》としての上品にして自然な態度は、とかく気難しいファノンの心をも和らげてしまう。

　これがもし無骨な男によるぶしつけな問いなどであったなら、最悪ファノンは、湯飲みを投げ捨てて席を立つ可能性があったのだが。

「まあ、悪くないわね。そうだ、ちょうど長話にも飽《あ》きてきたところだったの。あなた、フェリネラと言ったかしら？」

「はい」

　どこか無邪気さを感じさせる表情で、あくまで気ままに質問したファノンと、にっこり笑い返しながら、小首をかしげたフェリネラ。

　それにしても両者を見比べると、背丈《せたけ》や身にまとう大人っぽさなどからいって、どちらが年長者か、すぐには分かりかねるような構図である。

「さっき、気になることを言ったわよね。他国のって……。どこの国だろうと普通《ふつう》の軍人レベルなら、他国はおろか自国のシングル魔法師とだって、お近づきになる機会なんてそうそうないはずよ。あなた、その若さでなかなか重要なポジションにいるのかしら？」

　見た目通りの無邪気な好奇心《こうきしん》から、といった表現で済ますには、どうにも鋭い質問ではあったが、フェリネラの表情は少しも変わらない。

「そうですね、実はアルファの第1位、アルス・レーギン様とは仲良くさせていただいております。彼《かれ》は私の学院での後輩《こうはい》にあたりまして」

自国のシングルに関する余計な情報を漏らすな、とばかりにコホン、とヴィザイストが咳払《せきばら》いをするが、フェリネラは思うところがあるらしく、そのまま表情一つ変えずに、にこやかな態度を保つ。その顔色はどこか誇らしげで、嬉々《きき》としているようですらあるが……ファノンとしては、とても穏やかではいられなかった。

「が、学院？　シングル魔法師が？　あ、確かに以前の元首会談の時、ちらっとそんな話も」

ファノンは一度、先の元首会談でアルスを見ている。ハルカプディアの巨漢シングル魔法師・ガルギニスの暴走を制した、彼の実力の一端《いったん》も含《ふく》めてだ。

ファノンが示した大きな動揺《どうよう》は、果たしてフェリネラの目論見通り、場のイニシアチブが完全にアルファ側に移ったことを意味していた。あんぐりと口を開けた彼女は、もはや完全に毒気を抜かれた、といった様子だ。いや、ファノンの驚きは、実はアルスに関することだけではない。

「それはそうと、あなたも……学生なの？　ホントに？」

驚愕《きょうがく》に大きく見開かれたファノンの目が、フェリネラの肢体《したい》に注がれた。細くしなやかな足に服の上からでも分かる優美にくびれた腰《こし》つき、そして何より豊かな胸部《バスト》は、女性として実に圧倒的な存在感を周囲に示している。

「はい、第2魔法学院の二年です」

「に、二年？　が、学生ねぇ……ふ、ふぅん」

あくまで朗《ほが》らかに返事をしたフェリネラに対し、本能的にごくりと茶を飲みこみ、改めて机の上に湯飲みを置いたファノンの手は、ぶるぶると小さく震《ふる》えていた。

そしてファノンだけではなく、エクセレスもまた同様に驚きを示して、フェリネラに問いかける。

「失礼ながら、まだ学生の身で、軍の諜報《ちょうほう》関連の活動を？」

「いえいえ、所詮はお手伝いといった程度ですので」

貴族の子弟《してい》が軍関連の任務に携《たずさ》わることは他国でもあることだが、何が恐《おそ》ろしいかといえば、フェリネラの挙措《きょそ》が実になれていることだ。あのヴィザイストをときに補佐《ほさ》どころかリードするかのような言動や、彼の部下達のフェリネラに対する態度からしても、とても軍務を手伝う一学生などといった雰囲気ではない。任務慣れしている、というよりも、メンバーとしてすっかり溶《と》け込んでいるのではないか、という印象さえ抱《いだ》かされるのだから。

仕方なく「そうですか」と少々間の抜けた相槌《あいづち》を打つに留《とど》めたエクセレスだったが、内心はもはや驚愕の念で一杯《いっぱい》である。アルファが魔法大国とは知っていたが、まさかこれほどとは……。

そこでハッと我に返ったエクセレスは、わざとらしい空咳《からせき》を挟《はさ》んでから、チラリとアイコンタクトがてら、隣《となり》の隊長の脇腹《わきばら》を小突《こづ》く。

それでようやく気を取り直したらしいファノンは、改めて背をしゃんと伸ばし直すと、率直に切り出した。

「は、話をいったん戻していいかしら。ねえ、ここはお互い、協力関係を結ばない？ 仮に賊二人の追跡《ついせき》を任せるにしても、あんたらがヘマをしたら、こっちも問題にせざるを得ないの。それとも隣国同士で、無駄《むだ》に外交関係をこじらせたい？ 正直、時間はあまりないの、いろんな意味でね」

いかにも挑発的《ちょうはつてき》な物言いに聞こえるが、その裏にあるニュアンスに、ヴィザイストもフ

エリネラもすぐに気づいた。アルファに潜《もぐ》り込んだらしい賊達の目的は不明にしても、フ

ァノン達はどこかしら焦《あせ》っているようだ。賊は単にクレビディートで暴れたというだけでなく、何か危険すぎる動機や目的を秘《ひ》めており、その導火線にはすでに火が点《つ》いているのではないか？

考え込んでいるのか分かりづらいヴィザイストの一瞬の沈黙《ちんもく》後、エクセレスもファノン

を援護《えんご》するかのように、脇《わき》から言葉を添《そ》える。

「お忘れではございませんか、そもそも我らは先程、アルファ側で出た負傷者の第一次救命活動を行っております。我らが表に出せぬ目的で、国利だけを最優先にして行動していたのであれば、そちらの仰《おっしゃ》る通り負傷者など捨て置き、混乱に乗じてさっさと潜り込めばよかったのです」

ここまで言われては、ヴィザイストとしてもそうそう強引《ごういん》な手段は取りにくい。確かに国境警備員達を救命してもらったことは、国際政治上で大きな恩義である。ファノン隊の働きがなければ、負傷者は全員命を落としていた可能性すらあるのだ。ならば人道上の問題として、この場で自分達は、ファノン隊にいくらかの誠意を見せるべきではないか。魔法犯罪者の国境を越えた活動は昨今激しさを増しているし、外界における魔物《まもの》との戦闘《せんとう》の実態も、一国だけで全てを担《にな》うには、常にシビアなものがある。いわば、助ける側と助けられる側の立場が、いつ逆転しないとも限らないのだ。

ファノンもエクセレスもそれをほのめかしてか、これ以上は何も言わず、黙《だま》ってヴィザイストのリアクションを待った。

ヴィザイストは顎を摩《さす》りながら、巨体をさらに深く椅子の背に預ける。ただそれだけで、椅子が悲鳴を上げるかのようにギシギシと鳴った。

フェリネラはそんな父の横で、チラリと顔色を窺《うかが》う。ここは折り合うべき場面ではないか。相手だけが多くカードを切ったといえるこの展開は、すでにこちらの思《おも》う壺《つぼ》といえるほどの利を引き出している。そして何より、父はこんなことにかかずらわっている場合ではない。彼女は少し話を聞いただけだが、ヴィザイストが抱えている別の厄介事《やっかいごと》は、単に面倒事のスケールで言えば、ファノン隊の越境《えつきよう》程度など、遥《はる》かに超《こ》えるものらしいのだから。

だからこそ彼女としては多少強引に、いわば己《おのれ》の分を超えてまで、状況を解決に導くお膳立《ぜんだ》てをしてみたつもりだ。いったんあちらの要望を受け入れ、次に彼女らが問題を起こしたその時こそは、改めて国際政治上の土俵に乗ればいいというだけだ。だというのに父はいつもと違い、かなり慎重な態度を見せている。一体何を危惧《きぐ》しているのか……。

自分の経験の無さを痛感しながら、フェリネラは内心で首をかしげた。父が長年培ってきた勘《かん》や知識によるものか、それとも予想もしなかった深い損得勘定《かんじよう》が別にあるのか。いずれにせよ父の逡巡《しゆんじゆん》の理由が、今のフェリネラには、とてもうかがい知れぬものであるのは間違いないだろう。

それからなおしばらく考え込んでから、ヴィザイストはついに意を決したように告げた。

「ふむ、いいでしょう。そちらの要求を最大限叶《かな》えられるわけではないが、捜査《そうさ》自体には協力しましょう。今回の賊についてのみは国内におけるあなた方の捜査権を認め、あとで正式に許可するよう、私からも総督に言っておこう」

エクセレスの顔に、どっと安堵《あんど》の気配が満ちた。それはまさに彼女らにとっては、じりじりと登りが続く、苦しく長い峠《とうげ》を越えての一歩前進と言える。

「ありがとうございます。ちなみに先程、『最大限』は不可能だとおっしゃいましたが、具体的にはどこまで受け入れてもらえるのか、その詳細をお聞きしても？」

だが、そこでエクセレスの機先を制するかのように、ヴィザイストの硬い声が言葉を遮った。

「いや、それを言うなら、やはりまずはそちらからだ。重ねて言うが、こちらの国境警備隊に対する救命措置《そち》には感謝している。だがそれでも、そちらのご要望にお応《こた》えするのは、あくまでこちら側の善意によるものと解釈《かいしゃく》していただきたい」

「……失礼、いたしました」

それからエクセレスは淡々《たんたん》と、クレビディート首都で起こった惨事《さんじ》について、改めて詳細に語った。休暇《きゅうか》中に自分達が二名の凶漢《きょうかん》による襲撃《しゅうげき》に遭遇《そうぐう》したこと。彼らの言動から、目的は不明ながら、どうやらファノン自身が標的であった可能性もあり得ることなど、先程《さきほど》とは比べ物にならないほど、踏み込んだ情報である。

さらに、彼らがクレビディートで行使した高破壊力《はかいりょく》の魔法によって人家に大きな損害を与えたこと。正確な数字は不明だが、死傷者数の算出に時間がかかることも。

エクセレスは悪辣《あくらつ》な犯行を糾弾《きゅうだん》する激しい口調を交えて、一つ一つ的確に説明していく。

それを黙って聞いているヴィザイストが、こちらの事情をどれくらい汲《く》む気があるかは定かではないが、賊の凶悪《きょうあく》さを非難する強い言葉は、それなりに有効だと踏んでいる。あえて感情的な言動で覆《おお》い隠《かく》すことで、裏にあるAWR奪還任務については、ある程度のカモフラージュ効果を期待できるはずだからだ。

やがてエクセレスの説明が一段落したところで、ヴィザイストは重々しく問うた。

「なるほど、ご事情はだいぶ分かりました。で、もう一つ、実行犯の名と個人情報は？　もちろん、我らの国境警備隊を襲撃したのもまた、奴《やつ》らなのでしょうからな」

それについてはエクセレスではなく、一歩進み出たファノンが代わりに答えた。

「ゴードン・エンペトクレス。もう一人はスザール・ハンバル。こいつらを追跡中に、国境で事件が起きたわけ。直前まで、エクセレスが捕捉《ほそく》していたのだから、間違いないわ」

「……！」

一転して険しい目つきになったヴィザイストは、重苦しい表情を浮《う》かべた後、ゆっくりと口を開く。

「《トロイア》の所長と副所長ですな。いえ、彼らの個人情報までは、もはや必要ありません」

これにはエクセレスも動揺を隠しきれなかった。こちらから説明する手間が省けたとは言えるが、相手がすでにそこまでの情報を収集していたことへの驚《おどろ》きは大きい。

しかし、その後のヴィザイストは、俄然《がぜん》協力的になり、その大きな身体を前に乗り出すようにして、こう尋ねてきた。

「トロイア監獄《かんごく》の、最新の情報はありますかな？」

「無いわね。というか、当のゴードンらに襲撃されたのは私達なんだから、彼らを追っているという意味では、多分7カ国最速の部隊よ。ま、トロイアで起きた事件の調査部隊くらいは編成されてるでしょうけど、現地にすぐ向かったとしても、二、三日でどうなる話でもないわ。ちなみにわざわざ聞いてくるってことは、そっちも何もなさそうね」

ヴィザイストは肯定《こうてい》も否定もしなかった。

代わりに、あえてファノンらにも分かるように一つ大きく頷くことで、フェリネラへと明確な合図を出す。

それは先程、資料を処分する前に、彼女が頭に詰め込んだ情報を共有せよという父からのお達しであった。フェリネラは、処分した資料の存在自体は悟られぬよう、少し注意しつつ口を開いた。

「こちらの手持ちと、そちらからいただいた情報を勘案するに、トロイア監獄の囚人《しゅうじん》は大半が脱獄《だつごく》している可能性が高いようです。こちらではその中から、要注意人物をピックアップしております」

フェリネラは淡々と、先程《さきほど》記憶《おく》したリストに載っていた名前を羅列《られつ》していった。今後、そこには新たにゴードン、スザールの名前が加わることになるはずだ。

フェリネラは誰《だれ》に問うでもなく独りごちた。

「しかし、こともあろうに監獄所長と副所長が事件の通報もせず、脱獄者を捕《と》らえるどころか、クレビディートにやってきてそんな惨事を引き起こすなんて……。そもそも手引きしたのは彼らと考えるのが妥当《だとう》でしょうか」

「普通に考えればね」とファノンが少し腑《ふ》に落ちないといった調子ではあるが、小さく頷いた。

「ファノン殿《どの》を狙《ねら》っていた、というのが本当なら、かなり前から計画を練っていた可能性が高いだろう。特にゴードンのほうがファノン殿に何か私怨《しえん》があったにせよ、接触《せっしょく》したことがあるとすれば、監獄所長に就任する前のことでしょうからな」

ヴィザイストも同じように、推測を述べる。

「でも私、あんなむさくるしい男の顔なんていちいち覚えてないのよね。多分、あの屑野《くずや》郎《ろう》も、ウチの国だとそれなりの順位だったとは思うけど」

他人事のように語るファノンに、エクセレスは肩《かた》を竦《すく》めつつ、自分の知る情報を補足した。

「仮にもシングルが、その自由過ぎる態度からして問題があるといえるのでは？　正直ファノン様、ご自身の知らないところで方々からめちゃくちゃ恨《うら》みを買ってそうですしね」

それから視線をヴィザイストに移したエクセレスは、頷きながら続けた。

「その二人は確かにクレビディートの魔法師《まほうし》です。特にゴードンは、シングル魔法師候補と目されたほどには実力があったと聞いております。かつては軍規に忠実であり、愛国者の見本とさえ呼ばれていたと。しかしそんな彼が、政争にでも巻き込まれたのか、魔法師という表向きの立場を捨てて、監獄所長という職に就《つ》いたわけですから」

エクセレスが言わんとするところは、ヴィザイストやフェリネラにも理解できた。

「つまり『就かされた』と彼が考えても無理はない。いわば、冷や飯を食わされている、という不満があったかもと？」

「はい。ファノン様と面識があったかどうかはさておき、かつてシングル候補だったというなら、ファノン様の立場には、ある種の執着《しゅうちゃく》と鬱屈《うっくつ》した気持ちがあったのではないかと。

一方のスザールは彼が見出《みいだ》した直接の配下ですから、上司と行動を共にしたのでしょうね」

いったんそこまで話すと、エクセレスは黙って口を閉じた。ゴードンの狙いがなんであるにせよ、この場では彼らが【エリア９０】から強奪《ごうだつ》した新型ＡＷＲについては、隠し切らなければならない。

そこで、フェリネラが話を継《つ》ぐべく、こう切り出した。

「しかしながら、今の話にもあった通り、二人はアルファ国内に入ったと目されます。なぜわざわざ、魔法大国であり警備も厳重な我が国に、という疑問はありますが、やはり何かしらの目的があるのでしょう。それと」

ここでチラリとヴィザイストに視線を送ったフェリネラは、父の無言による承諾《しょうだく》を受け、ついに一枚のカードを切った。返礼というわけではないが、こちらからも共有しておいたほうがいい情報だと判断してのこと。

「実はアルファ内に、ゴードン・スザールの看守組の他、すでに脱獄囚《だつごくしゅう》の何人かが入り込んでいるとの情報があります」

「へえ、それは興味深いわね。散ったんじゃなく、集まった、と？」

ファノンの言葉に、フェリネラは頷きつつ言った。

「はい。通常なら追手を分散させるべく、７カ国に散るのが上策のはずなのですが。そこだけは不可解ですね」

「ま、いずれにしても好都合じゃない。さっさとまとめて捕《つか》まえちゃえば良いわけでしょ。もちろんさっきエクセレスが言ったように国内はあんた達、アルファ側の管轄《かんかつ》だもん。私も出過ぎた真似《まね》はしないし、仕事は一つに集中したいの。だから脱獄囚どもはあなた達に一任して、ゴードンとスザールの元看守組だけはこっちで処理するわ。ただまあ、行きがけにそれっぽいのが道端《みちばた》にいたなら、ついでに始末ぐらいはするけれど。それで良いわよね？」

どこか獰猛《どうもう》な肉食獣《にくしょくじゅう》にも似た不敵な笑みは、ファノンが見た目通りの華奢《きゃしゃ》な女性ではないことを示している。

絶対的な自負、彼女《かのじょ》を階位第4位の実力者であると誰もが認めるに足る、他と隔絶《かくぜつ》した力の証でもあるのだ。

だからこそ、ファノンの言葉は実質的にアルファ側に選択《せんたく》を迫《せま》るものではなく、一つしかない結論を急《せ》かすものだった。

ヴィザイストはこれを受けて、重々しく言葉を返す。

「いえ、こちらにも立場と事情がある。なのでそちらからの力添《ちからぞ》えは受け付けるが、こちらから公の形では協力は出来かねますな。また、そちらが万が一、国内での戦闘で何らかの人的被害《ひがい》を出すようなことがあれば、こちらとしては到底《とうてい》看過しかねることをお忘れなく。その時はアルファの軍人として、貴女方を拘束《こうそく》しなければならなくなるが。今から、そのための施策《しさく》についてご説明させていただく」

その言葉こそは厳しげだが、この言い草は言外に、「公ではない協力ならする」と言っているも同然。いわばヴィザイストは、表面上はあくまで二国家の軍人同士として緊張状態を保ちながら、裏ではファノンと、特定案件についてだけは手を結ぼうというのだ。

ただその条件はファノンの頬《ほお》を引き攣《つ》らせるものだった。やむを得ないとは言え、引き返せない所まで来て掌《てのひら》を返された気分だろう。

本来ならば、彼女達《たち》は即刻《そっこく》本国への帰還《きかん》を強《し》いられて然《しか》るべきなので、ファノンも、止《や》むに止まれず仕方ない、と引き攣った顔で頷いた。

これで彼女らがアルファ国内での行動に一定の制約を付けられることは避《さ》けられなくなるが、背に腹は代えられない。

ただ、実はアルファ側としては、これは至極《しごく》当然の結末である。脱獄囚の一部がアルファにいる、という情報を掴《つか》んでいるところに、さらにファノンらによって元看守組までがこちらに潜入した、という新情報がもたらされたのだ。それも、わざわざ国境監視塔《かんしとう》と周囲の情報通信網《つうしんもう》を潰してまで、である。

当然のことながら、どれだけ勘の利《き》かない者でも、これは匂うと考えるだろう。加えてヴィザイストは現在、多忙の身だ。

そう、まさに猫《ねこ》の手でも借りたい今、使えるものはなんでも使うべきなのだ。単にそれだけの結論なのだが、ヴィザイストはできるだけもったいを付けることで、相手からの情報に加えて譲歩《じょうほ》を引き出し、行動の制約まで認めさせてしまった。フェリネラは父のそんな手練手管を見て、己の未熟さを痛感した。とはいえ、先程父が見せた逡巡の色は、そんな駆《か》け引きだけのものでもない、という気もしているのだが。

一方そんな空気の中で、ヴィザイストはゆっくりと、威厳《いげん》を保ちながら言い放つ。

「そうですな。犯人逮捕《たいほ》のために、こちらも手練《てだ》れの追跡者《ついせきしゃ》を放ちましょう。無論、彼の標的は脱獄囚達《だつごくしゅうたち》となりますが、もし成り行きでそちらの標的であるゴードン・スザール両名を捕縛することになったなら、二人は無条件で引き渡しましょう。その後、アルファ主導の下で、事件は解決に導かれることになるはずだ」

（チッ、そういうこと⁉）

ファノンは内心で舌打ちした。その反面、素直《すなお》には頷きづらいが、絶妙《ぜつみょう》な提案であることと自体は、エクセレスもファノンも感じている。きっとその追跡者とやらに与えられる任務は、「囚人組」の捕縛とともに、彼女らへの牽制《けんせい》もあるのだろう。ヴィザイストはそれによってファノンらのやりすぎ、いわば捜査協力という名目からの過度な逸脱《いつだつ》を防ぐつもりなのだ。

さらにアルファ側は、国内で起きたトラブルの解決に、わざわざ他国の手を借りねばならない無能とそしられずに済む。お互いに体面が保てる、というわけである。ついでに極《きわ》めて上手《うま》く事態が運べば、ゴードン・スザールをファノン隊より先に捕らえて引き渡すことで、外交上の貸しまで作れる余地すらあるのだ。

そもそもファノン側としては、ゴードンらの身柄《みがら》を先にアルファ側に押さえられてしまった場合、例の強奪されたAWRの一件が知られてしまい、彼らに外交上の余計なカードを与えることになりかねない。いわば、犯人捕獲競争の舞台《ぶたい》に強制的に上げられてしまう形になるのだが、これもヴィザイストの狙いだろう。もちろん彼は、現時点ではAWR強奪の件までは知らないはずだが、ファノンが両名に妙に固執《みようこしつ》する動きを悟《さと》って、何かあると踏んだのだろう。ファノンとしてはその秘密任務のほか、額に傷を負わされたプライドの問題でもあるので半分程度の正解に過ぎないのだが、実に鋭《するど》い熟練の勘というべきものだった。

眉間《みけん》に皺《しわ》を寄せて黙り込んだファノンに代わって、エクセレスが機先を制するように深々と腰を折って礼を示した。

「ソカレント卿《きょう》、お心遣《こころづか》いに感謝します」

現実的かつ合理的な選択を好むエクセレスとしては、つまるところ、アルファより先にゴードン・スザールを捕《と》らえればよいだけだ、と判断してのことだ。またここで下手に突っぱねると、相手が食えない男だけに、それこそ藪蛇《やぶへび》になりかねないという気持ちもある。

「いや、こちらとしてもこれぐらいしかできないのが、どうにも心苦しいところでして」

心にもないことを、とファノンとエクセレスは、同時に胸の内で毒づいた。

話がある程度纏《まと》まったように見えるが、この状況《じょうきょう》はどう見てもヴィザイストの一人勝ちである。

「ちなみに、あなた方の中で、アルファ国内の事情に明るい人材は？」

「いえ、我々の主戦場は外界ですから」

ヴィザイストの問いに嫌な予感を抱きつつも、エクセレスはそう返事をすることしかできなかった。

「では、とうにそちらもご承知のようだが、私の娘《むすめ》であるこのフェリネラ、彼女を案内につけましょう。どうもファノン殿は厳《いか》つい男がお嫌《きら》いなようだ、確かに見るからに無骨な軍人を選ぶと、どうにも目立ってしまいますからな。また機密を守る意味でも、ソカレント家の名が多少なりとも役に立つでしょう」

「本当に、何から何まで……」

引き攣った笑みを浮かべつつ、エクセレスはどうにかこうにか内心の感情を押《お》し殺す。これでは、いわば自分達の方こそ囚人であり、看守に付き添われながらピクニックに行くようなものではないか。まさに、体の良い監視《かんし》である。

いくらファノンというシングル魔法師を擁《よう》していても、ヴィザイストにはさほど重しにならないようだ。いや……やはり場所が悪過ぎたのだろう。アルファにはファノンより上位の第1位がいるのだから。確かにファノンがさっき指摘《してき》した通り、相手が仮にもシングルだというのに、どうにもヴィザイストはシングルの転がし方が巧《うま》いというか、その扱《あつか》いに手慣れ過ぎている印象だ。

これならば、隣国《りんごく》同士ということでそれなりに交流があるだろう貴族か、いっそ元首に間を取り持ってもらった方が良かった、と今更《いまさら》ながら感じずにはいられない。

「それでは、もろもろ決まった、ということでよろしいでしょうか。もちろん、こちらでも新たな情報を入手した場合は、そちらにも流させてもらいますので」

形ばかりの定型文めいたものだが、これはヴィザイストの部下が発したものだ。さらに連絡《れんらく》はフェリネラを通すと良い、などと、付け入る余地がないままに、着々と段取りが固められていく。

一方で、フェリネラは些《いささ》か不満げな顔をヴィザイストに向けていた。

「先ほどの、アルスさんへの言伝《ことづて》についてはどうするのですか、お父様」

「それについてはあきらめろ、事情が変わった。ベリックへの報告と合わせて、部下を向かわせよう。それとも国家の重要任務を放《ほう》り捨てて、あくまで自分で伝えるか？」

ヴィザイストがそんな風に意地の悪い笑みを貼り付けて言うものだから、フェリネラは澄《す》ました顔を装いつつも、少し唇を尖《とが》らせて視線を逸《そ》らす。

「ま、常にファノン殿の案内役をしていろとは言わん。頃合《ころあ》いを見て、アルスのために場を外しても構わんぞ」

それは彼女らへの監視を解くことになるが、ヴィザイストはそこまで深刻に考えていないようだった。とはいえ、フェリネラとしては、学院の授業を何日も欠席しなければならないことについても、父から一言欲《ほ》しかったところだ。別に今更学業がどうのと気にしてはいないが。

知識面でいえば、彼女はもう第2魔法学院で学べることは全《すべ》て学んでしまっている。個人的に気になると言えば、出席率のせいで、学年順位が下がりかねないことぐらいだろうか。

「分かりました。時間がありましたら」と言うに留めたが、返事代わりの父の含み笑《わら》いが、どうも全てを見透《みす》かされているようで癪《しゃく》に障《さわ》るフェリネラであった。

その後、なんだかんだでこの古民家を仮拠点《きょてん》として活用する方向で話が決まり、詳細《しょうさい》はあえてここでは詰《つ》めずに終わった。

この拠点はフェリネラでさえ知らなかった場所故《ゆえ》に、そうそう誰かに見つかることもないだろう。もっとも、ファノン好みに徹底《てってい》した消毒やら装飾《そうしょく》やらを施《ほどこ》す必要はありそうだったが。

「それではファノン様、改めまして案内役を務めさせていただきます、フェリネラ・ソカレントです。よろしくお願い致《いた》します」

貴族令嬢らしく、丁寧《ていねい》に挨拶《あいさつ》をするフェリネラに、ファノンは得意げな顔で言葉を返す。

「ま、そう気張らないでいいわ。そもそも奴らの捕縛《ほばく》については、ある程度目星は付いているから。外界に出るより神経は使うかもだけど、多分魔力《まりょく》自体はたいして使わずに済むんじゃないかしら？」

平然とそうのたまうファノンの視線は、脇に頼《たの》もしく控《ひか》える探知魔法師1位のエクセレスへと向けられていた。

たとえ探知魔法師であれ、一桁《ひとけた》台の魔法師というものは、その能力や実力のほとんどが謎《なぞ》めいたベールに包まれているものだ。実はアルファにいる第2位リンネ・キンメルも、その具体的な探知方法――魔眼《まがん》の能力――については、国外はおろか、国内でも限られた者しか知らないのである。

かくいうフェリネラも、目の前の探知魔法師のトップが如何《いか》なる方法を用いているのか気にならないわけではなかった。

（よくよく考えてみれば、彼女達はそもそも、賊《ぞく》二人を追跡してここまでやってきたのですものね）

どういう理由で標的がその網《あみ》の目を逃《のが》れたのかは分からないが、一時は確実に賊の位置を把握《はあく》していたはずである。そういう意味で、ファノンの全身にみなぎる自信は伊達《だて》ではないことは、フェリネラにもすぐに分かった。そう思ってみれば、エクセレスや他の隊員達の隙《すき》の無い動きといい、さすがはシングル魔法師の部隊だと思えるだけのものがある。

（タイミングが合えば例の言伝、私もアルスさんに伝えに行けるかしら）

別に手抜《てぬ》きをするつもりはないが、去り際の父の態度や言動からすると、フェリネラとしてもそこまで血眼《ちまなこ》になって彼女らを監視する必要はなさそうだった。抜け目のない父のことだ、何がどう転んでもアルファに不利益が生じないよう手を打っているだろう。

ただ、一つ解《げ》せない点があるとすれば、やはり先の駆け引きの最中、父が見せた逡巡。相手が相手だけに慎重《しんちょう》になるのは当然だ。そのために自分を監視につけたのだろうから。

ただその監視任務というのが、拍子抜《ひょうしぬ》けするほど緩《ゆる》いスタンスなのが腑に落ちない。

（もしかすると具体的な懸念《けねん》があったんじゃなく、あくまでお父様の直感で、即断《そくだん》を回避《かいひ》したただけなのかしら？　だとしたら、私をファノン様に付けたのは、あくまで保険の一種……？）

そう考えるとなんだか良い様に使われた感じがしないでもないが、フェリネラはここ最近アルス絡《がら》みで元首とも接触し、アルファで巻き起こる一連の事件に関《かか》わりっぱなしである。

こうして父の隠れ家を探すのも一苦労だったのだから、ある意味で本当に気晴らしめいた、息抜《いきぬ》き程度の軽めの仕事なのかもしれない。もしかしてこれも、父流の気遣《きづか》いというものなのだろうか。

いったんそんなことを考え始めると、やはり根が生真面目《きまじめ》なフェリネラは、ふぅ、と思わず小さく息をついた。これが本当に父の配慮《はいりょ》だとしたらありがたいが、それでもしばらくは、まだまだ気の休まらない日々が続きそうであった。

第81章「凶悪なる獣達」

アルスが学院に来てから度々《たびたび》行われる定期試験。

学院では基本的に、学生が履修《りしゅう》した講義の出席日数に加え、テストなどの点数が加味されて評価と単位取得の可否が決まっていく。そのため当初こそ、最低限の出席日数やテストの点数を確保すべくそれなりに努力はしていたアルスだったが、最近はそんな学生らしい就学態度からは、すっかり遠ざかっていた。

それもこれも、全て学業以外に降りかかってくる厄介事が原因といえよう。

もはや出席日数を健気《けなげ》に数えることなど諦め、虚《むな》しいテストで点を稼《かせ》ぐことにもすっかり意欲的ではなくなってしまっている。

「そもそも融通《ゆうずう》を利かせてくれるはずが、何も知らない教員どもの反対で、それにも限界があるとはな。出席日数が足りないだけで単位が一発アウトとか、理不尽《りふじん》にも程《ほど》がある」

「まあ、それも分かるけど……ほら、一応学生の本分っていうのがあるんでしょうからね」

アルスの愚痴《ぐち》にテスフィアが苦笑いしつつ付き合ってくれるが、アルスの鬱憤《うっぷん》は晴れない。

「テストで満点取ってもダメだと言うんだから理解に苦しむ。だったらテストの点はイマイチでも、授業に皆勤賞《かいきんしょう》だというだけでそれなりの成績を取る生徒に、教員どもは納得《なっとく》してるのか？　それで一人前の教育者だと胸を張れるなら……」

「なら？」

「アルファの未来は暗い。しぶしぶとはいえ最初にベリックの言い分を呑《の》んだ俺《おれ》も馬鹿《ばか》だったが、いっそこんな国など滅《ほろ》びてしまえばいい」

そう言い放ったアルスは、行き場のない鬱憤をだらしなく机に突《つ》っ伏《ぷ》すことで紛《まぎ》らわせた。

今日は、数日間続いた定期試験最終日であった。

まあ満点を取ればさすがに、とささやかな希望をもって試験に臨《のぞ》んだアルスだったが、試験後に、たとえ満点でも出席日数不足で単位を取得できない科目があると分かり、絶望感に打ちひしがれているというわけだ。全ての試験を受け終え、研究室にこうして引き上げてきたのはいいが、とにかく何もかもが非常に虚しかった。

「アルス様、これで留年が決まるわけでもないのですから」

ロキがそんな慰《なぐさ》めの言葉とともに、机の上に紅茶のカップを置いてくれる。湯気を立ち昇《のぼ》らせるそれは、ロキの気遣いの色をしている。香《かお》りは柑橘《かんきつ》系の、風味の強いアールグレイであった。

ロキも出席日数不足という点ではアルスと同じだが、彼女の方がよほど大人の割り切り方を心得ている様だった。

彼女の落ち着いた態度を見ていると、規則づくめの学院の体制にいちいち拒絶《きょぜつ》反応を示す自分のほうが、なんだか子供っぽくすら思えてくる。アルスとしては、それでもどうにも釈然《しゃくぜん》としないが。

「こうなれば最後の手段か。いっそ俺の順位を皆《みな》に明かしてしまえば、理事長や総督《そうとく》も動かざるを得ないはず……」

「またそうやって、権力に縋《すが》るぅ。自棄《やけ》になっちゃダメだよぉ」

幾分《いくぶん》間延びしたアリスの声は、その声音のせいで、さして非難がましくは聞こえない。アルスも何も本気で言っているわけではない。ここまで騒動《そうどう》を回避してこられたのは順位がまだバレていないからだ。

「そうですよ。そんなことしたら一体何のためにここまで、アルス様の順位を秘匿《ひとく》してきたのか。絶対に、もっとわずらわしいことになりますから」

分かりきったことを言ってロキが冷静に諫《いさ》めたことで、アルスもふん、と小さく鼻を鳴らし、再び研究机に突っ伏して話を終わらせた。

例の如く、数日後には試験結果が張り出されるわけだが、アルスも一応テストは受けたので、採点対象には入るようだ。教員らへの嫌《いや》がらせ半分で、全問を完全な解説および、ものによっては出題意図の曖昧《あいまい》さを指摘する抗議文《こうぎぶん》付きで解いてきたアルスだった。

「しかしな、満点だった生徒に単位をやらないなんざありえん。そんな不遜《ふそん》な教員の顔を拝みに行きたいくらいだ」

「まだ言ってる、講義受けてるんだから、十分拝んでるでしょ」

テスフィアは上々の出来だったらしくこの余裕《よゆう》。ただ、彼女も事情を知っているだけに、いつものような減らず口はたたいてこない。

「ただまあ、ろくに自分の講義で見かけた記憶《きおく》がない生徒に単位をあげるのは、複雑な気持ちだろうなっていうのは、分かる気もするけどね」

「関係あるか。だいたい実用的という段階ですらない、初歩の初歩レベルの授業なんぞ、こちらから願い下げだ。が、やり口が汚《きたな》い。試験終了《しゅうりょう》後に、たとえ満点でも出席数が足りないからダメだとは、嫌がらせとしか思えん。ま、確かに下らない講義のことなんざ、どうでもいいか」

いつの間にか、アルスは普通《ふつう》の学生と同じ感覚で愚痴を言っている自分に気づき、同時にその無意味さをも悟る。

多少苦々しい気持ちがあるのは否定できないが、ここはさっさと気持ちを切り替《か》えたほうが得策だろう。

「ねえねえ、それよりさ、この後、訓練場で魔法の練習成果を見てよ」

そんな彼《かれ》の内心を読んだかのようなテスフィアの言葉に、アルスは苦笑いし。

「そう焦るな、今から行っても訓練場がいてるとは限らんだろ。そうだな、気晴らしにもなるし、面倒《めんどう》だからここでやるか」

「アルス様、ここではさすがに」

ロキが慌《あわ》ててそう言ったのも、当然であった。

ここは、いくつかの薬品や精密機器も置いてある研究室である。万が一魔法の暴発でもあろうものなら、甚大《じんだい》な被害が出るのは確実だ。当然、ロキがこまめに集めてきた小物や食器類なども、タダでは済まないだろう。

「ま、ここまで魔力操作の訓練をしたんだ、滅多《めった》なことは起こらんだろ。それに、俺にとっても多少は訓練になるかもしれんからな」

「どういうことでしょうか」

ロキの疑問に、アルスはテスフィアとアリスをじろりと一瞥《いちべつ》してから、言い放つ。

「万が一こいつらが失敗しそうになったら、即座《そくざ》に構成式に干渉《かんしょう》して、発現する前に力づくで魔法そのものを破壊《はかい》する。ま、主に心配なのはフィアの方だがな。念のため、俺の【宵霧《よいぎり》】も手元に置いておく」

「なるほど、そういうことなら、分かりました」

最近、実際に魔法を組み立てる訓練をしているのはテスフィアなので、確かに彼女の手を離《はな》れた魔法の暴走こそ、一番懸念すべきではあった。

頷《うなず》いたロキを横目に、二人の監視役《かんしやく》としてソファーへと移動したアルスは、各種論文などの紙の資料を、まとめてテーブルへと移動させた。

二人の訓練の様子を見守るついでに、それらにも目を通そうというのだろう。マルチタスクで複数の研究を同時進行しているアルスが引用・参照すべき資料は膨大《ぼうだい》な数にのぼるため、少しの時間も無駄にできないのだ。

ソファーに腰《こし》を落ち着けたアルスの前で、早速《さっそく》訓練を開始するテスフィアとアリス。そしてロキは、何故《なぜ》かアルスの隣《となり》に座《すわ》った。

「そういえばアルス様、お二人の訓練の進捗《しんちょく》状況《じょうきょう》はどうなのですか？」

「どうなのかって、あれからたいして時間も経《た》ってないだろ。ま、お前の自主訓練の方はよく分からんが」

チラリと隣の少女を見て、それから軽く息をついてからアルスは言う。

「まあ、普通に考えればアリスの方が、フィアより早く習得するだろうな。あれは、自分なりのルーチンやコツさえ掴めれば後は早い。テスフィアはまぁ……」

そんなアルスの目の前で、何かが勢いよく空中を飛んでいくのが見えた。

直後、部屋中をひっくり返したかのような巨大《きょだい》な騒音《そうおん》が響《ひび》き渡《わた》った。

「ああっ！　どうしよう……！」

顔色を変えたアリスが、金槍を抱《だ》きかかえたまま、立ちすくんでいる。先程アルスの目の前を飛んでいったのは、アリスの金槍――天帝《てんてい》フィデス――から放たれた円環《えんかん》状のパーツであった。そのあまりの勢いに、ぶつかった戸棚《とだな》が破壊され、引き戸のガラスが割れ……最後にゆっくりと、棚自体が力尽《ちからつ》きたように前のめりに倒《たお》れた。

「やっちゃったぁ！」とテスフィアがアワアワしているが、アルスは大して気にも留《と》めなかった。

寧《むし》ろ――。

「アリスの方がやらかすとは意外だった。ま、片すのは後にして、訓練を続けろ」

幸い、被害を受けた物の中にさして重要なものはない。棚といっても本棚ではなく、不要な物をまとめて押し込《こ》んだり乗っけているだけのものだ。

「ご、ごめんなさい」

小さくなって縮こまるアリスに、ロキがフォローする。

「アリスさん、本当に気にしなくて大丈夫《だいじょうぶ》ですよ。アルス様が言い出したことですし、まあ、大掃除《おおそうじ》の後だった、というのは不運でしたが」

「だよね。ごめんね、すぐ片付けるから……」

しゅんとしつつ、慌てて動こうとするアリスを、アルスは強引《ごういん》に制止し。

「訓練中に他《ほか》のことをするな。せっかく整った集中が乱れる。お前は要領は悪くないんだ、成功も失敗も、振《ふ》り返るのはまず一通りをやり終えてからだ」

「わ、分かった……」

「ところでアリス、フィアに座標位置の把握方法を聞いただろ」

「うん、なんで分かったの？」

「確かにお前の訓練目標に対しても、フィアが【ゼペル】で使うような座標位置把握のアプローチを取り入れるのは有効だ。ただ、個人の資質の差というのがあるからな。そのやり方では、天性のセンスが占《し》める割り合いがあまりに大きい。だから、これを試《ため》してみろ」

アルスは片手の親指、人差し指、中指をそれぞれ開いて見せた。それに倣《なら》ってアリスも自分の手で同じ形を作る。

「三本の指は、それぞれにXとY軸《じく》、さらにZ軸の座標位置を示す。そして、それらの座標軸に通わせる魔力それぞれの強弱が組み合わさって示される力場の作用する先が、魔力の指向性だな。まずはその形を常に保ち、三本の指だけに通した魔力を使って、円環を操作してみろ。最初は一つの円環を使って複雑な操作ができるようになったら、次は円環を二つ三つと増やしていくんだ。もっと慣れてきたら、指の関節を曲げたり、交差させたり、といった役割を増やすイメージを絡《から》めていくといい」

首を傾《かし》げながら、アリスは真剣《しんけん》な目つきで自分の手を見つめている。

「例えば、親指の曲げ伸《の》ばしを上昇《じょうしょう》下降と決める。まずはそれに対応させてAWRに指示式を組み込む。二度手間にはなるが、最初の慣らしには役立つ。AWRが使い手の魔力に馴染《なじ》んでいく作用もあいまって、それを何回も繰《く》り返すうちに自然と動きは最適化されていくし、やがては脳内イメージだけで操作できるようになるはずだ」

ちなみにアリスのAWRは金槍部分と円環部分で分かれる仕組みだが、それぞれが別個にそうした操作を受け付けられるようになっている。槍部分と円環部分が分離《ぶんり》した状態でも材質は同じメテオメタルなので、そういった細工は非常にやりやすいのだ。

「うん、それでやってみる!!」

先程《さきほど》の失敗で倒れた戸棚だけは直すと、四散した諸々《もろもろ》にはあえて背を向けて、アリスは訓練を再開した。

アルスがふぅ、と一息ついたとき、ロキがそっと身体を寄せてきた。

「さっきのお話の続きですが、それで、お二人の進捗状況は？」

執拗《しつよう》に聞いてくるのはロキなりに、対抗心《たいこうしん》を燃やしてのことだろうか。それぞれ難易度も違《ちが》うので競《きそ》い合う意味はない上、ロキの課題はやはり群を抜《ぬ》いて難しいと言えるだろう。

「アリスは30％というところだが、言った通り、コツを掴めばあっという間に達成だな。んで、フィアの方ははっきりとは言えんが、まず50％ってところか」

「……!! テスフィアさんが、ですか？」

瞠目《どうもく》してさらに顔を近づけたロキの頭を、いったん手を挟《はさ》んでブロックしたものの、アルスも実は、その驚きは分からないでもない。

そもそもテスフィアに習得を課した魔法【凍魔の蝕手《コキュートス》】は、実はちょっとした努力程度でどうこうできるものではないはずなのだ。いくら作用範囲《はんい》を指先程度と限定したところで、習得が容易《たやす》くなるわけでもない。だが……。

あちらで訓練を続けるテスフィアが、内心で聞き耳を立てていることを知りつつも、アルスは話を続ける。

「リリシャとの模擬戦《もぎせん》を見ていたか？ 唐突《とうとつ》にあいつの様子が変わった瞬間《しゅんかん》があっただろ」

「はい、そういえば、雰囲気《ふんいき》が……」

「ついでに言うと、魔力そのものが変わったんだがな。【コキュートス】の構成を正しく踏《ふ》んでいたわけではないが、それに近い効果を発現させていた」

説明しながらも、アルスはあの時のことを脳裏《のうり》に思《おも》い浮《う》かべる。

リリシャとの対決で追い込まれたテスフィアは、その直後、リリシャの魔力鋼糸を凍《こお》らせることに成功した。リリシャが糸を操《あやつ》ることに長《た》け、魔力操作技術でも明らかに格上だったというのに、だ。それは端的《たんてき》にいえば出来過ぎであり、己《おのれ》の実力以上の干渉力を発揮していたと言っていい。

しかし、なぜそんなことが可能だったのか。アルスとしてはどうも釈然としない部分だった。そもそも【コキュートス】の発動に至るまでの順序には、魔法式上でも魔力操作上でも、己の魔力の性質そのものを変えてしまうような手続きは存在しない。

多分、才能だけでは片付けられない何かが、彼女にはある。そうとしか、考えられないのだ。

「例のフェーヴェルの継承《けいしょう》魔法の、いわば三段階目。他の魔法式が勝手に作動したのかもしれない」

「そんなことが、あり得るのですか？」

いつの間にか、テスフィアが完全に盗《ぬす》み聞きモードに入っていたが、アルスはロキの質問に答えず、一人意識を、思考の海に沈《しず》みこませていた。

そう、実に興味深い現象だ。今思い当たるのは、以前にセルバが言っていた「完全なる魔法」というキーワードのこと。

人類は、こと魔法の分野においては、魔物《まもの》に決して勝利することはできないと、アルスは考えている。人間はこれまでずっと、魔法を完全なるものに近づけようと様々な改良を加えてきた。しかし、それはどこまで発展させても完全にはなり得ないものだ、とアルスは半ば悟っている。もちろん日々研究や改良を続けていくことは大いに意義があるだろうが、どこまで行っても人が人である以上、限界があるのだ。

それに対して「魔物」は読んで字のごとく、魔を操る存在であり、魔核《まかく》を力の源にする異形だ。だからこそ、生まれながらに彼らは魔力のエキスパートであり、たとえ最下級のものでも、魔法を使えないだけで身体は魔力というものに最大限に適応しているくらいだ。

そんな大前提の上で、フェーヴェル家の継承魔法は、どの様な意味で「完全」と表現されているのか。

(その在り方がどんな形であれ、〝完全〟と言われるからには、半端《はんぱ》なものであるはずがないんだからな)

一体誰《だれ》に対してのものか、アルスはどこか挑戦者《ちょうせんしゃ》のような気概《きがい》をもって、胸中で小さく呟《つぶや》いた。それからようやくロキの質問に答えた。

「そうだな……あり得るかどうか、可能かどうかというのは、正直俺にも分からん。ただ、一つだけ確かめる方法がなくもないが」

もはや全身を耳にして、己の背後に近寄ってきていた人影《ひとかげ》に向け、それとなくアルスは言った。それから彼が顔を上げて振り向くや、後ろに立っていた赤毛の少女――テスフィア本人と目が合う。

「どんな方法か、聞いてもいいかしら？　でも、身体の精密検査とかは御免《ごめん》だからね」

だいぶ以前、アリスに身体検査を施した時のことを言っているのだろうか。思わずビクッと肩《かた》を反応させたらしいアリスのことは、ひとまず見ないふりをして。

「心配無用だ、早い話、お前のＡＷＲを貸してくれるだけで良いんでな。んで、ちょっとバラしてもいいか？」

「はい？」

素《す》っ頓狂《とんきょう》な声を発したテスフィアは、続いて眉根《まゆね》を寄せると、どうにも胡散臭《うさんくさ》い、といった目を向けてくる。正直面倒だが、とはいえこのＡＷＲがテスフィアの持ち物である以上、さすがのアルスも一方的に奪《うば》い取るわけにもいかない。

「お前が【コキュートス】っぽいものを使えつつあるのは確かだが、それだけじゃ説明がつかないことが多くてな。分からないまま続けさせるのも安全上の問題がある。まずは、AWRに刻まれている基礎魔法式を隈《くま》なく確認《かくにん》する。もちろん柄《つか》は分解するが」

「え〜、ちゃんと戻《もど》る？」

「俺も専門家じゃないが、ちょっとしたAWRを自作するくらいはできるし、仕組みは分かっているつもりだ。ダメならブドナ工房《こうぼう》に持ち込めばいい」

百面相をしながらん〜っと考え込むテスフィアだったが、数秒後には「分かった」と一《ひと》
先《ま》ずは納得顔《なっとくがお》で、素直に刀を差し出す。

アルスは自分の工具箱――といってもそこらの箱に工具類をぶち込んだだけだが――を持ってきて、中身をテーブルの上に広げた。

まず鞘《さや》から刀を抜き、刀鍛冶《かじ》のように目線に合わせて持ち上げると、その状態をつぶさに確認する。とかくガサツなところのあるテスフィアのこと、日頃《ひごろ》の手入れをしているかは怪《あや》しいものだと思っていたが、意外にもそれは、実に良好な状態で巧《たく》みに保持されていた。曇《くも》り一つない刀身は見事の一言に尽《つ》きる。まさに、フェーヴェル家の秘刀と呼ぶに相応《ふさわ》しい。別格であるメテオメタルを抜きにしても、一般《いっぱん》レベルでは最高峰《さいこうほう》の素材が使われているのだろう。ただ、アルスの眼をもってしても、それが具体的に何でできているか

は分からなかった。

とにかく見れば見るほど素晴《すば》らしく、まさに芸術的な逸品《いっぴん》であることは間違《まちが》いない。それは何も、刀としての造りに限った話ではなく。

「魔法《まほう》式の配置も、計算し尽くされているな。【詭懼人《キクリ》】だっけか」

「なんだ、知ってたの？」

「お前の母君に聞いた。妙な名前だが、刀の名なんて、だいたい俺にはよく分からんセンスで付けられてるからな」

「まあ、確かに由来は私も知らないけど。代々使っていたものだしね」

本来、上等なＡＷＲというものは、その使用者として想定されるのはただ一人。良いＡＷＲほど個人の魔力によく馴染む性質があることから、妙な癖《くせ》が付くのを嫌って、複数人によって使いまわされることはほぼない。もちろんフローゼ・フェーヴェルも、それが分かっているからこそ、この刀をあえて使用者を限定しない、いわばまっさらな状態で保持していたのだろうが。

「フローゼさんは基礎《きそ》魔法式だけを刻み、その後に系統式を加えたと言っていたが、少し不自然だな」

じっと目を凝《こ》らしたアルスは、やがて【キクリ】の魔法式配置の特異さに気づいた。

系統式と基礎魔法式を安定的かつ円滑《えんかつ》に機能させるために必要な接続回路が、どうも少し妙な場所に配されているようだ。よくよく観察しないと分からないほどだが、確かな違和感《いわかん》がある。

アルスは次に柄を観察して、目釘《めくぎ》を見つけると工具を使ってそれを押し出した。

「……？　これもおかしい」

「何がよ？」

「なになに？」

いつの間にかアリスも加わって、にわかに始まった【キクリ】の解体式に注目が集まる。

「見てみろ」と、アルスは手の中の目釘をテスフィアに渡した。

「なんか文字があるわね」

「ロスト・スペルを組み合わせたものだな。それも魔法式の繋《つな》ぎ、接続回路として用いられることがある重要な文字だ。今となっては古臭《ふるくさ》いもので、別の式が用いられるようになって久しいが。一応聞くが、目釘を外したり完全に取り換《か》えたりしたことはないよな？」

「うん、ずっと手入れはしていたけどね」

「なるほど、ならその目釘も、特殊《とくしゅ》な金属っぽいな」

刀身を柄に固定するための目釘は、刀工によっては錆《さび》への配慮で竹を使ったり、目釘穴を工夫《くふう》したりするものだが、なんといっても重い刀身を柄に繋ぎ止《と》めるものだから、振るっているうちにある程度の傷みは出てくるのが普通だ。

しかし【キクリ】においては、テスフィアがだいぶ使い込んでいる様子にもかかわらず、目釘自体には古びたり損傷している形跡《けいせき》が一つも見られない。それこそ昨日取り付けたばかりのような状態であった。

「アルス様、お詳《くわ》しいですね」

感心したような口ぶりのロキに、アルスは事もなげに返した。

「聞きかじり程度の、まさに付け焼刃《やきば》だがな」

これは実際にアルスの謙遜《けんそん》ではない。そもそもＡＷＲの形状もだいぶ進化した現在では、刀型にしようにもそのベースたる刀自体を作る刀工がいない。やたら手間が掛《か》かる上に、買い手も好事家《こうずか》に限られるらしい。結果、市場に出回る刀も少なくなり、必然値段も、天井《てんじょう》知らずの高額になりがちだという。

さらにブドナによれば、刀の形状を真似《まね》ること自体は容易だが、素人《しろうと》と専門の刀工では、強度や加工の巧みさにおいて、一目瞭然《いちもくりょうぜん》の差が出てしまうのだという。

一先ず【キクリ】の目釘を外したアルスは、解体作業を続けるべく、慎重に柄に手を沿わせ、そのまま滑《すべ》らせる。金属の擦《こす》れる音と一緒《いっしょ》にすっと柄が抜け落ちて、すとんと手の中に収まった。

それから改めて観察すると、果たしてアルスが睨《にら》んだ通りであった。ちょうど柄に差し込まれる刀身の端、いわゆる茎《なかご》に、ロスト・スペルが刻まれている。

それはまるで、刀身を護《まも》るお札に刻まれた文字のように、妙にいかめしく見えた。

「本来なら、このあたりには打った刀工の名が入るものらしいが……」

「何これ、魔法式？」

ソファーから身を乗り出して、顔を近づけるテスフィア。その様子からして彼女《かのじょ》も全く知らなかったようだ。

「ああ、魔法式で間違いない。ただ、一部は俺も初めてみる文字を使用しているな」

だが、アルスは確かに、これをどこかで見かけた記憶がある。ただ、それは直接この目で見た、ということではない。そう、今はもうあやふやな記憶の奥底《おくそこ》に沈みかけている、あくまで断片的《だんぺんてき》な記録としてだ。

（アカシック・レコード……初めて見るのに記憶にあるのは、あれを視《み》たせいか）

以前、バナリスで【蛾《が》の王／シェムアザ】が放った黒い巨木《きょぼく》のような物体。強大な魔力を秘《ひ》めたそれに触《ふ》れた際に、アルスの脳裏を、まるで走馬《そうま》灯《とう》のように駆《か》け抜けたそれら――叡智《えいち》の極《きわ》みか、はたまた無意味な情報の残滓《ざんし》か――は、結果としてアルスに「記憶になき記憶」を見せた。アルスは魔法式の理解において、まるで己が新たな境地に達したかのような異様な感覚を覚えた。

ただ、それは正確には「理解できるようになった」というのとは少し違う。もちろん全てではないが、それまで見たこともなかったはずの一部の魔法式が、まるで未知の領域と己との間の橋渡《はしわた》しをする共通言語であるかのように、自然と読み解けてしまうのだ。その働きはまるで、脳がアルスの意図にかかわらず勝手に知識を理解したという結果に変換《へんかん》し、無造作に送《おく》り込んでくるようであった。

しかしそれは、アルスにとってはどうも奇妙《きみよう》な感覚でもある。まるで脳内を誰かに勝手に掻《か》き回されているようだった。アカシック・レコードから抜き出した記録の保管場所みたいなものが、脳の一部に増設された気がする。一先ずそんな異様な混沌《こんとん》の感覚を振り払《はら》うべく、アルスは努めて意識と思考を現実に引き戻した。

「ロキ」と一言そう呼ぶと、ロキはすぐさま彼の意を察したようだ。彼女は研究用の小型カメラを片手に、その妙《みよう》な魔法式を手早く数枚の写真に収めた。

「そいつは、解析《かいせき》用の記録だ。もしかすると、何か訓練に影響《えいきよう》を与《あた》えるかもしれんからな」

改めてテスフィアに許可を取ってから、アルスはもう一度詳《くわ》しく【キクリ】全体を調べる。結果、鍔《つば》などには特に変わったところはなかったので、どうやら柄に隠《かく》れていたこの魔法式が、何かしらの機能を持っていると見て間違いないようだ。

「お前がリリシャと模擬戦をしていた時に、一瞬《いっしゅん》だけ妙な雰囲気になった。まるでトランス状態に入ったみたいに、意識と記憶があやふやになっただろ？　あれはこれが原因かもしれない。まあ、直感的に悪い影響はなさそうだと思うが」

そう言いつつ、アルスは【キクリ】の解体手順を巻き戻すように、刀身を柄にはめ直して、目釘をしっかりと打ち込む。

「ほら、元通りだ。ところで、こいつの妙な造りを、フローゼさんは知っているのか？」

「さあね、私も初めて見たし、お母様にいたっては知ってたのかどうかさえ、さっぱりね」

愛刀を受け取ったテスフィアは、分からないと首を横に振った。

「しかし、【コキュートス】を訓練し出した直後に、あれだからな」

多分全くの無関係というわけではないのだろう。これまでテスフィアが扱《あつか》った魔法に関しては全て、刀身に刻まれた魔法式の作用だけで対応出来ていたはずだからだ。

だとすれば、この隠された魔法式は、既存《きそん》の魔法とは違った分野、違った作用を持つと考えられる。そしてアルスが見た限り、それは系統式ではなく、単一魔法式に近いもののように思える。

というのも、実際には現代のオーソドックスな単一魔法式の様式が踏襲《とうしゅう》されておらず、かなりの部分で、非常にオリジナル性が強い構成になっているからだ。

特に不明なロスト・スペルが使われている部分などは、それがこの魔法式の中でどんな役割を担《にな》うのか、アルスの知識をもってしても見当がつかない。

「ま、一先ずは訓練続行だな。こいつがフェーヴェル家の秘刀で、誰かが使って妙な癖を付けた形跡もなさそうだしな、さしたる害はあるまい。別に呪《のろ》われた刀なんてオカルトな話でもないだろうし」

実際にAWRが蓄積《ちくせき》した魔力情報体データを抽出《ちゅうしゅつ》し、アルゴリズムなどを専用機器で分《ぶん》析《せき》、複数の手順を経てAWRの適用率を割り出す。それが出来るようにAWRの材質には強度だけでなく、魔力良導性の優《すぐ》れた鉱物が用いられるのだ。

「そうね、一応家宝ってくらいだから、他とは違う特別な造りになっててもおかしくないもの。妙な魔法式だって、特別問題じゃないなら、いいわけだしね」

これまでずっと使ってきた刀なのだから、とテスフィアも大きく頷く。その呑気《のんき》な顔を見ながら、アルスは内心でふと。

（ただ、これが継承魔法に関連した何かの仕込《しこ》みなら話は変わってくるかもな。セルバさんの忠告の件もあるし、ちょっと気にしておくか）

もちろん、このいかにも興味を唆《そそ》られる魔法式の構成は後でじっくりと調べさせてもらうつもりだ。アルスとしては、古い宝物箱を探《さぐ》っていたら、ちょっとした面白《おもしろ》い玩具《おもちゃ》を発見したような気分である。

「で、私に何かアドバイス……とかない？」

一件落着と取ったらしいテスフィアが、そんな風に物欲《ものほ》しげな表情を浮かべる。どうやら彼女は、さっきのアリスとのやり取りに便乗して、自分も何かしらのアドバイスを貰《もら》えるものと、期待していたようだった。

そう言われて少し困ったアルスは、いったん考えるふりをして無表情になった。初歩的なアドバイス。俗《ぞく》にいう魔法修得に臨むための理想的な姿勢について、などだろうか。

ただ先も示したように、【コキュートス】は、理屈《りくつ》を理解できたからといって習得できる、という種の魔法ではない。

ふと、あることを思いついたアルスは、ダメ元で提案してみる。

「お前の場合、とにかく、空間に強く干渉できるほどの魔法力を持たなきゃならん。しかも氷系統でだ。実質的に空間全体、いわばそれを為《な》す情報概念《がいねん》自体を凍結《とうけつ》させる必要がある、という感じだが」

「うんうん、それで⁉」

食いつき気味なテスフィアの勢いに押《お》され、アルスは仕方なく、手近な紙を取り上げた。

それからそこに線を何本も引いて、格子《こうし》模様を作って見せる。

「初めに取っ掛かりとして、空間をいくつかの小さな立方体、ブロック状に分割《ぶんかつ》していく。あくまでもイメージだから、各自の区分や大きさとかまでぴったり正確である必要はないぞ。でだ、その中に便宜《べんぎ》上いくつかの番号を振り、その上で座標を指定し、まずはその区切った空間を、順次凍結させていくんだ。実際に凍らせることができなくても、そのブロック内に、魔法発現の兆候さえ現れれば、問題なしとする」

「空間を認識《にんしき》、凍結ねえ……う～ん、理屈は分かったけど、実際にやるとなると」

腕組《うでぐ》みをして眉間《みけん》に深い皺《しわ》を刻んだテスフィア。ただ、やるしかない以上、彼女の悩《なや》みなど知ったことではないと、アルスはそのまま説明を続ける。

「言葉上は空間というが、実質的には無じゃない。座標軸や魔力《まりょく》の作用点その他、空間そのものを情報概念として認識するという、本当に初歩的な訓練方法だ。線でも面でもなく、あくまでも複数次元で捉《とら》えられた立体であることが、重要だからな？」

「むむむ、さっきよりわからなくなった。空間の凍結って、具体的にはどうなったら成功なのよ？」

「こうだ」と何気なく言い放つや、アルスはパチリと指を鳴らした。

するとと目の前の空間が急激に冷気を放ったかと思うと、パキパキと音を立てつつ、何かの形が生み出されていく。そして、目を丸くしているテスフィアの眼前に、みるみるうちにできあがったのは、正六面体の氷の結晶《けっしょう》であった。

蒼《あお》く薄《うす》く冷ややかに照り輝《かがや》くそれは、まるで目に見えぬ糸に吊《つ》られているかのように、あたかも重力に抗《あらが》って浮遊《ふゆう》するかの如く、静かに空間に留まり続けている。

「発現後も座標を維持《いじ》し続けているから、こいつはぴたりと空間内に滞空《たいくう》できているわけだが、こんなものはお遊びだな。魔法とすら言えない技だ。ま、お前がやるなら、冷気がしっかり立方体のブロック内を満たす程度で、十分に合格と言えるだろう」

「了解《りょうかい》ッ!!　試験も終わったからがっつり打ち込めるわ」

テスフィアは見るからに態度を変えて意気《いき》込《ご》む。すでに【テンプラム】のことはどこへやら、といった風だ。だがまあ結局のところ、この訓練も後々はその場で役立つだろうから、アルスもあえて水を差すことはしない。

それはともかく、アルスの見立てでは、テスフィアがリリシャとの模擬戦で見せた凍結《とうけつ》魔《ま》法《ほう》……あれは疑いなく、現在の彼女の引き出しにはないものだ。魔法の発現結果を見るに、やはり高位魔法が中途半端《ちゅうとはんぱ》に発現したもののように思える。

そう、例えば【コキュートス】を分解し、その一部のみを魔法として行使するとあのような現象が起こり得るかもしれない。

（なるほど、な）

アルスは独りごちた。

そうだ、何故気づかなかったのか。【霧結浸食《ミストロテイン》】が他の高位魔法の式を書き換えて作り上げた魔法であるように、あの時、テスフィアが無意識のうちに、何らかの魔法式を弄《いじ》った可能性は高い。ただ当然、彼女にそんな知識や技術はないのだから、何かしらの誘導《ゆうどう》や補助を受けたと考えるのが自然だ。

そしてそんなことができるとすれば、やはりＡＷＲしかない。さっきテスフィアが図らずも言った通り、【キクリ】が独創的な性能を有している可能性は高いし、代々フェーヴェル家の後継者《こうけいしゃ》が保有してきたＡＷＲだ、というのも引っ掛かる。

（どこかで、ちゃんと検査したいところだな）

通常のＡＷＲ市場において、それが普遍的《ふへんてき》な流通品であるならば、正常に機能するか検査機器にかけてから商品として売り出すのが一般的《いっぱんてき》だ。ただ、個人で製作するケースではある意味自己責任というところもあり、特別な検査機関に出すか、簡単な自己検査で済ませてしまう場合もある。アルスの研究室にもそういったことが可能な機器があるため、それを用いれば、ある程度専門的な検査もできるだろう。

そんなアルスの目の前で、早速テスフィアは訓練を再開した。先程のアドバイスに従い空間を意識して魔力を込め、一つ一つ手順に則《のっと》って魔法を構築していく。とはいえ魔法を完全に構築しようとするのはアルスの指摘《してき》通り諦《あきら》めて、彼女が今やっているのは、簡易的な一部の工程の再現である。具体的には座標といった要素を特に意識しながら、あえて他の構成要素を省略しつつ、それを行なっていく。

たちまち、微《かす》かに室温が下がったかと思うと、冷気が室内に広がっていく。

その様子を固唾《かたず》を呑んで見守っていたアリスが、ふと「さむっ」と呟く。近距離《きんきょり》で冷気にあてられたらしく、彼女はそっと自分の身体を抱きしめると、左手で右の二《に》の腕《うで》を摩《さす》った。

コントロールはいまいちだが、アルスが見たところ上々の出来、というか、初めてにしてはまずまずといったところだ。

「その調子だ。あとは指定ブロック内にその冷気を的確に発現させて、次のブロックへと座標を切り替えて、発現範囲を拡大していく作業を連続で実行すりゃいい。だが、くれぐれも魔力操作を怠《おこた》るなよ」

「もちろん、というか魔力操作なしじゃできないわよ」

「見たところ、魔法を連続使用しているのと変わりないので、最小限で魔力を運用しないと長続きしない、ということですよね」

ここで教師然として進み出たロキが、もっともらしく解説した。テスフィアの成長ぶりに少し焦《あせ》りを覚えたのか、そろそろしっかり、知識マウントを取ろうとでもいうのだろう。

「……ああ、その通りだ」

アルスが頷いた直後、ロキの反応に「褒《ほ》められ待ち」とでも言うべき間が空いた。

どこか期待をするようなロキの小さな笑《え》み。どうにも何かを強《し》いられているような……偉《えら》いな、とでも褒めておけば良いのだろうか。

ただ、ロキは外界の前線で戦い続けてきた魔法師だ。優秀《ゆうしゅう》とはいえ学生であるテスフィアとは、そもそも期待されるハードルの高さが違う。

（ふん、その程度で調子に乗らないことだ、とか？　いや、これじゃどこぞの鬼《おに》教官だな）

一旦《いったん》内心で芝居《しばい》がかった台詞《せりふ》を用意し、シミュレーションをしてみたアルスだったが、どうにも面映《おもは》ゆい。

結局、アルスは無言のまま、ロキの頭に手を置くに留めた。たちまちロキは、こそばゆそうにぱっと破顔する。

そのだらしないニヤけ顔を、見なかったことにしつつ。

「ま、そういうことだ。頑張《がんば》れよ、効率よく進めないと、捗《はかど》るものも捗らないからな」

「だーいじょうぶ、任せて！」

テスフィアはテスフィアで、いかにもなドヤ顔で笑みを向けてくるので、アルスは天誅《てんちゅう》宜《よろ》しく、チョップを脳天に一発プレゼントする。

「イタッ⁉」

部屋に発現していた冷気がさっと霧散《むさん》した。

「調子に乗ったお前の自業自得《じごうじとく》だ。さっさと訓練して帰れ」

そんな会話をしている側で、またもアリスの円環が、ビュンと自由を求めて飛び立っていく。

……が、今度は研究室の何かしらを壊《こわ》す前に、空間に生え出た棒のような物体が見事、円環の中心を捉えてそれを止めた。アルスがやったのはちょうど輪投げの逆、魔力で形成した棒を突《つ》き出させて、輪の真ん中に通して止めたのだ。

「こっちも前途多難《ぜんとたなん》のようだな」

ごめんね、というように頬《ほお》を掻くアリスを見やって、アルスは小さく息をついたのだった。

それから彼女らは休憩《きゅうけい》を挟みながら二時間ほど訓練を続けて、ある意味で濃《こ》い時間を過ごす。それが終わると後片付けをさっさと済ませ、テスフィアとアリスは女子寮《じょしりょう》の夕食時間に間に合うように帰宅していった。

その後に夕食の支度《したく》を始めたロキが、ふと手を止め、少し言いづらそうに切り出した。

「アルス様、その……少し、ご相談が」

「ん？　なんだ」

わざわざ二人が帰ってからの相談なんて、と言いかけたアルスだが、ロキの表情を見て、あえてそれを口には出さないでおく。

そう、いくらロキがパートナーにして同居人だからといって、思ったことを何でも口に出して良い、という道理はないのだ。

別に気が利《き》く男と呼ばれたいわけではないが、さすがに同居を始めて日が浅いわけではないので、それなりに学んだこともある。

アルスは今、己の成長を実感した。忙《せわ》しない秒針とともに確実に過ぎていく日々、それがしっかりと己の糧《かて》になっていることが感慨深《かんがいぶか》い。

それはともかく、とアルスは、妙にシリアスな様子のロキの相談に、耳を貸すことにした。

「実は、例の魔法のことでして……」

まあロキの態度からして、相談というのが魔法関連であろうというのは予想できたことだ。アルスは机の前の椅子《いす》に座り直して、なんとなく身を引き締《し》めた。

それは十中八九、ロキが現在修得に励《はげ》んでいる【雷霆の八角位】のことだろう。

雷系統の最高位にして秘中の秘だけに、アルスでも修得が難しい魔法である。実はその魔法式は、一般閲覧《いっぱんえつらん》が禁止されている極秘《ごくひ》データベースから拝借したものだ。

そもそも【雷霆】に属する魔法は、雷系統の適性を持たないアルスには、さほど食指が動かない種のものなのだ。【黒雷】でさえ燃費の悪さは手持ちの魔法の中でトップレベルだ。さらに適性があると無いとで消費魔力が数倍も違ってくるとなれば、アルスが覚えたところで、特別な事情でもない限り実戦での使用は全く合理的ではない。

それはともかく、今のロキの顔には少し焦りの色があった。やはりテスフィアとアリスの成長ぶりに、対抗心を刺激《しげき》されたのだろう。

「【火雷《ホノイカヅチ》】ですが、魔法式に含《ふく》まれる構成要件と情報量を見たところ、思うところがありまして。その、つまり、あれを修得するのは、そもそも人間には無理な領域なのでは？　それが可能なのは、きっとアルス様ぐらいではと……」

ロキとはそれなりの付き合いだが、彼女がこんな弱音を吐《は》くのは初めてだ。しかし奇妙なことに、そんな口ぶりとは裏腹に、ロキが全《すべ》てを諦めている様子はない。まさかかつてのように【依《よ》り代《しろ》】を使うなどというタブーを犯《おか》すつもりはないだろうが、彼女なりに思うところがあるのだろう。

「確かにな。情報量は他の魔法とは比《ひ》較《かく》にならない。正直、詳細《しょうさい》な部分は実質的に未知に近い魔法だからな」

さしものアルスも、少し悩んだ表情を見せる。何しろベースが古い魔法式なだけに、修得コスト面で改良しようにも、にわかには手をつけられないのだ。

現代では、魔法式は何事も効率化が叫《さけ》ばれ、とにかく簡略化するのが良いとされているが、こと古き時代の魔法だけは例外だ。高度な魔法がとかく秘《ひ》匿《とく》されていた時代のものだけに、それらは皆《みな》、魔法式構築上のオリジナリティがおしなべて高い。加えて絶妙《ぜつみょう》なバランスで魔法が組み立てられているその様子は、それぞれに設計思想や建築者がまるで異なる、精緻《せいち》な石組みの塔《とう》にも似ている。

一見して非合理な式になっていても、それがどこかピンポイントで、非常に大事な役割を果たしていることがよくあるのだ。だから第三者からすると不用意に手を加えられないし、下手をすると、全てをぶち壊してしまう可能性すらある。

何より面倒《めんどう》なのが、【ホノイカヅチ】に関して特に言えることだが、魔法の発現結果が予想できない点だ。現代の大抵《たいてい》の魔法は、一定の法則や体系に沿っている。そのため魔法式を見れば、発現させたことのない魔法であろうと大凡《おおよそ》の形は把握《はあく》できるものだ。しかし

【ホノイカヅチ】やその他の一部の古代魔法だけは、その例外と言える。もっともときにロスト・スペルさえ力業で読み解けるアルスであれば、不可能ではないこともあるが。

「魔法式というのは全てがカッチリこうと決まっているわけではないし、使用者の資質や理解のレベルによって、ある程度幅《はば》を持たせて解釈《かいしゃく》できる余地が残されている。まあ、これが魔法という神秘の玄妙《げんみょう》なところでもあるんだが」

そこでいったん言葉を切ったアルスは、一先ずロキに「自棄《やけ》になって諦めたわけではないんだろ？」と尋《たず》ねてみると、ロキは大きく頷《うなず》き返してきた。

「はい、この式なのですが、一部に火系統のものが交じっていて、ここところが、大きく影響を受けているようなので」

意外なことに、しっかりとロキは魔法式について勉強し、理解を深めているようだった。もっとも対象は【ホノイカヅチ】だけと限定的ではあるが、一つ一つの構成を読み解こうと努力しているのがうかがえる。

それでも専門的知識が必要で、ロキには少し難しかったのだろう。だからこそアルスに助けを求めてきたようだ。

「今、私の手持ちのＡＷＲにある系統魔法式だけでは、補い切れないのではないかと」

そう言うと、ロキは愛用のナイフ型ＡＷＲを一つ取り出して、アルスに手渡《てわた》した。一本一本抜かりなく手入れしているのが分かる、曇り一つない刃《やいば》。

「まあ確かに【ホノイカヅチ】は複合魔法でもあるから、余計難しいのかもしれないな。しかし、この式を弄るにしても限度があるだろう。かといって、単一魔法式の形に収めるには無理があるしなー」

ちなみにロキは、複数のナイフに、同一の魔法式を寸分の狂《くる》いなく刻《きざ》み込《こ》んでいる。故《ゆえ》にそれらのナイフを、いわばまとめて一つのＡＷＲとして扱うことに成功しているわけだが、それだけに多種の魔法や複合魔法を扱うとなると、応用性には欠ける部分があるのだ。

「そこで、なのですが」

言いづらそうにロキは、肩をくっつけてＡＷＲを指差す。

「――!!　ちょっと待ってください」

途端《とたん》、何かに気づいたように、咄嗟《とっさ》にアルスから一歩分距離《きょり》を置いたロキは、犬のようにスンスンと自分の肩の辺りの匂《にお》いを嗅《か》いだ。それだけで彼女が何を気にしているかは分かろうというもの。

「だ、大丈夫《だいじょうぶ》です」

何が、とはさすがにアルスも聞かない。先程アリスが破壊《はかい》した諸々を片した程度なので、そうそう汗《あせ》をかいたりもしていないはずだが。

「別にいつも通り、良い香《かお》りだが」と、いったんフォローを入れてみる。

「！　……いつも通り、とは？」

そこを気にするのか、というポイントだが、妙に食いついてくるロキ。

「シャンプーの香りじゃないのか？　知らないが」

「アルス様も、同じシャンプーを使っていますけど」

「ん？　そういえばそうか。自分じゃ分からないものだ」

他愛《たあい》ない雑談も、ロキにしてみれば必要なコミュニケーションだったらしく、今度は遠《えん》慮《りょ》なくアルスに近づくと、軽く肩をぶつけるようにして距離を縮めてきた。

「コホン、それでですね。系統魔法式の下に、新たにこれを刻むのはどうでしょうか。もちろん一本だけなのですが」

机の上から、するりと抜《ぬ》き出した手書きのメモ。慣れない魔法式の勉強に、随分《ずいぶん》と苦戦したのだろう。試行錯誤《しこうさくご》の跡《あと》が見て取れる。

しかし、自分の得意分野でもあるので、アルスはあえてじっくりとそれをチェックした。素人にありがちな、実用性のない良いとこどりの発想や、厳密さを欠くご都合主義な仮定に基づく構築が、いくつか含まれる文字列。だが、それでも一見の価値があると感じたのは、これらがおぼろげながらも、一つの具体的な魔法のイメージを示していたからだ。

「ほう、【ホノイカヅチ】を自分なりに解釈し、形にできたのか？」

あくまで魔法式上に過ぎないが、ロキが示した粗《あら》い文字列は、魔法を組み立てる上で一つの明確な道筋と、完成系のきちんとしたイメージに基づく構築方針を示している。

「ど、どうでしょうか？　再現するにはこの方法しかないと思ったのですが……。こんな粗っぽい魔法式でも成立しますか？」

ひどく己《おのれ》に自信のない一生徒が、ベテランの名教授のもとへ初歩的な質問をしにくる時のような萎縮《いしゆく》具合であったが、アルスとしては、まず発想だけで満点と言える。その健気《けなげ》な生徒の優秀さに、いっそ涙《なみだ》まで出てきそうだった。

拙《つたな》いながらも懸命《けんめい》に組み立てられたその魔法式は、研究者　魂《だましい》を存分にくすぐってくる。

早くもアイデアとロジックの間でフル回転し始めた脳内で、仮説めいた発想を瞬間的《しゅんかんてき》に魔法式の形で組み立てては一から分解し直し、どこかにこの式がおさまる余地はないかと、じっくり思考してみる。そんなトライアンドエラーを何度も繰《く》り返しているうちに、アルスはいつしか夢中で、本来はロキの課題だったはずの、この難問へと立ち向かっていた。

その結果……。

「不可能ではないな。というか、無理にでも組み込んでみるべきだろう。この着眼点は面白い、召喚《しょうかん》魔法における基幹構成を流用するとはな。だが、そのままじゃ上手《うま》く機能しないぞ。しかもナイフに刻まれてる系統魔法式を阻害《そがい》しちゃ、元も子もない」

アルスは立ち上がり、本棚《ほんだな》から召喚魔法に関する書物を全て引っ張り出した。記載《きさい》されているあらゆる召喚魔法の魔法式を洗い出し、使えそうなものをピックアップする。

「どれも定形式の範疇《はんちゅう》か。何か、何か……」

予想外の大きな反応を見せたアルスの様子に、ロキは小声で「その」や「あの」と言葉を挟《はさ》んではアルスの気を引こうとするが、まったく効果がなかったので、思い切ってアルスの腰《こし》に抱《だ》きつき、強制的に動きを止めた。少々慎《つつし》みには欠けるかもしれないが、仕方のないことだ。アルスがいったんこうなったら、それぐらいしか打つ手がないのだから。

「んっ⁉ 何してる」

さすがに驚《おどろ》いたように、ようやく目まぐるしく本のページをめくる手を止めたアルスに、ロキは耳打ちするように提案する。

「アルス様、あの【不死鳥《フェニックス》】とかは」

「あれは俺《おれ》が独自に読み解いた魔法だが……！　なるほど、古さで言えば良い勝負だ。それに俺もあの時、だいぶ魔法式を弄ったしな、よし」

自分が修得している魔法式ならば、完全に頭に入っている。【フェニックス】は分類上は火系統の召喚魔法ではあるが、発現時には他系統の魔力を流用できるといった特徴《とくちょう》があるため、独特な魔法式が含まれているのだ。

あの魔法式を魔法大典などに載《の》せれば、何かしらの名誉《めいよ》と実益が得られるだろうことは確実なのだが、アルスはあえて魔法式を公開していない。さすがに開発者の名前が無記名では、怪しんだ連中が躍起《やっき》になって、その謎《なぞ》めいた魔法師の身元を調べ出すに決まっている。平穏《へいおん》な生活を望むアルスとしては、それだけは勘弁《かんべん》願いたいところだ。

もっとも【フェニックス】の魔法式は単一魔法式に近い形に変えて鎖環《さかん》に刻んでいるので、要所要所をかなり省略しなければならなかった。今は逆に、それが役に立つかもしれない。

とはいえ、ロスト・スペルを組み合わせて単一回路のようにスムーズに処理できるルートを確保しなければいけないため、数日はかかりっきりになるだろう。

とにかくあらゆる工夫をして、最高効率を目指した配置にしなければならない。さらに【ホノイカヅチ】の魔法式も阻害してはならない。加えてロキのナイフに刻み込めるサイズ感にまで、全体を圧縮しなくてはならないのだ。それこそ途方《とほう》もない試行回数を要求されるのは必至であった。

アルスはいったん仮想液晶《えきしょう》を立ち上げると、シミュレーションソフトを開いて、仮想設計図にデータを入力していく。それからふと。

「そういえば、ロキ、そもそもこの発想は、テスフィアの【キクリ】の柄に隠された魔法式を見たことから生まれたのか?」

いわば、咄嗟の閃《ひらめ》きなのだろうか、とアルスは思ったのだ。

「AWRに刻む発想はそこからです。ただ、元より【ホノイカヅチ】の魔法式を発現・具現化まで組み立てるには、これまでの方法では困難だとは考えていました。それで、魔法式を一から分解してみることにしたんです」

それは、実際に魔法式を調べてみて分かったことらしい。そもそもさっきロキがアルスに相談したように、これらの複雑過ぎる大量の情報を一度に処理すること自体が、とても人間業《にんげんわざ》では不可能だと感じたようだ。よって、まったく別のアプローチを模索《もさく》していたのだという。

一度従来の発想を捨て、柔軟《じゅうなん》な視点で何もないところから景色を見渡《みわた》し、そこから得た着想で誰《だれ》も未《いま》だ見ぬアプローチで魔法式を組み立てる。それはある意味で、究極の想像であり創造だ。

「正解だ。極致級《きょくち》の魔法は、そもそも現在は使用者がいない場合さえある。つまりその再現は実質、一から作るのに等しいからな。機密管理が厳重なものだと、単に魔法式が示されているだけっていうケースも珍《めずら》しくない」

その後、仮想液晶の向こうでソフトに数万通りのパターンを計算させている途中《とちゅう》、アルスは「ところで」と切り出した。

「【ホノイカヅチ】は、純粋《じゅんすい》な召喚魔法という形で再現するつもりなのか？」

「いえ、さすがに本来の形は、召喚魔法ではないと思います。でも召喚魔法の構成式を使う必要があるとは感じたのですが」

「いや、それも正しいと思う。正直【雷霆】の魔法式は誰が書いたかも分からんからな。ただ、やたらに古い時代のものだ、としか判明していない。雷系統では有名な魔法の一群ではあるが、開発や伝わってきた経緯《けいい》は謎に包まれてるからな」

思えば、現代における禁忌《きんき》に相当する魔法群まで生み出された魔法研究の最盛期には、研究者の倫理《りんり》感覚など崩壊《ほうかい》していたはず。そんな混沌期の魔法だからこそ、不明瞭《ふめいりょう》な点は多いのだ。その後、実際に「禁忌」として扱われ始めてからはなおのこと、詳細は隠したまま魔法名だけが公表されたり、軍や国家のデータベースで保管されるという形になっていく。

ただ、いかに危険であろうと強大な力を捨て切れないのは人の性である。それは武器のない世界という理想だけではなく、国家と国家が常に互《たが》いに争い、魔物《まもの》やその他の新たな脅威《きょうい》もまた常に生まれ得るという現実を、人が直視していることの証明でもあるのだろう。

何はともあれ、専門用語を飛び交《か》わせながらのアルスとロキの挑戦《ちょうせん》は、それから一晩中延々と続いた。

作業自体が膨大《ぼうだい》で一日や二日でどうなるわけでもない上、膨大なパターンの解析、検証までこなさなければならない。絞《しぼ》りに絞ってある程度形にできたら、後は圧縮の検証作業が待っている。そこで出来ないとなると、一からやり直しになる。

本来ならば、AWRに魔法式を刻む範囲《はんい》を広くすることで調整するのだが、ロキのナイフの表面積は至極《しごく》小さく、スペースは有限だ。だからこそ、そこに収められる範囲にまで、魔法式を圧縮して対応しなければならない。

なかなかに無理難題だが、それ故にアルスのモチベーションは高まるばかりだった。

実際、彼《かれ》はこの程度の挑戦なら、過去に幾度《いくど》となくやってのけている。誰もが匙《さじ》を投げるからこそ、そこには大いなる挑戦の意義が生まれるのだ。

まあ、なんやかんやと理屈をつけても、アルスにとっては、純粋に楽しいだけなのだが。

ただ前記の作業ですら、実は理論構築上だけの話だ。現実に使用できるAWRを作り上げるためには、実証が必須《ひっす》である。つまりは魔法式を書き上げたらそれを実際に魔力良導体——AWRの素材——に刻み、それを検査機器にかけるのだ。

これは実際に魔法式が正常に機能しているか、また不備や魔力詰《づ》まりといった問題を引き起こさないかのチェックである。これに失敗すると、やはり理論からやり直しになり、膨大な時間を無駄《むだ》にすることになる場合もあるくらいだ。

だからこそアルスは、その検査を「試験」と呼んでいたりする。

まさに根気のいる作業の果ての果て、この「試験」に通らないと絶望的な底無し沼《ぬま》に嵌《は》まることになるのだから。問題点の洗い出しだけで数年かかる場合すらあるのだ。

アルスとロキが夜通し式の改良に四苦八苦し、いつの間にか眠《ねむ》り込んでいて目が覚めたのは、翌日の夕方になってからだった。

ロキも反省していたようであるが、充実《じゅうじつ》した時間であったのは間違《まちが》いない。都合の良いことに定期試験後なので、各講義は休みとなっていた。

ロキは慌《あわ》てて食事の準備を始めたが、起きた時間が時間なだけに、目覚めの朝食のはずが、もはや夕食といって差し支《つか》えないものになってしまったのは仕方がないことだろう。

夕食を食べ終え、一息ついた時のことだった。

アルスにしてみれば、その着信音を聞いただけでうんざりした気分になる。そんな味気ない着信音が、室内に波紋《はもん》を広げた。ただ、この室内にいる限り、決して逃《のが》れることはできない。

独自の音に設定されているので、もはや誰から、という疑問の余地はない。アルスの苦々しい表情と逡巡《しゅんじゅん》を察してか、ロキも極力生活音を消し、静かに食後のお茶を口にしていた。

そんな中、一向に鳴りやまない呼び出し音。せっかちな相手ならスルーを決めこんだアルスらに業を煮《に》やしてすぐに切るのだろうが、相手は実にしぶとく、重厚《じゅうこう》な構えでことに当たっているようだ。

それもそうだろう。着信相手は軍のトップ——それも最高権力者にして、軍本部最上階の高級チェアにふんぞりかえっている、老練な男なのだから。

「……留守ですよ」

やむなく音声通話に切り替《か》え、開口一番、アルスはぶっきらぼうに言った。

「そうか、留守なら仕方ない。直接そちらに出向かざるを得んな」

疲《つか》れ気味な声は、そんな冗談《じょうだん》を言うにしては、若干《じゃっかん》トーンが低く感じられた。

それも予想できたことだ。総督《そうとく》であるベリックが秘匿回線を使って連絡《れんらく》をしてくる以上、内容は当然、呑気な世間話とはいかないものだからだ。

アルスはついつい、内容が年寄りの戯言《たわごと》で済めばどれほど気楽か、などと考えてしまったくらいだ。

「総督、どうもお元気がないようですが。最近働きすぎじゃありませんか」

丁寧《ていねい》な口調でそう告げてみる。ベリックはアルスが必要なことを察しやすいように、声の抑揚《よくよう》をあえて抑《おさ》える癖《くせ》がある。無論、ごく真面目《まじめ》な話題を、まるで旧友と再会したような軽いノリで意気揚々《いきようよう》と語られても困るのだが。

「お前にしては珍しいが、気遣《きづか》いは大事だな。ま、正直もう少し労《ねぎら》ってもらいたいものだが、そうもいかないのがこの役職の苦しいところでな」

「ならば、さっさとその席を後進に譲《ゆず》ってはどうですか」

これは半ば冗談だが、ベリックからこれ見よがしの溜《た》め息《いき》が返ってきた。しかしアルスはそれを無視し。

「心労ばかりをアピールするのは、いかがなものかと思いますが。それよりもまず、始めに伝えておくべきことがあるのでは？　ま、俺としては当然〝そっち方面〟の謝罪連絡かと思ったのですけどね」

牽制《けんせい》気味に語気を強めてみる。シセルニアが企《たくら》んだ先頃《さきごろ》の事件の片棒をベリックが担《かつ》いでいたことは明白だ。真相がどうであれ、まず彼は、この話題を避《さ》けて通れないはず。

分かりやすい沈黙《ちんもく》が、通話機越《ご》しに二人の間に横たわった。

「まあ、こちらにもいろいろと事情というものがあったんだ……許せ」

通話の向こう側で、ニヤリとベリックが苦笑《くしょう》したのが分かった。今の一言で確信する。

ベリックはシセルニアの協力者であり、そしてある意味で裏切り者だ。

「俺の監視役《かんしやく》にリリシャを選んだのは、最初から全部裏があってのことですね。初めから、あいつと家に関することは、全て分かっていたわけですか」

「そうなら最初から『伝えろ』と言いたいのだろうが、こちらも一杯一杯《いっぱいいっぱい》でな。相当粘《ねば》ったのだが、シセルニア様の企《くわだ》てを止める必要はないと判断したまでだ。いろいろもどかしいのだよ、アルス」

結局、そのツケはアルスに回ってきたというわけだ。腹立たしいが、それでもベリックが最悪の結末をギリギリ回避《かいひ》するための策を講じていたことは、間違いないだろう。

おそらくそれは、アルスという人間をどこまで理解しているか、という違《ちが》い。その一点において、シセルニアよりもベリックの方が、よりアルスという個人を理解できていただけの話だ。

「シセルニア様は、ああいうお方だ。事件の結末がどうあろうと、その良《よ》し悪《あ》しについては特に気にされていなかった。どちらも彼女《かのじょ》にとっては、予《あらかじ》め用意された、想定内のルートでしかないのだからな。ただこちらとしては、少なくともその片方だけは『明確に都合が悪かった』ということだよ。だから俺も、そちらの目が出ないように便宜を図《はか》ったのだ。

そして実際、お前は選んだ」

含みを持たせた言葉ばかりで要領を得ないが、つまりは、もしもセルバ暗殺に差し向けられたリリシャの命が失われて【アフェルカ】がフェーヴェル家と激突《げきとつ》すれば、その後の騒乱《そうらん》は避けられなかったはず。ベリックの言葉は、事前に【アフェルカ】の動向を把握していたという裏付けでもある。

リリシャが殺され、フェーヴェルとウームリュイナ、両家の抗争《こうそう》の引き金を引く選択《せんたく》は明確に不味《まず》い、とベリックは判断していたのだろう。ちなみにシセルニアにとっては、いずれにしても【アフェルカ】を潰《つぶ》し、再編する未来に繋《つな》がるものであったことは変わらない。変わるのは血の量だけだ。

加えてシセルニアは自分さえも賭《か》けの天秤《てんびん》に載せており、【アフェルカ】のレイリーが暴走することを計算に入れていたわけだが、生まれついての政治的遊興者《ゲームプレイヤー》であるシセルニアはともかく、慎重《しんちょう》なベリックから見ると、それはあまりにリスキー過ぎた。シセルニアの中に存在する掛《か》け率《りつ》を他人が推《お》し量《はか》ることはできないのだから。

もしもアルスが一連の事件に介入《かいにゅう》せず、アルファの貴族界に大混乱が起こり、万が一シセルニアの命までもが【アフェルカ】の凶刃《きょうじん》にかかって失われてしまったら、ベリックはそれを予想し判断したのだろう。だからこそ、リリシャを学院に差し向けて、アルスとの接点を作らせた、ということだ。

そしてアルスは選んだ。今までの無関心ではなく、あえて関《かか》わることを。

それはまるで撞球《ビリヤード》の玉のように、全ての出来事に少しずつぶつかりあっていき、現在ある「選ばれた未来」に、影響《えいきょう》を与《あた》えた。

「では、そもそも【桎梏の凍羊《ガーブ・シープ》】に関する情報を、魔法大典で閲覧《えつらん》できたのも？」

そのおかげでアルスはフェーヴェル家を訪《おとず》れたのだ。その魔法の存在にアルスが気づくと、ベリックは確信していたのだろう。良いように利用されたわけだ。

アルスの勘違《かんちが》いでなければ、ふっと小さな笑いに似た音が、受話器の向こうから聞こえてきた。

「そこまで持ち出すか。ま、でもその点は、お前が機密データベースから抜いた【ホノイカヅチ】の魔法式とで、相殺《そうさい》だろ」

「こちらとしては諸々《もろもろ》の協力に対する、十分な対価程度に思っていたのですがね」

そう嘘をつきつつも、アルスは内心でチッと舌打ちをした。勘《かん》づかれないとまでは思っていなかったが、やはりそれを引き合いに出されれば、もはやこの一件に対して口をつぐまざるを得ない。

結果が良ければ全て良しとまでいうつもりはないが、確かに物事は、収まるところに収まっているように見える。ただ一つ、アルスの労力と時間の浪費《ろうひ》という一点を除いては。

そこについてはいささか納得《なっとく》しかねる部分もあるが、まだこの流れ自体は悪くない。会話のイニシアチブはアルスにある。たとえ魔法式の件は相殺であろうとも、リリシャの件は別だ。アルスがここでことさらに不興と不満を言い立てれば、ベリックは釈明《しゃくめい》する側に回る立場なのだ。

良くも悪くも、百戦錬磨《ひゃくせんれんま》のベリックを相手に、そんな駆《か》け引きの術を会得《えとく》したアルスは、久方ぶりに優位に話を進められている手応《てごた》えを得る。

さらに、アルスとしてももう一つ、ベリックに報告と確認をしておきたいことがあった。

「ところで、総督は【テンプラム】について把握していますか？」

「無論だな。フェーヴェル家との繋がりをさらに深めるにはちと遅《おそ》いが、まあ、お前が良いのならこちらは構わないぞ。そもそもずっと昔、確かお前には一度、あそこのご息女と会ってみては、という話も……む、あれはもう入学以前には終わった話だったか。すまなかった、ロキ君。これは私が野暮《やぼ》だったな」

音声通話にもかかわらずベリックは、これまで存在を消していたロキに向けて、一言謝罪を入れた。ベリックが持ち出した思わぬ昔話に、ロキは一瞬《いっしゅん》はっとしたようだったが、ベリックの謝罪を受け、小さく黙礼《もくれい》する。

ただ、アルスにはベリックがロキに何について謝罪しているのかは分かりかねた。そもそもテスフィアとの何らかの話など、アルスにはまったく身に覚えがない……いや、ずっと以前、確かにそんな話もあったような気もするが。

もしかすると昔、ベリックが気を利かせたつもりで持ってきた、ふんわりした見合い話のようなものの一つだったかもしれない。

あくまで朴念仁《ぼくねんじん》を貫《つらぬ》くアルスを他所に、ロキはアルスに断りを入れるような目を向けてから、改めてベリックの謝罪に応《こた》えて。

「いえ総督、お心遣《こころづか》い感謝いたします。当時のアルス様の未来を案じてのことでしょうし、ご慧眼《けいがん》だったかと。でも、昔のことは昔のこと、大事なのはこれからかと」

気持ちを譲るつもりはないと、胸を張るように主張するロキに、「そうだな」と笑いながらベリックは言った。

それはいかにも好々爺然《こうこうやぜん》とした態度であり、実際に祖父と孫娘《まごむすめ》といった雰囲気《ふんいき》があるべリックとロキとの間には、どこか和《なご》やかなムードが流れたが、こういったことにはどうも疎《うと》いアルスだけが、いわば蚊帳《かや》の外である。

アルスが疑問げに眉《まゆ》をひそめたその時、ベリックは突然《とつぜん》、脈絡《みゃくらく》もなく本題を切り出した。

この突発的《とつぱつてき》で容赦《ようしや》ないやり方は、ベリックの十八番《おはこ》である。相手の隙《すき》を突いた、場の雰囲気をあえてまったく読まない強引《ごういん》な話題転換《てんかん》は、ときに大きな効力を発揮する武器になる。

それを身を以《もつ》て知るアルスは、毎度のことながら露骨《ろこつ》に嫌《いや》な表情になる。が、残念なことにそれを向けようにも、これは音声通話であった。

「先日、国境警備隊の監視塔《かんしとう》が襲撃《しゆうげき》を受けた。記録媒体《ばいたい》は全滅《ぜんめつ》だが、アルファ国内に不審者《ふしんしや》が二名侵入《しんにゆう》したとの報告を受けた」

うん、頭痛が痛い。すごく痛い。

「ヴィザイスト卿《きよう》からの報告ですか？　しかしそれを受けての、総督から直々の指令とは毎度のことながら恐《おそ》れ入る」

棘《とげ》のある言葉を差し込むアルスに、ベリックは臆《おく》することなく淡々《たんたん》と続けた。

「具体的には、何らかの攻性魔法が使われた形跡《けいせき》があり、常勤の警備隊に死傷者が出ている。そちらに現場の地図とその他データを送っておいた」

うんざりしながらもアルスは別の仮想液晶を立ち上げ、ベリックから秘匿回線で送られたデータを展開した。

場所は中層の端《はし》、一応は集落などがあるらしいエリア、過疎地《かそち》に近い地域の監視塔であった。正直、アルスでも行ったことのない辺境と言って差し支えない場所だ。

「俺は、そいつらを追えばいいんですか？　メニューはどこまで？　まだやるとは言わないですが」

普段《ふだん》使わない隠語《いんご》にベリックは「そう急ぐな」とさらに続けた。

「無論、生死は問わない。治安部隊じゃ到底《とうてい》手に負えない相手でな。今回の標的は複数だ」

おかしい。さっきベリックは確か、襲撃者《しゅうげきしゃ》は二名だと言ったはずだが、「標的は複数」とのたまうとは。嫌な予感がして、アルスは頬を引き攣《つ》らせた。

「【トロイア監獄《かんごく》】が落ちた、集団脱獄《だつごく》だよ。なおクレビディート側から侵犯《しんぱん》した奴《やつ》は、そのトロイア監獄の所長と副所長だということが分かっている」

「…………」

となると、この二名が脱獄を手引きしたのは明らかだろう。監獄のトップが体制を裏切れば、囚人《しゅうじん》は独房《どくぼう》の扉《とびら》どころか、堂々と監獄の入り口を通って自由の身になれる。ただ、そうなったところでそこは外界のただ中だという点は、釈然《しゃくぜん》としないが。

いずれにせよロキはともかく、実はアルスのみはトロイア監獄の存在だけは知っていた。実際にどのように機能していたかまでは不明だが、要は凶悪《きょうあく》魔法犯罪者の墓場だと解釈している。

「【トロイア監獄】は、元は研究施設《しせつ》だ。あそこには一人優秀《ゆうしゅう》過ぎる研究者がいてな。7カ国による暗黙《あんもく》の了解《りょうかい》の下、非合法な人体実験など、絶対に内地ではできないような研究に従事していたようだ。供給刑《けい》と言えば分かるな」

「そういうことですか。つまり受刑者《じゅけいしゃ》から魔力《まりょく》を搾《しぼ》り取って、国内に供給していると」

　ベリックの顔は見えないが、なんとなく彼の表情は分かった。きっと、この上なく苦々しい表情をしているはずだ。実際供給刑は、それが与える苦しみは死刑《しけい》以上として、人道上批判されることも多い過酷《かこく》な刑罰《けいばつ》だ。なにしろ受刑者がそれを終えられるのは、装置に魔力を吸い出される痛みに苦しみ続けた人生を、ようやく全《まっと》うするときに他ならないのだから。

「とにかく、札付きの凶悪魔法犯罪者ばかりがいるところだ。あそこには俺がぶち込んだ奴も多くいたと思いますが」

「まあな。ただ、どうも脱獄囚《だつごくしゅう》の多くが、アルファ国内に潜伏《せんぷく》していることが分かった」

　アルスはついに、己の悪運の強さを呪《のろ》った。身体の脱力《だつりょく》が過ぎて、いっそ無気力状態になりそうだ。

「潜伏とは……いつからですか？」

「まだ詳しいことは分かっていない。が、お前がバナリスの奪還《だっかん》を終えた辺りだろう」

もはやアルスの口からは、小さな溜め息一つすら出てこなかった。

「レティを召集《しょうしゅう》して手伝わせて下さい」

「アイツはとうに持ち場を離《はな》れて、トロイア監獄周辺の調査に向かった。どうも細かい任務は合わないと、随分イライラしていたようだが」

因縁《いんねん》があるバナリスならともかく、他国の排他的《はいたてき》管理領域に送《おく》り込まれるとなれば、外交上の任務に近い。大雑把《おおざっぱ》な彼女には、およそ不向きだろう。

「そもそもだ、レティを国内で使うとなると、二次被害《ひがい》は避けられんぞ」

それを聞いて、思わずアルスの眉間《みけん》に深い皺《しわ》ができた。レティが得意とするのは爆発系《ばくはつ》魔法だ。多少は小細工もできるが、わざわざ得意分野を縛《しば》っての狩《か》りでは、確かに足を掬《すく》われかねない。しかも相手はただの鼠《ねずみ》ではなく、トロイア監獄からの脱獄囚。地下に潜《もぐ》ってはいても、鋭《するど》い牙《きば》を持つ凶獣《きょうじゅう》だ。それを無理に狩り出そうと彼女が自棄になれば、最悪、街一つくらいは吹《ふ》き飛ぶかもしれない。

なら、他に手練《てだ》れは……。

「サジークとムジェルはどうですか」

「トロイア監獄の調査から帰還《きかん》後、二人には首都の護衛に専念させるつもりだ。バナリスにも魔法師を駐屯《ちゅうとん》させねばならん」

正論過ぎて反論する隙がない。このためにいると言っても過言ではない【アフェルカ】は今や元首の近衛だ。指揮系統が違う上に、シセルニアが余計なことをしでかさないとも限らない。

国内に凶悪犯が潜伏しているとなると、確かにアルスが出向く必要があるのだろう。少し解《げ》せないが、かといって他に対処できる人材がいない、というのは事実。

「総督、シセルニアの奴は、このために【アフェルカ】再編を急いだのか」

硬《かた》い口調でアルスがそう問うと、ベリックは鼻白んだように答えた。

「俺にも分からんが……もしかすると、な」

シセルニアの下には、【アルファの眼】こと、凄腕《すごうで》探知魔法師のリンネがいる。加えて彼女は一国の元首だけに、アルスやベリックすら知らない情報網《じょうほうもう》を持っているのも確かだ。

シセルニアがあそこまでことを急いだのは、やはりこの為《ため》だったのかもしれない。いずれにせよ、あまりにもタイミングが良過ぎたと言える。

「なら、新生【アフェルカ】は、すでに脱獄囚の行動を洗い出している？」

だとしたらリリシャの就任祝いの際に、一言あっても良さそうなものだ。仮に調査を開始していたとしても、そこまで目ぼしい成果がなかったのか、もしくは……。

（実績作りのために、先行して動かしたか）

いかにもシセルニアの考えそうなことだったが、ここでいくら考え込んでいても、全てを確かめようがない。リリシャはすでに学院を数日休んでいるようだった。

「さあな、いずれにせよ【アフェルカ】関連は俺の管轄《かんかつ》じゃない。シセルニア様がどこまで先を読んでいるのかも分からん。だとしてもだ、同じアルファのために動いているのだから、こちらにとって邪魔《じゃま》にはならんだろ」

「良く言いますね。すでに面倒ごとに包囲されているようなものでしょう」

シセルニアについては、あまり考えたくなかった。彼女のゲーム好き、というか謀略《ぼうりゃく》好きに付き合うのは非常に疲れるのだ。

「断ってもいいんなら、さすがに遠慮させてもらいます、と言いたいところですが……仕方がない。けれどせめて、幾分《いくぶん》かこちらの負担が減るなら、有難《ありがた》いんですがね」

これればかりは願うことしかできないが。

「おっ！　手伝ってくれるか！」

白々しいと思いながらも、アルスはベリックの顔すら出ていない真っ黒な通話画面を睨《にら》みつけた。向こう側ではもしや、あの腹黒狸《だぬき》が、手でも打って喜んでいるのではないか。

「ひとまずは囚人名簿《しゅうじんめいぼ》も送ってある、確認してくれ。ヴィザイストの方も手こずっているようだ。全員分とまではいかないが、ある程度のデータを確認できた脱獄囚には、備考も記してある。なお極秘《ごくひ》ではあるが、トロイア監獄での脱獄事件は、各国の上層部にもすでに情報が流れているからな。無論、余計な手出しはさせんが」

地図データと一緒に送れば良いものをと思っても、すでにベリックの掌中《しょうちゅう》な気がして、アルスはあえて湧《わ》き上がる不満を無視した。

ぞんざいに開いてみたリストには、該当《がいとう》する囚人の名前と番号、他にも収監《しゅうかん》前の罪状や犯罪の主な傾向《けいこう》が記されていた。

だが、ざっとその名簿《めいぼ》に目を通していくうち、ふと……。

アルスの身体が瞬間的に強張《こわば》った。それをロキが見逃《みのが》すはずもなく、彼女は焦《あせ》ったような声を上げた。

「アルス様？」

瞠目《どうもく》したアルスは、仮想液晶内のリストに記された名前の一つを凝視《ぎょうし》している。しばらくの間があって、アルスは唸《うな》るように低い声を発した。

「総督、こいつは殺したはずだが、何故《なぜ》囚人《しゅうじん》のリストに名前が挙がっているんだ」

その冷たい声にロキの身体が強張る。同時に音声通話の向こうも、一瞬緊迫感《いっしゅんきんぱくかん》に包まれたようだった。

少しの沈黙の後……。

「ノックスか。奴はあの時点では死んではいなかった、それだけだ。お前が誰よりも知ってるだろ」

ベリックの抑制《よくせい》された声音《こわね》は、あくまで事実を淡々と伝えているからであろう。ベリックを責めているようでありながら、アルス自身もまた、そこについては責任を自覚しているとも言えた。

ノックスは——かつてのクラマの女幹部であった。その厄介《やっかい》な暗躍《あんやく》ぶりにはアルスもヴィザイストとも、非常に手を煩《わずら》わされたものだ。このノックスとの戦闘《せんとう》を機に、本格的なクラマの掃討《そうとう》を提案したアルスだったが、それは上層部によって却下《きゃっか》されてしまった。戦力の不足もあるが、何かと腰の重い軍の上層部を、当時はベリックでも説得できなかったのだ。

その結果、アルスが裏の仕事で相対し、仕留め損なったのがノックスなのだ。

「俺の落ち度か」と自責めいた吐露《とろ》をするアルス。そう、ノックスは世紀の大量虐殺《ぎゃくさつ》実行者として、その悪名を裏世界に轟《とどろ》かせた女だ。この事実を軍が隠蔽《いんぺい》するには多大な費用と労力を要し、情報統制に全力を注がなければならなかったほどである。

（奴が生きているなら、あれをまた都市でやられた場合、それこそ数百、数千が死んでもおかしくない）

表情を硬くするアルスを落ち着かせるように、ベリックは言う。

「大丈夫だ、問題はない。伝え忘れていたが、そいつはかつてトロイア監獄に入っていた囚人全員のリストだからな。脱獄したのが大半とはいえ、例外もいる。少なくともノックスは、トロイアに向かったレティ達《たち》によって、死亡が確認されている。遺体は腐敗《ふはい》がかなり進行していたようだが、独房の記録と部屋番号からそれがノックスであることが分かった。名前の横にある、黒いチェックマークを確認してくれ」

「……」

そう言われて、改めてアルスが名簿に目を落とすと、確かに近くに黒いチェックマークが付いた名が数名ぶんあった。この意味は、標的としてカウントされていないということ。つまり、まだトロイア監獄に残っているか、ノックスのように死亡が判明しているということだ。

「ちなみにノックスの死因は分かっていない。ま、釈然とせんのはお前だけじゃないが、この事件自体、謎が多いからな。そもそもトロイア監獄の現場には、争いの痕跡《こんせき》がそれほど多くなかったらしい」

「でしょうね。所長と副所長が手引きしたとなれば、さほど混乱も起きなかったでしょうから」

「ああ。ちなみに件《くだん》の研究者も、何人かの看守の遺体と一緒《いっしょ》に、頭部を潰された状態で発見されたということだ。常軌《じょうき》を逸《いっ》した異常な人体実験マニアとはいえ、人類への貢献《こうけん》も確かだ。ともすれば、囚人達には相当に恨《うら》まれていただろうからな」

そんな風にベリックがあらかたの報告を済ませると、後にはまるでアルスの返答を待つような沈黙が訪れた。

ベリックがおそらくどこの国よりも早くトロイア監獄の現状を把握《はあく》できたのは、ヴィザイストの働きもあるのだろうが、国際法上、かなりの超法規的《ちょうほうきてき》処置を行なったからだろう。レティの現地調査も、おそらくは秘密裡《ひみつり》のものに違いない。

しかし、状況《じょうきょう》はかなりの大事になってしまっている。

何かしらの反応を待っているらしいベリックに、アルスはうんざりしながら「で?」と投げやりに返した。

「こちらでも部隊を編成している。お前ほど対人戦の荒事《あらごと》に慣れてはいないが、四の五の言ってられんからな。一先《ひとま》ず、お前には脱獄者《だつごくしゃ》の中でも、特に危険視されている要注意人物を始末してもらいたい」

「……分かりました。囚人どもが何を企んでいるか知りませんが、アルファに潜入《せんにゅう》しているとなれば、どこで花火が上がるか分かったもんじゃない」

不承不承ながらも、アルスは頷《うなず》いた。

「いざそうなってから、あちらこちらからお呼びがかかって引っ張りまわされるんじゃ、面倒《めんどう》すぎますからね。せめて早めに処理して、夜はベッドでぐっすり眠れるようにしておきたい」

「何人か、付けるか？」

といっても、外界に出ている魔法師がそのまま内地で役立つとは限らない。倫理的《りんりてき》に人間相手に魔法を行使することに抵抗《ていこう》があるものが多いからだ。でなければ初めから【アフェルカ】など必要とされていない。また、国内の治安維持を担当する部隊はといえば、逆に戦力不足が心配される。なんといっても、相手は重罪人ばかりの魔法犯罪者の一団なのだから。

アルスはそれを勘案《かんあん》して、即断《そくだん》した。

「いえ、結構です。とはいえ……もしかして総督、俺の定期試験が終わるタイミングを見計らってましたか？」

「残念ながらノーだ、そもそれ程余裕《ほどよゆう》があれば良かったのだがな。何よりも今回は、内地での大事件なんだ。意味は分かるな」

アルスはただ、無言だけを返した。

情報が漏れれば、おそらくこれに現体制に不満を持つ貴族達が、積極的に介入してくる。ここぞとばかりに功績を上げた後は、ベリックに非難の矛先《ほこさき》を向けてくるに違いない。国家だけでなく、民衆に対しても貴族の存在意義を示すのに、これは絶好の機会になるのだから。国内に政敵もおり、まだまだ安心できない立場のベリックだけに、頭が痛いところだろう。結果論だが、勇足の貴族に楔《くさび》を打ち込《こ》む意味でも、シセルニアが【アフェルカ】再編に動いた強硬《きょうこう》な姿勢が功を奏すかもしれない。

その後、ヴィザイスト卿からも報告が上がるかもしれないと、ベリックはどこかはっきりしない態度で示唆《しさ》してきた。

一方のアルスとしては、未だ軍人であるこの身が恨めしくすら思う。手足にいちいち煩《うるさ》く纏《まと》わりつく「軍人の使命」なる響《ひび》きが、どうにも忌《い》まわしい。

そしてこのやり取りにもいい加減飽《あ》きてきたのだ。

「でだ、今回の報酬だが……」

報酬として支払《しはら》われる金を、実のところアルスはほぼ欲《ほっ》していない。とても使い切れない額を受け取っている今、これからもっと高額の報酬を重ねて得る意味を、アルスは見出せなかった。

だからせめてアルスは、これまでは金以外に興味があるものを求めてきた。

しかし、それも……。

「もう結構です。しいて言えば学院の単位……いや、それも今更《いまさら》か。とにかく、もう欲《ほ》しいものはありませんので」

通話越しにもベリックが少し身を固くした雰囲気が、伝わってくるようだった。

「む……本当になんでもいいぞ？　少々手に入りにくいものでも、それなりの人員を割《さ》いてどうにかするからな」

以前アルスが頼《たの》んだ古書などは、ベリック一人で探し出すのは難しいものだった。おそらく軍の人海戦術と伝を使って集めたのだろう。

「時間以外なら、なんとか叶《かな》えよう」

そんな提案にもアルスは、興味なさげに遠い目をしただけだ。確かに欲しいものといえば時間だ。寧《むし》ろそれ以外のものは、時間さえあればやがて手に入れてしまうだろうから。

そういう意味では、アルスが興味を持っているものは、まだいくつもある。だがもう今更、それを誰かに頼もうという気がしないのだった。

とはいえ、これではダラダラと押《お》し問答《もんどう》が続くだけだ、とアルスは思い直し。

「では、この一件が片付いたら改めてということでどうでしょうか」

「う、うむ、分かった。本来ならば総督の権限はそれなりのものだ、お前の意向が特殊《とくしゅ》で、なかなかその権限を有効に振《ふ》るいづらいというだけでな」

言い訳じみた言葉が、やや早口でスピーカーから流れてきた。

実際アルス以外の相手ならば、大抵《たいてい》の要求をベリックは叶えられるのだろう。が、今のアルスには、もはやどうでもいいことだ。聞き流しているうち、ふとベリックが真面目な調子で切り出す。

「それはそうとアルス、今回は、任務中はできるだけ素性《すじょう》を隠《かく》せ。変装できるものは持ってるか？」

今度怪訝《けげん》な顔をしたのは、アルスの方だった。

「何故《なぜ》です？　今更でしょうが」

「相手は秘密監獄から脱獄《だつごく》した、極悪《ごくあく》な囚人共だ。万が一の場合、一片《いっぺん》の証拠《しょうこ》も残さず、始末せねばならん可能性がある」

「それは、痕跡《こんせき》を一切《いっさい》残さず、ということでしょうか」

「ああ。それと奴らは現在もろくな尻尾《しっぽ》すら掴《つか》ませず潜伏している。どうやら奴らには手《て》強《ごわ》い情報網があり、協力者もいると睨んでる。鼠の巣穴がたくさんあれば、一つを壊滅《かいめつ》すれば情報網を完全封鎖《ふうさ》できる、ということにはならんからな」

「顔を見られた相手を、万が一全て始末できずに潜伏されてはまずい、と？」

「まあな。表は俺《おれ》やシセルニア様の力でなんとかなるが、裏の世界にまでお前の顔が売れては困るんだ」

アルスは確かに裏の仕事――暗殺もこなせるが、それはあまりおおっぴらにされていない。シングル魔《ま》法《ほう》師《し》の威《い》光《こう》に翳《かげ》りがあってはならない、ということだろう。軍への不信感は、直ちに魔法師に対するそれへと直結する。そして魔法師に対するそれは魔法そのものへ、そして最後には、力ある者への非難と反感に変わるのが世の常だ。

「血なまぐさい【アフェルカ】が外面はクリーンな元首近衛隊として生まれ変わった件もあったろう、最近は何かと煩いんだ。ルサールカのジャン・ルンブルズは、あのルックスとソフトな立ち居振る舞いで、国家のイメージ戦略に一役買っているぐらいだ。いわば外交戦略の変化だな」

ベリックは続いて自国にも目を向け、「レティの奴は」と一度言《い》い淀《よど》むと、次には「演技ができんからな」と随分柔《ずいぶんやわ》らかい表現で呟《つぶや》いた。

彼女に面と向かって文句でも垂れようものなら、相手が誰《だれ》であれ殴《なぐ》り飛ばされそうだ。

「レティはあれでも……いえ、やめましょう。そもそも、魔法師はアイドルじゃありませんよ？」

「分かってる、別にどこぞでファンを集めてサイン会をやれ、というわけじゃない。それにな、お忍《しの》びで使える別の顔があったら何かと便利だぞ。そうだな、例えばそのなんだ……意中の相手と観劇や食事に出かけるとか」

「ありませんよ、そんなの」

「どうだかな、あっはっは」

ベリックのわざとらしい大笑いに誤魔化《ごまか》された気もするが、仕方なしに漏れ出た溜め息と同時、アルスは仏頂面《ぶっちょうづら》で答えた。

「まあ、変装道具というなら、あるにはあります」

アルスは自室の片隅《かたすみ》に一瞬だけチラリと目を向けて、渋面《じゅうめん》を作った。

「ならそれを使え。それと、詳細《しょうさい》な情報はいつも通りだ。ヴィザイストと連携《れんけい》を取れ」

「了解」

と、アルスが通話を切ろうと手を伸《の》ばした直後、ベリックは置き土産《みやげ》のように一言漏《も》らした。

「今回は非公式で、クレビディート側からの協力者がいる。会うことはないと思うが、念《ねん》の為に」

「了解」とこれ以上、要《い》らぬ言葉が出てくる前に、さっさと通話を切る。

協力者というのがどこの誰かは知らないが、脚《あし》を引っ張ってくれさえしなければ、それでいい。アルスとしては、もはやこれ以上の関心は持てなかった。

そのままだらしなく椅子《いす》に腰掛《こしか》けたアルスの前に、早速《さっそく》ロキがピンと胸を張り、しゃちほこばった姿勢で立つ。

ん、とアルスが人差し指で自分の寝室《しんしつ》を指し示すと、ロキはこくりと頷く。

これだけで意図が伝わってしまうのが、なんとも嬉《うれ》しいような悲しいような。特に今回に限っては。

ロキはどこか嬉しげにアルスの寝室へ消え、そこから黒い収納ケースを迷いなく持ってくる。頷いたアルスの指示に従って蓋を開けつつ、ロキは満面の笑みを浮《う》かべた。アルスとしては憂鬱《ゆううつ》で仕方がないのだが。

「これは7カ国親善魔法大会における、魔法演武にて着用したものですよね、ウ、ウ、ハ、ヴァ、選手」

「選手言うな」

「でも、実に格好良いかと」

つまるところ、それはいつかシセルニアから下賜《かし》された、あの黒い仮面と衣装のセットである。確かに変装するには十分だろうが、アルスからすると、どうにも美的センスに優《すぐ》れているようには思えなかった。しかしながら浮き浮きしているロキの様子を見るに、どうもそんな風に思っているのは自分だけのようだ。もしかすると、根本的に疑うべきは、己《おのれ》自身なのかもしれなかった。

第82章「狂王の行軍」

まさに大邸宅《だいていたく》と呼ぶに相応《ふさわ》しいその屋敷《やしき》には、真夜中だというのに家中の灯《あか》りが点《とも》っていた。銀月と星が瞬《またた》く夜、辺りは静謐《せいひつ》に包まれている。しかし、その家は賑《にぎ》やかな人の気配をわざとらしく主張しているかのようだった。

どこの国でもそうだが、貴族の別荘《べっそう》は、比較的《ひかくてき》見晴らしの良い辺境に建てられることが多い。現在、人類生存圏内《けんない》の気温や星空などの風景は全て人工技術の管理下にあるが、上流階級の嗜《たしな》みとして、いまだに避暑地《ひしょち》やのどかな田園風景を好む風潮があるからだ。

しかしその邸宅《ていたく》に限っては、貴族の別荘というには妙《みょう》に周囲の風景から孤立《こりつ》しており、まるで辺境の暗がりの中で、不気味に息を潜《ひそ》めているかのようであった。

邸宅の車庫には複数台分の駐車《ちゅうしゃ》スペースがあり、そこに一台だけ高級魔動車《まどうしゃ》が駐まっている。車庫だけでも洗練し尽《つ》くされたのがわかる片付きようであった。

屋内の二階にある広いホールは、本来ならば社交の場として使われ、豪華《ごうか》な装飾《そうしょく》は煌《きら》びやかな空間を演出していたのだろう。しかし今は人影《ひとかげ》一つなく、閑散《かんさん》とした冷たい空気が漂《ただよ》うだけだった。

ただ誰が置いたのか、そのホール中央には皮張りのソファーチェアが複数、ちょうど円を描《えが》くように並べられていた。

そしてふと、ホールの空気が揺《ゆ》らいだ。

壁際《かべぎわ》のとある扉が音もなく開き、そこから僅かな風が吹き込んだのだ。

続いてまずは一人……薄暗《うすぐら》く冷気が漂う中に、足音も立てずに現れる。やがてそれが合図だったかのように、一人、また一人と四方の扉からそれに続く者が現れ、この不気味な集会に加わっていく。

「ぼちぼち集まったか。そろそろ頃合《ころあ》いだな」

数分後、誰にともなく呟くように発せられたその声。室内の人影達《たち》は、いずれもそれに反応し、どこか歓喜《かんき》の気配を漂わせて、ゆらゆらと蠢《うごめ》いた。

「……」

だが、最初に発せられた声の主は、続く一言をなかなか発しなかった。まるで居並ぶ聴《ちょう》衆《しゅう》らに素直《すなお》な感情の発露《はつろ》を許さない、厳《いか》めしき君臨者のように。

そんな中、ついに彼《かれ》が待っていたらしい最後の声が、重々しく室内に響く。

「ダンテ、こっちの要件は終わった」

まるで屈《かが》むようにしながら扉を潜ってきた巨漢《きょかん》と、その後ろに付き従う男——ゴードンとスザールである。

ゴードンは大きなマントのような布を羽織り、何かを背負っているのか、その背中には異様な隆起《りゅうき》が見られた。一方のスザールはゴードンの脇《わき》に補佐官《ほさかん》のように佇《たたず》みながら、この妙な緊迫《きんぱく》感のある場ではかえって不自然なほどに落ち着き払《はら》っていた。

「前に言った通り、ダンテ、お前に協力する」

「俺の方も異論はない」

そう発した二人に対し、ダンテはにやりと笑うと、空いているソファーチェアを勧《すす》める。だが背中の盛り上がりが邪魔になったらしいゴードンは、豪快《ごうかい》に背もたれを破壊《はかい》して、そのまま一際《ひときわ》大きなそれに座《すわ》り込んだ。

そんな中にふと、鮮烈《せんれつ》な香水《こうすい》の匂《にお》いが漂う。囚人の中でも若い色男を侍《はべ》らせて、妖艶《ようえん》な雰囲気で前へ進み出たのは、ミール・オスタイカであった。その手には鮮《あざ》やかな色彩《しきさい》の鉄《てっ》扇《せん》が握《にぎ》られている。

「ダンテ、あんたの言った通り、どこかの誰かが私に気づいたみたい。張り付いてた奴の何人かは始末したけど、全員は無理だったわ。どうも相当手慣れた連中が交ざってたみたいで、そっちは面倒だから撒《ま》いておいただけ」

ことさらに胸元《むなもと》を強調するような露出度《ろしゅつど》の高い服は、どこから拝借したものか。綺麗《きれい》にマニキュアまで塗《ぬ》った指を奇妙《きみょう》に揺らして、ミールは己に酔《よ》いしれるように甘《あま》い吐息《といき》をついた。

そのまま断りもなく、ミールはチェアの一つに座り長い足を組んだ。

「十分だ、随分《ずいぶん》のろまな連中で助かった」

「いっそ罠《わな》にかけて、何人か捕《つか》まえるべきだったかしら？　その上で背後関係を吐《は》かせれば、探《さぐ》りを入れている奴も殺せたんでしょうけどねー」

肩《かた》を竦《すく》めたミールに対し、スザールが淡々と答えた。

「無駄《むだ》だ、多分そこまで行けばその道のプロだ。お前でも無理だろう」

「あら、言ってくれるわね。ふ～ん、そっちも自前のＡＷＲを確保したってわけ。でも、今後も私達に手を貸すって本気？　かつての国家のお犬様が、どれくらい信用できるのかしら」

挑発的《ちょうはつてき》な物言いにスザールは帽子《ぼうし》の鍔《つば》の下で、冷たい眼光を鋭くする。

「囚人如きが、檻《おり》から出た途端《とたん》に口の利《き》き方《かた》を忘れたか」

静けさの中、冷徹《れいてつ》な迫力《はくりょく》ある口調で放たれたその声に、ミールは怪《あや》しい笑《え》みで返した。

「ウフフッ、冗談《じょうだん》よ。ようこそ、仲間入りおめでとう、スザール副所長。そこのゴードン所長ともども、せいぜい犬らしく存分に働いてね？」

ミールはわざとらしく鉄扇を広げて、まるで貴婦人のようにその冷笑《れいしょう》を隠す。

そんなミールの冗談で空気が弛緩《しかん》するどころか、スザールが纏う空気は、即座《そくざ》に周囲を圧するような強い魔力へと変わっていく。

周囲の凶悪犯達《きょうあくはんたち》がびくりと身体を震《ふる》わせると、そっと身体をのけぞらせ、彼から距離《きょり》を取ろうとする仕草を見せる。中には露骨に椅子を引いて、身構える者さえいた。

室内に、一気に張り詰《つ》めた空気が漂った。だが。

「スザール」と一言ゴードンが発すると、それだけで嘘《うそ》のように、スザールが発していた殺気の嵐《あらし》が止《や》んだ。

「あらあら」と拍子抜《ひょうしぬ》けしたように漏らすのは、ミールである。

「ストイックに女を絶ってたわりに、堪《こら》え性《しょう》があるのね。ま、暇《ひま》ができたら遊んであげても良いわよ」

クスクスと小僧《こぞう》でも相手にするような声で、ミールは舌舐めずりをした——寝首《ねくび》をかく気満々、といった風に。

「…………」

スザールはもはや興味が失《う》せたとばかりに、黙って姿勢を正す。

「へえ、意外とお固いのね。ふふっ、あっちの方もそうなら良いんだけど」

スカートに隠れた美脚《びきやく》をあえて見せつけるように、ミールは色っぽく足を組《く》み替《か》えた。

そんな様子を見ていたゴードンが渋《しぶ》い顔で言う。

「ダンテ、何を考えてるかは知らんが、ここの頭はお前だ。俺は所詮《しよせん》、元所長だ……飛《と》び跳《は》ねすぎなじゃじゃ馬の諌《いさ》め役まで、請《う》け負《お》うつもりはないぞ」

「そんなものは要らねーよ。殺りあいたきゃ勝手にやれ。ただ邪魔だけはすんな」

だがそんな言葉とは裏腹に、しっかりとゴードンの意を汲《く》んだのか、ダンテの一言はこの場にいる全員を縮こまらせた。彼が発する得体の知れぬ恐怖《きようふ》に足を竦ませ、皆《みな》がそれだけで心臓の鼓動《こどう》が早くなっていくような感覚を覚えた。

「ダンテ、ここまで手伝ってるのに、それはないわぁ」

鼻にかかった声でミールは目尻《めじり》を下げると、恍惚《こうこつ》とした表情を浮かべた。

「本気《マジ》だ。いつ、どこで殺りあっても構わないんだぜ。どうせ、どいつもこいつも殺したくて仕方がない奴らだ。互《たが》いの格付けがてらの大騒《おおさわ》ぎを、血みどろで派手にやるのも悪くねえ」

「つれないわね。ここまで来てバイバイは悲しいわぁ」

ダンテはそんなコケティッシュな声をあげるミールを無視して、ゴードンへと水を向けた。

「ま、ひとまずはそっちの立ち寄り仕事のことだ。土産話《みやげばなし》を聞かせてくれよ、ゴードン」

「つまらん話だ、辞表代わりにひと暴れして、クレビディートのシングル魔法師を見てきたが、あの程度の小娘《こむすめ》だとはな。あんなガキでも座れる安い椅子など、とことん興味が失せたというだけだ」

シングル魔法師相手に、快勝を収めたゴードンとスザール。それは同時に、ゴードンの目的が一つ消失したに等しかった——達成、という意味ではなく。

そもそもゴードンは、シングル魔法師の座に指先が掛《か》かっていたとさえ言える実力者である。それが、実質的に左遷《させん》されてトロイア監獄の所長に就《つ》かされたのだ。

トロイア監獄が建造された時、そこを管理する者は、相応の実力者でなければならないとされた。加えてゴードンにとって不幸なことに、過酷な外界の環境下《かんきょうか》で凶悪《きょうあく》な囚人達にも抑《おさ》えが利く、頑健《がんけん》な肉体と周囲を圧する存在感の持ち主であることが求められたのだ。

結果、不本意にも政治的なパワーゲームの結果、軍の総意として彼の出向が決まったのである。代わりに彼が厚く忠誠を誓《ちか》ってきた国は、国内唯一《ゆいいつ》のシングルの座に一人の小柄《こがら》な少女を就け、国家興隆《こうりゅう》の夢を託《たく》した。

ゴードンがシングル魔法師の座と名声に執着《しゅうちゃく》していたことは上層部の誰もが知っていた。

同時に、彼が持つ圧倒的《あっとうてき》な力もまた問題になったのだ。

いざという時にあくまでシングル魔法師の席にしがみつかれたり、目に余る越権行為《えっけんこうい》があった時には、誰も押しとどめることができないが故《ゆえ》に……一言でいえば「煙《けむ》たがられた」のである。

臆病《おくびょう》さで目が曇《くも》った上層部の真意を知った時、どれほど頭に血が上ったことか。確かにクラマ周辺との繋《つな》がりは当時すでにあったが、それも職務柄《しょくむがら》必要なことだった。私欲で彼らを使ったことはない。

――とにかく。

その日以来、ゴードンは変わった。国に忠誠を誓ったかつての情熱は嘘のように消え去り、押し込まれた外界の檻の中で、燻《くすぶ》り続け膨《ふく》らみ続ける怒《いか》りと鬱屈《うっくつ》が、彼の顔と身体つきをより厳めしくしていった。

そう、あのトロイア監獄では、看守もまた等しく〝孤独《こどく》な囚人〟であったのだ。

そんな巨漢の過去と胸の内を知ってか知らずか、ダンテはただ低く嗤《わら》う。

「ククク、なんだそりゃ。シングルの小娘とやらは、そのまま始末してきたのか？」

「いや、あの場で殺るまでもなかった。まあ、また顔を合わせることがあれば、しっかりと殺しておくがな。しかしまさか、今のシングル魔法師がここまで脆弱《ぜいじゃく》だとは思わなかった」

落胆《らくたん》の色すら顔に滲《にじ》ませ、ゴードンは過去に志した栄誉《えいよ》ある称号《しょうごう》を、未練もなくそう切り捨てた。願わくばもう少し、かつて憧《あこが》れた座にある者にふさわしい堂々たる姿を見たかったものだ、などと内心で考えながら。

「それも好きにすればいい。どうせお前達二人には、また暴れてもらわなくちゃならねぇからな。せいぜい、飽きるまで、派手に殺ってくれよ」

ダンテの物言いに、ゴードンは苦い顔で返す。

「ふん、お前らのゲスな尺度で俺《おれ》達を測るな。我々は血に飢《う》えた殺人鬼《さつじんき》ではない。そもそも、弱い者を嬲《なぶ》るのも趣味《しゅみ》じゃないんでな」

「良く言うわ～、あのイカレ博士のクソみたいな実験の数々を黙認《もくにん》しておいて。あの女は本当に壊《こわ》れてたけど、あんたも大概《たいがい》よね。あの女が廊下《ろうか》を闊歩《かっぽ》する夜なんて、響いてくる被験者《ひけんしゃ》の絶叫《ぜっきょう》でろくに寝《ね》れなかったくらいよ？　そのせいで、随分余計な肌荒《はだあ》れもしちゃったし」

ミールが意外にも殊勝《しゅしょう》な愚痴《ぐち》を溢すが、そもそも毎日供給刑が執行《しっこう》されているあの秘密監獄《かんごく》では、熟睡《じゅくすい》の中で夜を過ごせる受刑者など本来なら一人もいない。その意味で言えば、それを軽い愚痴程度で済ませているミールもまた、ダンテと同じく一種の怪物《かいぶつ》的精神の持ち主ではあるのだろう。

「つくづく4層・5層は化け物揃《ぞろ》いだな」

呆《あき》れ交じりにいうゴードンであったが、そうでなければ、そもそも魔物《まもの》がうろつく外界のただ中での脱獄《だつごく》などという無謀《むぼう》な企《くわだ》ては、実行されなかっただろう。

さて、これ以上グダグダ話していても仕方がない、とばかりにゴードンは本題を切り出した。

「直に、いやすでにというべきか、俺らは各国の標的となっている。小細工だけで対抗《たいこう》しようとすれば、物量で潰《つぶ》されかねんぞ」

アルファ国内での協力者も――現体制に不満を持つ、とある貴族筋だとゴードンは聞いている――脱獄囚らについては、基本的に潜伏場所と最低限必要な物資提供以外では一切《いっさい》関《かか》わらない。連絡《れんらく》についても使いの者が一人やってきただけで、ごく簡素なものであった。

それはそれで、ダンテらにしてみれば処分の手間が省けたのだが。

メクフィスの話では「いざという時、ダンテ側からも戦力の見返りが欲しい」ということだったが、そのわりには接触《せっしょく》役の人選が杜撰《ずさん》であったというべきだろう。交渉《こうしょう》の場で無駄な貴族風を吹かせ、約束が実行されるかの監視役《かんしやく》を兼《か》ねているとのたまった彼は、囚人らの手によって、即座に死体に変わったのだ。

それ以降、向こうからの接触はない。メクフィスも、ただの仲介役《ちゆうかいやく》以外の役割を果たす気はないらしかった。

とはいえ、裏にいる貴族の当主様だかが直接現場に顔を見せないのは、良い判断だろう。脱獄囚《だつごくしゆう》を匿《かくま》って一騒動《ひとそうどう》あれば、困るのは貴族側なのだから。

「ふん、各国に潰される、か……だが、その心配は要らねぇ。アルファ国内に入って分かったが、まだここは阿呆《あほう》な羊どもの夢の中だ」

ダンテは目を細め、どこか愉快《ゆかい》そうに続けた。

「ここの国民どもは誰一人《だれひとり》、外界の殺伐《さつばつ》とした現実や真の暴力と血の味を知らねぇんだ。それこそ幻想《げんそう》の箱庭もいいところさ、呑気《のんき》でお上品な情報統制ばかりが行き届いててな。だからこそ軍も目立つ動きを避《さ》けて、ぞろぞろと大規模な作戦行動を取るってのは考えづらい。どの道、そんな決断力や覇気《はき》はねえだろうが」

そんなダンテにスザールが、鋭い眼光はそのままに抑揚《よくよう》のない声を投げかけた。

「……クラマだな。奴《やつ》らの健在こそが、そのまま軍の弱腰《よわごし》の証明になる」

「その通り。クラマがまだ7カ国内部に潜伏《せんぷく》できてるってのが何よりの証だ。危険分子と知りつつ、どの軍部も、総力戦のために重い腰《こし》を上げる度胸がねえ」

「ねぇ、ダンテ、小難しい話ばかりで飽きちゃったわよ。ね、そういえばあのメクフィスって優男《やさお》について教えてよ？　仲間ってわけじゃなさそうだけど、私達の脱獄に手を貸して、お貴族様との仲介《ちゅうかい》もしてくれたんでしょ。ま、いくらちょっといい男とはいえ、私もアレにはさすがに唆られないけどね」

メクフィスが脱獄囚を間引くためとして、瞬時《しゅんじ》に大量虐殺を行なったのを全員が目撃《もくげき》している。だからこそいくら面食いのミールも、メクフィスには少しも好意を抱《いだ》けなかったのだ。

それどころか、ミールは鋭《するど》い直感で、メクフィスの本質を感じ取っていた。本音ではあの男を、人間と呼ぶことすら抵抗があるくらいだ。ほぼ感覚的なものだが、それでもいくつもの修羅場《しゅらば》を切り抜《ぬ》けてきたミールには、己の直感に対する絶対的な信頼《しんらい》がある。

「ああ、メクフィスか。あいつはクラマの古株だ。何でも本人さえ本当の自分の姿を見失っているとか、聞いたことがあるな」

「何それ？　思春期なわけ？」

ミールは侮蔑《ぶべつ》的に吐き捨てたが、ダンテは至って真面目《まじめ》な表情で続ける。

「いいや、言葉通りの意味だ。あいつは血にまつわる異能で、自分の姿を常に偽《いつわ》っているんだと。ま、間違《まちが》っても喧嘩《けんか》を売るなよ、面倒な奴だ。最終的には処理するかもしれんが、今は手を出すな」

気味が悪そうに黙り込んだミールに代わって、ゴードンが口を挟《はさ》んだ。

「俺もそう詳《くわ》しく知っているわけではないが、奴は気まぐれ過ぎるぞ。早々に始末しておいた方が良さそうな気がするが」

多少クラマ周辺と繋がりがあるゴードンが知る限り、クラマの中でもメクフィスは影《かげ》に潜みがちな存在で、外から舞《ま》い込む裏世界の汚《よご》れ仕事を請け負っているなどといった話は、聞いたことがないらしい。彼が表に出てくるのは、報酬の取り立てや交渉の場がほとんどだという。本人自身も金銭には無関心で、特段クラマの利益にならない個人的な動きも多いらしく、スタンドプレイめいた言動も目立つ、とのことであった。

「どうにもぬらくらして掴みどころがないが、ハザンのような武闘派《ぶとうは》ではないのは確実だ。やり合っても負ける気はせんがな」

「早まるなよ。クラマとの戦力差は、俺が見る限りそこそこある。あっちの幹部組は全員、実力じゃ表世界のシングル魔法師並みかそれ以上。ああ、でもあんたはさっき、そのシングル魔法師をコケにしてきたんだったな」

「まあな……だが、お前がそういうなら、今は無粋《ぶすい》な喧嘩はやめておくとしよう」

「それが賢明《けんめい》だ。メクフィスは、俺から見ても確かに匂う。下手をすると……いや、今はいいか」

ダンテはニヤリと笑みを深くしただけで、それ以上は続けなかった。だがゴードンはその態度がかえって気になったらしく、ことさらに眉《まゆ》を寄せて。

「ふむ……実際、メクフィスが手を貸した理由はなんだと思う？　奴の目的は？」

誰もが沈黙《ちんもく》を守り、ダンテが喋《しゃべ》り出すのをじっと待った。

注目が集まる中、ダンテは肘掛《ひじか》けに両腕《りょううで》を置いてから、ゆっくりと腹の前で手を組んだ。指を交差させて、親指の爪《つめ》を合わせると、ふっと鉛《なまり》のように重たい空気を纏いながら、そっと目を閉じる。

それからダンテはメクフィスが脱獄囚を間引いた後の会話を思い出しつつ、おもむろに自分の推測を述べた。

「あいつは執拗《しつよう》にあの女……ノックスのことを気にしていたな。そのノックスだが、クラマの元メンバーだった」

ゴードンは拍子抜けとばかりに溜《た》め息《いき》を吐き出した。所長であるゴードンはトロイア監獄の全てを把握している。

「なんだ。もしや色事絡《がら》みか仲間想《おも》いの友情ごっこの延長か？　そもそもあの女受刑者《じゆけいしゃ》のノックスは、数ヶ月前には死んでいた。あのイカれ博士……クウィンスカの実験台に指名されたのが運の尽きでな」

一方でこの会話はミールらには理解し難《がた》い。何せ4層と5層の間は、分厚い隔壁《かくへき》で閉じられていたのだから。ダンテの意思がミールに伝わったのも、ゴードンの手引きあってのことだ。

そんな彼女《かのじょ》の疑問顔に気づいたのか、ゴードンはミールに向かって、改めて説明するかのように喋り出す。

次に出た一言で、すぐにミールも話題の主、ノックスの凶状《きょうじょう》について知ることができた。

「ノックスというのは、5層に収監《しゅうかん》されていた女だ。お前はかつて起きた集団自殺事件……【鮮烈なる血の転向事件】を知っているか？」

さすがに殺人嗜好者《しこうしゃ》たるミールにとっては、問われるまでもないことであった。いくら情報統制がされていたとはいえ、裏世界の者にとっては容易に聞き知れる範囲《はんい》のことなのだから。事件の名前もノックス本人の言葉から来ている。

「あぁ～、あれね。私も生で見たかったわ。傑作《けっさく》よね、あの場に集まった誰も彼もが、最短最速の方法で自死って……そういうこと、ノックスはあの事件を引き起こした首謀者《しゅぼうしゃ》ってわけね」

「多分、な」

己もあずかり知らぬ他国のことであり、ゴードンもそこは軽く肯定するに止めた。

ダンテは、そんな二人のやりとりを他所に、ぼそりと声を発した。

「メクフィスはノックスの死に、一瞬《いっしゅん》だけ反応した。出し抜かれたというか、珍《めずら》しくやや悔《くや》しそうな色を見せていたようだったが」

「やはり、ノックスの解放が奴の狙《ねら》いだったということだろ」

ゴードンが示したその認識《にんしき》に、ダンテは頷かず。

「いや、脱獄の手助けをしたのがそのためだったとしても、遅過ぎんだよ。ノックスが博士の餌食《えじき》になったのは運が悪かったんだろうが、メクフィスはそれとは関係なくノックスと接触を図《はか》ろうとしていたんじゃないか。殺すつもりだったのかもな」

「……!?　口封《くちふう》じか私怨《しえん》といったところか」

ただ、元所長であるゴードンからすれば、それはなんとも無意味に感じられた。ノックスはクウィンスカ博士のモルモットにならずとも、いずれ命を落とすのは明白だったからだ。もともと収監された時点で身体はボロボロだったし、加えて過酷《かこく》な供給刑《けい》の執行である。とても長期間耐《た》えられたとは思えない。

「そういえば独房《どくぼう》が隣《となり》だったんだ、何かあの女から聞いていなかったのか、ダンテ。メクフィスが付け狙うとしても、理由がありそうなものだが」

「さあな、あの女、完全にイっちまってたからな。暇さえあれば、ぶつぶつ独り言だ」

ダンテは首を竦めてみせたが、その顔にはどこかで何かに思い当たったような、不気味な笑みを浮かべていた。それは何かしらの裏があるというよりも、どこか子供の様な無邪《むじゃ》気《き》な笑みであった。

「とにかくだ、俺らが目立ち過ぎればどこかでクラマとぶつかる。クラマとやり合うにはまだいろいろと足りねえ。なら、せいぜい奴らの目を誤魔化すために、軽い手土産《てみやげ》程度は送っておくとするか」

そこまで言ってから、不敵な微笑《びしょう》を浮かべると、

「少しばかり、アルファ国内を掻《か》きまわす。クラマに恩を売るだけじゃなく、これは俺らをアルファに寄越《よこ》したメクフィスからの頼みでもある。奴によれば、血を浴びるような大量虐殺《ぎゃくさつ》でもかまわんそうだ。ま、メクフィス自身じゃなく、例のお貴族様からのお願いでもあるだろうがな。そうそう、ついでにアルファのシングル魔法師を削《けず》れって依頼《いらい》もあったな。本命はそっちだろ。クラマにしても対抗勢力は少ない方がいい。シングル魔法師なぞ、そうそう世に出てくるものでもないからな」

ダンテは事も無げに呟く。ゴードンが軽くあしらったというクレビディートのシングル魔法師が、いかに弱かろうとも……。

「そう、アルファで騒ぎを起こせば、一石二鳥どころか、三鳥、四鳥くらいは稼《かせ》げるかも

な」

「……お前、いったいどこまでコトを大きくするつもりだ？　確かに各国の軍はすぐに総勢では動かんとしても、奴らの忍耐力《にんたいりょく》にも限度があるだろ」

ゴードンが、厳しい面持《おもも》ちで呆れながらにいう。

ダンテが不意に、顔を上げた。それから次に彼の口から出た言葉は……場の誰にとっても、まったくの予想外のものだった。それこそゴードンでさえも、椅子から少し腰を浮かせてしまうほどに。

「どこって、世界の果てまでだ。俺は〝新大陸〟を目指す。ちっぽけな人類の揺り籠《かご》どころか、外界も外海《そとうみ》も、それこそ狭っ苦しいこの世界全《すべ》てを、遥《はる》かに置き去りにしてな」

場の空気が、時間が、一瞬だけ止まった様だった。

誰もが色を失い、言葉を失くしていた。

この7カ国全ての人間の中で、実行はおろか、それを考えた者すらいない。そもそも外界においてすら、未《いま》だ各国は、せいぜいその最前線基地から百キロメートル程度しか、その支配領域を広げられていないのだ。

一拍《いっぱく》置いてから、「む、無謀すぎるぞ！」「俺らは、そんなことに命を張る気は……！」と、その場にいた脱獄囚達《だつごくしゅうたち》から口々にそんな声が上がったが、そんな動揺《どうよう》もダンテの眼光に一人一人射すくめられると、十数秒後には、自然と鎮《しず》まっていった。

「いやはや、呆れたが……何か、あてはあるのか？」

「確かに。無謀ではあるが、現実的でもあるな。しかし、でかすぎる計画にこそ、詳細なプランが必須《ひっす》というものだ」

そこは元々国家の要職にいただけに、いち早く動揺から立ち直ったゴードンとスザールが、ダンテに言葉鋭く問う。他の脱獄囚達も一様に緊張《きんちょう》した面持ちで、固唾《かたず》を呑《の》んでダンテの答えを待った。

「なきゃ、言わねぇよ。いや、なくても言ったか。おい、お前ら。改めて聞くが、俺らのこの先に、どんな道が在る？」

ダンテは、これまでで一番重い調子で、はっきりと言い放つ。皮張りのチェアにふんぞり返り、周囲の犯罪者どもを見下ろすように目を細めた。

「確かにこのまのし上がってクラマとやり合ってもいいし、構えさえできりゃ、国とやり合ってもいい。良い勝負をして頑張《がんば》りゃ、血の海や死体の山をいくつも作れるだろう。だが、所詮はそれまでだ」

「ふん、なるほど。帰る場所がないのは全員一緒《いっしょ》だな」

ゴードンの一言が、全てを集約していた。

頭が空っぽで惰弱《だじゃく》な連中は、すでに外界とメクフィスの選定によって振るい落とされた。殺しの衝動《しょうどう》を我慢《がまん》できずダンテの統制から外れる者は、今後容赦《ようしゃ》なく葬《ほうむ》り去られるだろう。そもそも最初からまっとうに生きられるほど理性が機能していれば、誰もあの秘密監獄になど入っていない。どう言い繕《つくろ》っても、壊れた連中であることは否定できなかった。

確かに、彼らにこの先、人類7カ国には未来永劫《みらいえいごう》、安全な居場所など存在しないのだ。貴族がいつまでも匿まってくれるわけでなし、たとえクラマに身を寄せても、せいぜい使い捨ての駒扱《こまあつか》い。

場に異論なしとみて、ゾクリとするような魔力《まりょく》がダンテから溢《あふ》れ出す。たちまち、それはホールの中に、不気味な魔煙《まえん》が這《は》うように充満《じゅうまん》していく。

それから大きく、大きく両手を広げて、ダンテは堂々と臆面《おくめん》もなく許可する。

「まずは軽く、戦争をしよう。なに、何年も暗い地の底に閉《と》じ込《こ》められてたんだ、ちょっとぐらいハメを外してもいいだろ」

と、ダンテはニヤリと、口《くち》の端《は》に悪魔《あくま》じみた笑みを浮かべる。

「俺達の野心《ゆめ》のために、まずはアレを手に入れる」

「あれってなあに？　どうせ、私が調べてきた情報と関係あるんでしょ」

高揚《こうよう》を抑えるように口元に微笑を浮かべ、ミールは問う。立ち上がって、妖艶な雰囲気《ふんいき》を纏《まと》ってダンテへと近づく。

「ああ、別ルートの情報と合わせて、隠されてる場所が分かった。奪取《だっしゅ》さえできれば、その過程でいくら死人が出てもお釣《つ》りがくる。モノがモノだ、おそらく国も放っておけずにシングルの一人や二人出てくるだろうが、ソイツらもついでに始末する」

「ねえ、もったいぶらずに早く教えてよ……何を手に入れるの？」

ダンテの腕《うで》に胸を寄せてしなだれかかったミールは、その顔を見上げる様にして、甘い声で訊《たず》ねる。艶《なま》めかしい白い肌《はだ》に桜色を宿して浮く粒起《りゅうき》は、彼女の興奮の表れだ。鳥肌《とりはだ》を浮かせるほどの血の昂《たかぶ》りは、たちまち場の全員に伝染《でんせん》し、凶悪なる獣達《けものたち》は、一斉《いっせい》に内なる欲求に従順になる。

かくして、準備は整った。この邸宅から一度出れば、脱獄囚達は自由になる。血に飢えた本能を縛《しば》る法は存在せず、理性と倫理《りんり》を足蹴《あしげ》にして、弱肉強食の理のみがこの国を席巻《せっけん》する。

外へ通じる館《やかた》の大扉《おおとびら》を開け放ち、一同の先頭を征《い》くダンテは、偽りの月が投げかける銀光に目を細めつつ告げた。

「ミ、ネ、ル、ヴ、ァを奪《うば》う」

第83章「歓迎されざる送迎」

まるで酸化した珈琲《コーヒー》のようななんとも後味の悪い連絡を、アルスがベリックから受けた翌日。

火急の用事だったわりに、ヴィザイストからの連絡は待てど暮らせどこなかった。

過去の経験から、指令が下れば遅《おそ》くとも数時間後には何かしらのコンタクトがあるものなのだが。とにかく、国内に潜伏しているという脱獄囚の処理は早いに越《こ》したことはない。

つまるところヴィザイストの調査能力を以てしても、彼らの居所は掴《つか》み切れていないのかもしれなかった。

しかし、どうも考えれば考えるほど、苦い思いばかりがアルスの胸中に湧《わ》き上がってくる。いったいどんな星の下に生まれれば、最低最悪の脱獄囚どもの始末などが、シングルたる自分の下に回ってくるのか。

とはいえ、詳細な連絡もこないのに、いくら気ばかり揉《も》んでいても仕方がない。せめて有用に時間を使うべく、【火雷《ホノイカヅチ》】の魔法《まほう》式改良に乗り出したアルスだったが……。

ふと、研究室で膨大《ぼうだい》な魔法式のメモに目を通していた彼の目が見開かれ、座っていた椅《い》子《す》から立ち上がると。

「ロキ、準備をしておけ」

アルスの声は随分唐突《ずいぶんとうとつ》だったが、ロキは一拍置いてから「いつでも」と返した。

実際、すでに準備は整っていた。ロキもアルスも、収監されていた囚人《しゅうじん》の名前と補足資料は頭に叩《たた》き込んでいるし、極秘扱《ごくひあつか》いの資料は全て抹消《まつしょう》済みだ。

加えてアルスは変装を済ませており、最後に例の仮面を付けるだけ、という状態だ。だがアルスは何を思ったか、ＡＷＲだけを持って窓際《まどぎわ》に寄った。

「お前は、しばらく待機してろ」

「⁉」

それは、というようにロキの目が見開かれた。アルスが任務に出る時はどうしても、という事情がない限りロキも常に付き従う、という約束だったからだ。

「置いてけぼりを食わせるわけじゃない。ちょっと見送りをしてくれ、ということだ」

意味深な返答にロキは目を細めて、アルスの視線の先を追うべく窓際に並ぶ。

彼女の鋭い目は、研究棟《とう》の階下に向かい……そこに滑《すべ》るようにやってきた黒塗《くろぬ》りの高級魔動車が、ぴたりと停車したのを見た。

学院では見かけることすら珍しい、要人を護送するための高級車である。あらゆる衝撃《しょうげき》を防ぐ装甲《そうこう》。その他にも様々な機能を完備しており、ドアの厚さは二十センチメートル以上はある。

やがて、中からサングラスをかけたスーツ姿の男女が四人降りてきた。身なりは整っており、服には皺《しわ》ひとつない。いかにもプロの警護者という雰囲気が板についた様子に、隙《すき》の無い動作。

（懐《ふところ》には、ＡＷＲを忍《しの》ばせているな）

アルスが見ても完全に一流のガードマンと見紛《みまが》う格好ではあるが、彼はそっと目を細めて。

「たとえ総督《そうとく》のお越しだとしたって、随分なＶＩＰ待遇《たいぐう》だ。正直、国費の無駄遣《むだづか》いだな」

「本来は、かくあるべきだと思いますが」

アルスとロキがそんな含《ふく》みのある軽口を叩いている間にも、魔動車から出てきた四人は、さっさと動き出した。まずは三人が車のドアの前に並んで立ち、一人が研究棟へと入ってくる。

してみると、彼らの任務はアルスのもとを訪ねる総督の警護ではなく、どうやらアルス本人のお迎《むか》えであるらしい。

ふと、車の傍《そば》に控《ひか》えているうちの一人が、最上階の窓から見下ろすアルスの方へと視線を上げた。

明るい陽射《ひざ》しの中、薄《うす》い色のサングラス越しにも、無感情な目が透《す》けて見える。

軍人かどうかは分からないが、そこにはまるで機械のように職務に忠実たらんとする静かで強い意志が感じられた。

「用件は何でしょうか?」

「さあな、ベリックがいらない気を回したのかもしれないな?」

そう呟《つぶや》いたアルスに、ロキは「ご冗談を」と軽口を返す。

程なくして、インターホンの音が室内に響《ひび》いた。

どこかの王侯《おうこう》貴族じゃあるまいし、アルスとしては仰々《ぎょうぎょう》しすぎるのはどうも好かない。あんな陰気《いんき》で堅苦《かたくる》しい連中が部屋を訪ねてくるのでさえ、あまり面白《おもしろ》くない気分ではある。

仕方なくモニター越しに応答すると、画面の向こうに、背の高い少し痩《や》せ気味《ぎみ》の男が映る。彼は一瞬だけサングラスを取り会釈《えしゃく》すると、「お迎えに参りました」とごく丁寧《ていねい》な言葉遣いで述べた。

アルスはやれやれ、と首を一つ回すと、腰にAWRを下げたまま、ドアを開けた。

「お迎えご苦労、じゃ、行くか」

ロキに軽く目配せすると、彼女を残し、アルスは男と一緒に歩き出す。

カツカツと革靴《かわぐつ》を鳴らし、階段を下りつつ前を行く男。その歩調は妙《みょう》に規則正しいが、身体の力を抜いているのか、その足音は、男の上背のわりに、どこか軽くやわらかな印象だ。

「お役目も大変ですね。総督じきじきの指示？　それともヴィザイスト卿《きょう》からのご厚意かな」

何気なくアルスがそう切り出すと、男は肩越《かたご》しにちらりと微笑《ほほえ》み、

「……総督のご配慮《はいりょ》です。もちろんこちらも細心の注意を払い、安全な道中をお約束しますよ」

「それはどうも」

まだ昼前だったが、途中《とちゅう》で二人とすれ違《ちが》う者は、特にいなかった。やがて研究棟の玄関《げんかん》に着くと、待っていた例の三人が、すっと流れるような動作で同時に頭を下げる。

車の後部は対面座席になっており、十分な広さがあった。皮張りのシートの豪華《ごうか》さといい重々しい耐衝撃装甲《たいしょうげきそうこう》といい、こんな車をチャーターするとなるとさぞ値が張ることだろう。

すぐに車内へ案内されたアルスが後部シートに乗り込むと同時、左右に一人ずつ男女の護衛が座《すわ》り、対面には先ほどの案内役の男が着席する。白い手袋《てぶくろ》を嵌《は》めてから運転席に座ったのは、最後の一人である長髪《ちょうはつ》の女性だ。

アルスは下げていたAWRを外して隣に置くと、そっとシートに身を寄せかける。静かに体重を預けると、特別製らしいクッションの柔《やわ》らかさを直に背に感じることができた。

そして、車は再び、滑るように動き出した。あっという間に学院の敷地《しきち》を出て、バベルが聳《そび》える方面に、まっすぐに進路を取る。

それから車は徐々《じょじょ》に速度を上げ、学院や周囲の街の景色をどんどん置き去りにして走っていく。近年では、移動手段として転移門《サークルポート》がかなり普及《ふきゅう》したせいか、道路を行き交《か》う人の姿もさほどない。

ふと運転手の女性が真横に手を伸《の》ばし、そこに展開された仮想液晶《えきしょう》を器用に左手で操作する。最後に何かの操作が完了《かんりょう》したことを知らせるように、ピッと軽快な電子音が響いてから、画面がフッと消えた。

仮想液晶の光が消えると、車内は急に薄暗《うすぐら》くなったようだった。昼間の陽射しは、ボカシの入った窓の上部から僅《わず》かに入ってくるだけだ。すれ違う木々の落とす影が、車内をなめるように高速で通り過ぎていく。

「ところで、目的地はどこですか？　やはり軍本部かな」

「さあ？　我々は、ただあなたを指定されたポイントまでお送りするようにと、だけ」

アルスの問いに、対面の男は感情の乏《とぼ》しい顔に、作り物のような笑顔《えがお》を貼《は》りつけて答える。

「……………」

そのまま会話が途《と》切《ぎ》れた瞬間《しゅんかん》、突如《とつじょ》として魔力エンジンが悲鳴を上げるように一つ唸《うな》り、車は急減速した。同時、対面の男からすっと笑顔が消える。

それに対し、アルスはごく自然体で男に目を合わせつつ、少し呆れたように。

「じき、完全に郊外《こうがい》だ。もう少しくらい辛抱《しんぼう》したらどうだ」

だがアルスがそう言い終えた直後、左右から銀光が同時に閃《ひらめ》いた。

ちょうど片腕《かたうで》だけで半円を描《えが》くように、左にいた若い男と右にいた短髪《たんぱつ》の女が、同時にナイフの一閃《いっせん》をアルスの顔へと放ったのだ。

対するアルスは造作もなく二人の手首を掴み取ると、くるりと捻《ね》じり返す。手首を捻じ切られるような痛みに、左右の暗殺者は思わず車内で身体を浮《う》かせた。しかし、所詮は狭《せま》い車内である。二人は空いた手を天井《てんじょう》に突《つ》くことで体を支えると、強引《ごういん》にナイフを押し込む手に力を加えてきた。

それを察したアルスは、すかさず身を反《そ》らして体重をかけ、左の若い男のナイフを躱《かわ》しざま、右の短髪の女の手首をへし折る。女がナイフを取り落とし、力あまった男の一閃がヘッドレストに突き刺《さ》さった隙に、アルスは女の腕をぐいと強く引いた。そのまま反動を利して前のめりに重心を移動、するりと挟撃《きょうげき》された状態から抜け出る。

それからアルスが右人差し指を軽く弾《はじ》くように曲げると、シートに置かれていた【宵《よい》霧《きり》】が猛々《たけだけ》しく跳ねあがった。

そのまま狂《くる》ったように空中回転し、鞘《さや》を弾き飛ばした【宵霧】の黒刃は、アルスを襲《おそ》った若い男を、容赦なく背中から刺し貫《つらぬ》く。

吹《ふ》き出した鮮血《せんけつ》が車の天井を濡《ぬ》らす中、対面の痩せた男が懐から棒状のＡＷＲを取り出し、アルスへと突きつけてくる。

不意にその先端《せんたん》から、仕込《しこ》まれていたらしい細長い針が飛び出してきた。その奇襲《きしゅう》を悟《さと》ると、アルスの足が反応し、勢いよく男の腕を蹴《け》り上げる。

途端《とたん》、【宵霧】がまるでよく訓練された狩猟犬《しゅりょうけん》のように、背中を突き刺したままの若い男の身体を、アルスのもとへと運んでくる。アルスはその襟首《えりくび》を掴むと、そのまま痩せた男へと投げつけることで肉壁《にくかべ》とし、続く攻撃《こうげき》を防いだ。

チラリと走らせたアルスの視線が、バックミラー越しに女運転手のそれと交わる。

アクセルを踏《ふ》み込んだ女運転手の目の動きから、アルスは状況《じょうきょう》を察した。

今、腕を蹴り上げた痩せた男……彼《かれ》の針による攻撃は囮《おとり》であり、相手は別途《べっと》、すでに魔法を完成させていたのだ。アルスは内心で舌打ちし、身体を丸める姿勢を取る。

その気配は、上空から……。

魔動車の目の前、道路に突然巨大《とつぜんきょだい》な杭《くい》状の岩が――フロントボディの先端――バンパーを抉《えぐ》るようにして突き刺さったかと思うと、猛《もう》スピードで走っていた車がつんのめるようにしてそれに衝突《しょうとつ》した。車のフロント部分半ばにまで岩の杭がめり込み、強烈《きょうれつ》な衝撃が車体を襲う。

だが、アルスは抜け目なく敵全員の動きを注視していた。混乱の中、巧《たく》みに身体を支えながら、相手の次なる動きを読む。

岩杭との衝突によって車体が後方から持ち上がり、バンパーを地面に埋《う》めて、まるで逆立ちするように浮き上がる。

衝撃と同時に吹き飛んだ左右のドアから、長髪の女運転手に続き、あの痩せた男と手首を折られた短髪の女がするりと抜け出していく。

後には、背中を刺し貫かれて絶命した若い男とアルスだけが取り残された。

耐《たい》ショック姿勢を取った分だけ、反応が遅《おく》れた形だが……。

何らかの魔法を使ったのだろう、さらにメキメキと音を立て、車が持ち上げられていく。

さすがに重装甲の特殊《とくしゅ》魔動車も、もはや無防備な腹を晒《さら》した状態で、完全に直立してしまっていた。

そこへ……防御力《ぼうぎょりょく》の一番薄い車底部を狙いすまして、いずこからか超圧縮《ちょうあっしゅく》された魔法が放たれる。

カッと炸裂《さくれつ》した魔力光と凄《すさ》まじいエネルギーは、重い魔動車を爆風《ばくふう》で軽々と撥《は》ね上げつつ、周囲を真っ白に覆《おお》い隠《かく》した。

その現場から、少し離《はな》れた場所……少し小高くなった道路脇《わき》の地面に、新たな人影《ひとかげ》があった。鋭い鷹《たか》のような眼光を持った男だ。彼は油断なく爆発《ばくはつ》を見届けると、無言で再び腕に力をこめる。

その腕に握《にぎ》られているのは、巨大な洋弓《ようきゅう》である。その表面には、さっき放ったばかりの魔法式の名残《なご》りが、薄い光を宿して照り輝《かがや》いていた。

「一矢《いっし》目は過《あやま》ちなし。だが、念のためだ」

ふと呟くと同時、男はすっと第二矢をつがえた弦《げん》に指を掛《か》けた。

その背筋がぐん、と盛り上がり胸を張るように反ると、ギリギリと音を立て、弦が目一《めいっ》杯引《ぱいひ》き絞《しぼ》られていく。

再び、弓の表面に刻まれた魔法式が淡《あわ》く輝き出した。たちまち弦が小さな唸りを上げて震《ふる》え出し、弓と矢に魔力が宿っていく。

途端、鏃《やじり》が魔力光を放つと同時、矢の表面に複雑な幾何学《きかがく》模様が浮かぶ。さらに羽中節からは、魔法で構築された羽根がすっと空中に伸びた。

射る準備が整ったとみるや、ピタリと周囲の空気が静止……直後、男はあくまで静かに、引き絞った指を放した。

高速で飛び出した矢は、まるで摩擦熱《まさつねつ》で燃え上がったように、空中で白光に覆われた。さながら星の軌跡《きせき》を思わせるその一射は、たちまちのうちにひっくり返った魔動車の車底に吸《す》い込まれると、そこに巨大な大穴を穿《うが》つ。一拍後、噴《ふ》き上がった炎熱《えんねつ》で穴の縁《ふち》が一瞬で融解《ゆうかい》したかと思うと、魔動車は轟音《ごうおん》を立てて爆発炎上《ばくはつえんじょう》した。

空気を揺《ゆ》るがす轟音と同時、紅蓮《ぐれん》の炎《ほのお》が黒煙《こくえん》をまいて、雄々《おお》しく立ち上がった。

落命した一人と〝標的〟を残し、幸い仲間は全員脱出《だっしゅつ》したようだったが、仲間の生死など、矢を放った男にとってはさしたる問題ではなかったようだ。

「これで……一つ。造作もない」

ただ、淡々《たんたん》とそう呟いたのみ。

長距離《ちょうきょり》からの殺しを可能とする、必殺の魔矢。それを使いこなせる彼にとって、たかだか百メートル程度の距離など、外す方が難しい。

鷹眼《ようがん》、目に施《ほどこ》した遠望の魔法でつぶさに確認《かくにん》していたのだから、もちろん標的が逃げ延《の》びられたはずもないだろう。が――。

「魔力は、ギリギリまで隠すんだったな」

「……!!」

振《ふ》り返る間もなく、顎《あご》に何者かの手が伸びる感触《かんしょく》。そこから男の耳が、己《おのれ》の首が捻じ折れる嫌《いや》な音を聞くまでには、針先一本ほどの間もなかった。

ゴキキィ、と可動域を超越《ちょうえつ》して力を加えられた首の骨が、断末魔《だんまつま》の悲鳴を上げる。がくりと膝《ひざ》を落としながら、男は最期まで信じられないといった表情を浮かべたまま、虚《むな》しく死を迎えた。

「遠望の魔法。視《み》られていると分かれば、次に来る手も自《おの》ずと分かる。わざわざ射手を探す手間も省けたしな」

一矢目に備えて障壁《しょうへき》を張ったうえで、果たして放たれた遠距離攻撃《こうげき》。あの凄まじい光と熱の中なら、アルスからすれば、監視《かんし》の目を誤魔化《ごまか》す手段はいくつでもあったのだ。

絶命した男は、苦悶《くもん》の表情を浮かべていて面貌《めんぼう》は良く分からないが、不届きな現行犯である以上、さほど問題になることもあるまい。

（ま、裏世界の手練《てだ》れだろうな。随分《ずいぶん》人を殺ってきたようだが、例の脱獄囚達と関係があるのか？）

弓を使った魔法も、随分と工夫《くふう》を加えているようだった。アリスの【光神貫撃《シリスレイト》】にも似た構成式だが、高出力の熱線は距離によって威力《いりょく》が低下することはなく、射線上ならあらゆるものを、射出時と同じ威力で射貫《いぬ》くことができるようだ。実体を持つ特殊《とくしゅ》な矢に、あえて魔法を乗せて放つことで、魔力の減衰《げんすい》をカバーしていたのだろう。

「さて」

アルスはコキリと指の関節を鳴らすと、炎を噴き上げている魔動車の周りをざっと確認した。

（ほう。まだ逃げ散ってないとは、職務熱心なことだ）

ＡＷＲを今一度しっかりと腰に固定し、アルスはそっと身を屈《かが》める。素手《すで》での殺しが伝えてきた久《ひさ》し振《ぶ》りの感触に、感情という雑念《ノイズ》がすんなりと精神《こころ》の内から削《そ》げ落ちていく。

車中から脱出した敵は立ち去ることなく、なおもアルスの命を狙って、三方に展開している。手首の負傷をかばう様子から、向かって左側はアルスの隣にいた短髪の女。正面には例の痩せた男、そして右側にいるのが長髪の女運転手だろう、と当たりがつく。

姿勢を低くしたアルスが風のように走り出す。敵との距離が一気に縮まった頃《ころ》には、すでにアルスは、狩《か》りのプランを定めていた。

腰から音もなく【宵霧】が滑り出し、左、正面と続いて敵を襲う。そのスピードで短髪の女と痩せた男を牽制《けんせい》したかと思うと、アルス本人は素早《すばや》く右へ踏み出して一足飛びに駆《か》け、一番戦闘力《せんとうりょく》が劣《おと》ると見た運転手の女へと、一瞬で肉薄《にくはく》する。

右、左とステップによるフェイクを交ぜての強襲《きょうしゅう》。僅か一秒未満の出来事に、脊髄《せきずい》反射的な対応しかできず、バランスを崩《くず》しながら女運転手は、咄嗟《とっさ》に右手に隠し持っていた鍔《つば》なしダガー——刃渡《はわた》り三十センチ弱——を取り出し、迎撃《げいげき》を試みた。

アルスは振るわれるダガーをかい潜《くぐ》りつつ、その肘《ひじ》にすれ違いざま、そっと掌《てのひら》を当てた。ただそれだけで女の肘から下が瞬間冷凍《しゅんかんれいとう》され、氷の彫刻《ちょうこく》と化した腕先が、パキッとどこか軽快な音を立てて折れ落ちる。

しかし女に然程《さほど》の動揺の色はなく、さっと右踵《かかと》に重心を乗せたかと思うと、靴底《くつぞこ》から鈍《にぶ》く光る刃が突き出てくる。

そのまま女はくるりと身体を半回転——アルスの首を狙い、鋭《するど》い回し蹴《げ》りを繰《く》り出してきた。

女に伝わってきた確かな手応《てごた》えと、刃が根本まで標的の首に埋まった感触。「殺《と》った」とばかり、女が笑《え》みを浮かべる。だが……。

「――!?」

次の瞬間、彼女は驚愕《きようがく》に目を剥《む》いた。踵の隠し刃が深く食い込んでいたのは、仲間である痩せた男の首だったからだ。

しかし、それはあり得ない。何故《なぜ》なら男はつい先ほどまで、【宵霧】の先制攻撃を逃《のが》れて飛び退《しさ》った上に、少し離れた場所にいたのだから。

だが目の前の光景は、まぎれもない現実の出来事。女と同じく驚《おどろ》きに目を見開いたままの男は、声にならない呻《うめ》きを漏《も》らし、ごぼりと血の泡《あわ》を吹いて倒《たお》れる。

そして男の肩越しに、女は見た。まるで奇術《きじゆつ》によって男と一瞬で位置を入れ替《か》えたかのように、アルスの姿がそこにある。しかも彼は、驚きで動きを止めた長髪の女を放置し、一瞬でもう一人の手首が折れた短髪の女へと、標的を変えていた。

警告しようにも、間に合うはずがない。目の前の光景に混乱した表情を浮かべたまま、短髪の女は頭部を掴まれ、全体重をかけられて、そのまま地面へと叩きつけられる。

重く鈍い音が聞こえたかと思うと、あえなく気絶した短髪の女はピクリとも動かなくなっていた。

「チッ、なんなんだコイツは……聞いてねぇぞ!?」

口汚《くちぎたな》くそう吐《は》き捨てると、女運転手は長髪を振り乱し、くるりと踵を返す。次の一足は、もちろん全力で離脱《りだつ》を図るための踏み込み……。

しかし瞬《まばた》きもしない内に、女の視界がぐるりと回転し、地面にしたたかに身体を打ち付けられる。いつの間にか、足先を鎖《くさり》に搦めとられていたのだ。

アルスが放った【宵霧】の柄《つか》から伸びた鎖は、女には抗《あらが》えない力でその身体を引き摺《ず》る。ちょうど近くに倒れていた痩せた男の身体に指先を引っ掛け抵抗《ていこう》するも、アルスがぐいと力をこめただけで、たちまち女の指はそこから離れてしまった。

女は抵抗しながらも身体を起こし、アルスを、これまで標的だった魔法師の眼を直視した。一切の感情を排したその目は、これまで平然と何人もを手に掛けてきた女の精神すら、深く脅かした。

いまや、標的だったはずの少年は冷徹《れいてつ》で強力無比な狩人《かりゅうど》だったと知り、その手元に手繰《たぐ》り寄せられていく恐怖《きょうふ》に、女は無我夢中《むがむちゅう》で暴れた。指の爪が剥《は》がれようとも構わず、強引に鎖を引き剥がしにかかるが、もちろんそれで自由になれるはずもない。

血走った目がふと、氷漬《づ》けになり破壊《はかい》された腕ごと、手近に落ちていたダガーに吸い寄せられるように止まった。

なんとか自由に動かせる片手を必死に伸ばし、女はその鈍く光る得物を手にした。だが恐怖心に苛《さいな》まれた心はすでに理性を失くしており、顔面蒼白《そうはく》になった女はそれを、アルスではなく鎖に搦《から》め捕られた己の足首へと振り落とす。

仮に足先を落として鎖から脱《だつ》せたとしても、この状況だ。アルスからは逃れられるはずがない、それが分かっているはずなのに。

一刺《ひとさ》し目はかなり深く足首を穿ち絶叫《ぜっきょう》する。二刺し目は思ったより浅くしか刃が入らなかった。そして三刺し目には、もう振り下ろすこともできなくなり、女の身体は、執着《しゅうちゃく》地点であるアルスの手元へと一気に引き寄せられてしまった。

長髪を泥《どろ》で汚《よご》しアルスを見上げる女の顔は、わななき震えて、とても見ていられないほど惨《みじ》めなものだった。なんとかダガーの切先をアルスへと向けるのが関の山。ならば最初から足を落とそうなどと考えなければいいものを。

そんな理性を欠いた彼女へ、アルスは静かに言う。

「ちっ、酷《ひど》い面だぞ。ま、俺《おれ》も拷問《ごうもん》は得意じゃないし、こんな真昼間から女を痛めつけるのも気が引ける。腕は諦《あきら》めてもらうが、助かりたければ……分かるな？」

しかし、女は無言で青白い顔を横に振った。掟《おきて》だか覚悟《かくご》だか理由は分からないが、すでに命を拾うための簡単な選択《せんたく》をする余裕《よゆう》もないほど、精神的に追い詰《つ》められてしまっているのだろう。

続いて女が僅かばかり口を開いたかと思うと、意を決したように奥歯《おくば》を強く噛《か》み締《し》めた。

ごくり、と喉《のど》が上下に動き、何かを胃に送《おく》り込んだのが分かる。

（……!!　毒物かっ!?）

一瞬自死を選んだのかと思ったアルスだったが、薬による予想外の作用はすぐに表れた。

小刻みに長髪の女の身体が揺れたかと思うと、口の端から血が流れ落ちる。やがて女は垂れた頭を長い髪《かみ》ごとバッと振り上げ、アルスを見上げてきた。

その瞳孔《どうこう》は、いまやまるで猫《ねこ》の目のように絞られていた。それは異変ではなく、変異と呼ぶのがふさわしいほどの変わりようだ。

続いて手の甲《こう》に、異様に盛り上がった血管が出現する。そしてあろうことか、自ら傷つけた足を踏ん張って立ち上がると、女は恐《おそ》るべき底力でダガーを構え、アルスへと襲い掛かってきた。

先程《さきほど》までは意気消沈《いきしょうちん》して顔面蒼白だったというのに、にわかに視認《しにん》できるほどの魔力が女の全身から溢れ、荒々《あらあら》しい獣《けもの》のような気配を放っている。

それは生命力というよりも、魂《たましい》や精神の暴走に等しいのではないか、と思える異常な光景であった。

咄嗟にアルスが引いた鎖が、たちまちピンと張られて女の足を拘束《こうそく》した。だが、女は引き倒されるどころか、反対の足を上げると、巻きついた鎖を鬱陶《うっとう》しそうに踏みつけた。

衝撃に鎖が巻き付いた足の皮が剥がれ、足首の骨が折れた音が聞こえてきた。

加えて自ら傷つけた足首からとめどなく血を流しているというのに、女はまるで頓着《とんちゃく》せず、アルスを獣じみた双眼《そうがん》でまっすぐ見据《みす》えてくる。

だが相対するアルスの顔にもまた、焦《あせ》りの色はない。常軌《じょうき》を逸《いっ》した力を発揮しているとはいえ鎖が外れていない以上、敵の動きはアルスの手中にある。女の凶刃《きょうじん》がアルスへと届くことはない。

（しかし……どういうことだ）

油断なく光るアルスの瞳《ひとみ》が、女の異相を学者のような冷静さをもって観察し始める。

その直後――女の頭が唐突《とうとつ》に、何かに弾かれたように揺れ傾《かたむ》いた。頭部だけが少しだけ横にスライドしたように見えたのだ。

同時にアルスの頬《ほお》に飛び散った血が付着し、襟元《えりもと》を返り血で赤く染め上げる。

どこかで小さく轟《とどろ》いた炸裂音《さくれつおん》と、微《かす》かに遠くから風に乗って漂《ただよ》う、独特の魔力残滓《まりょくざんし》の気配。

唐突に飛来して女の頭を撃《う》ち抜いたそれは、右のこめかみから、綺麗《きれい》に反対側へと抜《ぬ》けていったようだ。

糸が切れたようにくずおれた女の頭部から、穴が開いた水筒《すいとう》を横倒《よこだお》しにしたように、コポコポと血が流れ出てくる。誰が見ても、即死《そくし》であることは明らかだった。

すぐに軌道《きどう》を読み、アルスは奇妙《きみよう》な弾丸《だんがん》が発射された場所を目視で確認しようとした。

だが、まさに超長距離《ちようちようきより》からの射撃《しやげき》だったらしく、どうにも狙撃手《そげきしゆ》の姿を掴みづらい。それでもなんとか、と目を細めた先で、微かに人の動くような気配があった。

（誘《さそ》ってるな。しかし、得物が銃《じゆう》とは珍《めずら》しい。確かクレビディートが、かつてを懐《なつ》かしむ玩具《おもちや》として作っていた程度かと思っていたが）

学園祭の折、アルスらのクラスの出し物が射的だったが、それに用いられたのがクレビディートで流行《はや》りつつあるという空気を放つ玩具の銃だったのを、アルスはふと思い出した。

そもそも非魔法師であろうと生活魔法ぐらいは扱《あつか》える現代、まさに魔法全盛の時代において、すでに銃は旧時代の遺物である。対人任務が主な治安部隊ですら、持つ者は限られているくらいだ。ましてや魔物《まもの》に対して効果がないとくれば、それは一流の魔法師が頼《たよ》りにするはずもない武器の、はずだったのだが。

（こいつから、情報を引き出そうかと思っていたが）

アルスは周囲に血と脳漿《のうしょう》を撒《ま》き散らして息絶えている長髪の女を、もう一度だけ見下ろして嘆息《たんそく》した。

だが、事情を聞くならもう一人、アルスが顔を地面に打ち付けて気絶させた、短髪の女がいる。アルスが彼女《かのじょ》の身柄《みがら》を確保しようと振り向いた時。

「アルス様……！」

現れたのは、頼りになるパートナーの銀髪《ぎんぱつ》の少女である。

「やはり、こういうことでしたか」

表情一つ変えず、ロキは惨状《さんじょう》を一通り見渡《みわた》して納得《なっとく》したように呟いた。

彼女は全身を覆う外套《がいとう》を纏い、その手にはしっかりとあの〝ウルハヴァの仮面〟が握られている――持ってくるよう頼《たの》んだのはアルスだったが。

「ああ、予想通り、俺が狙《ねら》われたっぽいな」

「だとすれば、敵は例の脱獄囚達でしょうか。国内で何かしようとすれば、アルス様が出てくることを見越《みこ》したのではありませんか？」

「クラマの手の者というには今更《いまさら》だし、なにせベリックの話を聞いた後だから、そうだろうな。残念ながら名前は聞き出せずじまい、風貌《ふうぼう》もこちらが把握《はあく》しているデータにはないヤツばかりだったが……。ふぅ、別にこいつらには、特に恨《うら》まれるようなことをした記憶《きおく》もないんだがな」

正確には、トロイア監獄《かんごく》にはアルスと因縁《いんねん》がある元クラマのノックスがいたようだが、彼女はすでに死人だ。もちろんそれ以外の者についての詳細など、いちいち覚えていないが。しかしこれでは今回、ベリックが顔を隠せ、とわざわざ言ってきたのも無理はない気がする。やはり裏の世界で、それなりに顔が売れてきてしまったのだろう。

「本当に面倒《めんどう》になってきたな。まったく、ヴィザイスト卿からの連絡《れんらく》なしで動くとろくなことにならない」

過去の経験を基に、アルスは苦々しく愚痴《ぐち》を溢《こぼ》す。

「大丈夫《だいじょうぶ》ですよ、そのためのコレですから」

ロキがフォローのつもりか、にこやかに例の仮面を持ち出して見せたが、アルスとしては寧《むし》ろ気分が鬱々《うつうつ》としてくるばかりだ。

「やめろ、何の慰《なぐさ》めにもならん」

ともあれ、と気を取り直し、アルスはロキを伴《ともな》い、気絶させたまま放置してある、生き残りの短髪の女の所へ向かう。

ほどなく女の下にやってきたアルスは、起きろ、とばかりに近寄って襟首を掴んだが、それを持ち上げることはなかった。

アルスがそうした途端、紅《あか》く濡れた髪から流れ落ちる血が、ポタポタと地面に滴《したた》ったからだ。こちらの女も、謎《なぞ》の狙撃手によってしっかりと頭を撃ち抜かれていたのだ。二発目の銃声《じゅうせい》は聞こえなかった。長髪の女を始末した際《さい》、おそらく連続で銃弾《じゅうだん》を放ち、こちらにも止めを刺したのだろう。

「……チッ、徹底《てってい》している」

アルスは忌々《いまいま》しそうに舌打ちしながらも、内心では大した腕だ、と小さく唸った。あの長髪の女を狙撃《そげき》するのはまだしも、地面に倒れ込《こ》んでいた短髪の女の頭部をピンポイントで狙い撃つのは、相当な難度だったはずだろうからだ。

（さっきの弓の奴《やつ》といい、あっちにもなかなかに手強《てごわ》いのがいるようだ。さすがに、トロイア監獄から脱獄《だつごく》したというだけのことはある）

苦々しい仏頂面《ぶっちょうづら》になったアルスに、ロキが訊《たず》ねてくる。

「どうしますか？　結構な戦闘《せんとう》でしたので、じきに誰《だれ》か来るものと思いますが」

「いや……すでに招待を受けた。相手がどの程度の戦力を揃《そろ》えているのかも気になる、ちょっかいを出すには丁度いい、追うぞ」

はい、と意を決したように返事をしたロキは、あの仮面を徐《おもむろ》にアルスへと手渡《てわた》した。だがアルスはそれをすぐに付けることはせず、あえて懐にしまいこんだだけに留《とど》めた。

今は真昼間だ、よほどのことがなければこんなものは付けたくない、というせめてもの意地である。

それから二人は、さっそく行動を開始した。

当面の問題は、どこか誘うような動きを見せている謎めいた狙撃手だ。その気配は、今もなおギリギリの範囲《はんい》で付かず離れず、アルスの動きを監視しているようでもある。

気配はアルスが離れようとすれば追い、近づこうとすれば逃げていくのだ。そんなイタチごっこめいた動きを嫌《きら》ったアルスは、いっそ逆襲《ぎゃくしゅう》に転じ、この油断ならない敵を少し追い詰めてみよう、と考えたのである。

高速移動を始めた二人は、風をまいて駆けていく。それこそ魔動車など比較《ひかく》にならない速度を維持《いじ》しつつ、周囲への警戒《けいかい》は怠《おこた》らないままに。

「まだヴィザイスト卿からの連絡がない。奴が尻尾《しっぽ》を出すかもしれん程度には追うが、深追いはなしだ、いいな？」

頷《うなず》いたロキに向け、アルスはなおも言葉を重ねる。

「ロキ、分かっていると思うが、そこそこの手練れだ。いざとなったら躊躇《ちゅうちょ》するな」

「了解《りょうかい》です」

これにも真剣《しんけん》な顔つきでロキは頷く。バナリスで遭遇《そうぐう》した赤髪の魔法師、〝雪の男〟に、手も足も出なかった苦い記憶がロキにはある。あの失態を、決して繰り返しはしない。

アルスがあのとき、一太刀《ひとたち》で〝雪の男〟の首を落としたように、いざという場では決断と実行こそが全《すべ》てなのだ。同時にロキは、未《いま》だ見ぬアルスの裏の仕事を遂行する時の表情を、あの瞬間、確かに見たという気がした。

いずれが正義でいずれが悪か、そんな判断は、真なる殺し合いの場には不必要なものなのだろう。しかし、いつかきっと自分にも訪《おとず》れるその決断の瞬間、ロキにはどうしても、気になることがあった。

そういう意味では、脱獄囚《だつごくしゅう》を追跡《ついせき》している今この時にする話ではないのかもしれないが、ロキはあえて一つだけ疑問を口にする。

「アルス様。もしも、ですが、追い込んだ相手が命乞《いのちご》いをしてきたら、どう対処すればいいのでしょうか」

アルスはにべもなく。

「その時は、自分を信じろ。俺のやり方に合わせる必要はない。ただ大抵《たいてい》の場合、こういったケースで出くわす相手はどうしようもないクズだ。例外のほうが圧倒的《あっとうてき》に少ないぞ。中には土下座すら辞さず油断を誘ってくる、狡猾《こうかつ》なヤツもいるしな。俺も、似たような経験がないでもない」

アルスは前方だけを見据えて静かに語った。ロキへのアドバイスではなく、アルスの経験から出た、まるで自分自身に言い聞かせるような言葉を。

「では、対人任務で、その……敵を殺すまでに至らなかった事例もあるのですね」

「あぁ、無抵抗《むていこう》で捕縛《ほばく》された奴もいるからな。で、そいつら、その後どうなったと思う」

「……アルス様の情けに救われ、更生《こうせい》した、ということでは？」

ロキが眉《まゆ》を寄せ、不思議そうに言うが。

「違う。ある奴は、俺が目を離した途端、追手数人を殺して逃げた。一度見逃がした奴を、数年後にまた処理するよう命じられたこともあったな。そいつは結局また悪事に手を染め、人を殺して回っていた。そういう意味では、本当の意味で更生した奴、というのは一人もいない。ま、最悪無力化しておけばいい」

そんなアルスの声には、諦念《ていねん》交じりの静けさだけが漂っていた。

軽犯罪ならともかく、魔法《まほう》犯罪の再犯率は圧倒的に高いのだ。他《た》を圧倒する力というのは人間そのものを変質させてしまう。

「ときに愚《おろ》かさってのは、救いようがないんだ。俺達《たち》が神様じゃないようにな」

「分かりました」

「ま、ヴィザイスト卿が回してくる仕事のターゲットは、だいたいがそういう連中だと思えばいい」

今回などはまさにそれに該当《がいとう》するはずだ。彼らが脱獄して、内地で人目を憚《はばか》り生涯《しょうがい》を終えてくれるなら、どれほどいいだろうか。が、現実はすでに知れている。さきほどアルスが命を狙われた事実が、端的《たんてき》にそれを示している。

まさに何処《どこ》まで行っても社会と相容《あいい》れぬ、獣のような者達《たち》。放置しておけば、なまじ強い戦闘能力を有しているだけに、最終的な被害《ひがい》の規模は想像を絶するものになるだろう。

「さて、それはともかく、例の銃使いだが、相当に食えない奴だな」

ロキも気づいているのだろう。相手はアルスの追跡を悟っていながらも、焦って反撃《はんげき》に転じるでもなく、どこかで足を止めて一戦交えようとする気配もない。

また、相手はアルスの予想以上に足が早く、全速で追っても追いつけないという雰囲気《ふんいき》である。どこか遊戯《ゆうぎ》めいた動きを嫌って早急《さっきゅう》な追跡劇に転じたはずが、相手は、特にそう感じてもいない様子だ。つまり、結局は互《たが》いの移動速度のペースが上がっただけであり、最初と同じイタチごっこの様相を脱せていないのである。

十分、二十分……かなりの時間、それが続いた。

相手は相変わらず一定の距離を保ちつつ、アルス達を誘っているかのような動きを続けている。

「埒《らち》があかないな」

「どうしますか？　いっそ、私の魔力《まりょく》探知を派手に浴びせて、威嚇《いかく》しましょうか」

「いや、それは魔物相手なら有効だが、これだけ敵の実力が高いと悪手にもなり得る。こちらの魔力を読まれたり、覚えられて逆に利用される可能性があるからな」

その点、アルスの特技である【もう一つの視野】は相手に察知される危険がない。精度の面ではロキの探知より少し劣るが、その特性は十分発揮されていると言える。

やがて、空の色が綺麗な青から、暮れなずむ黄昏《たそがれ》色に変わり出した。この季節は、夜になるまでがかなり早い。

さらにその奇妙な追跡劇は続き、やがて中層を抜けようかという頃。辺りの景色が随分と変化し、都市を遠く離れた辺境地帯の趣《おもむ》きを呈《てい》してきた。人の気配など、完全になくなっている。

そろそろアルスもしびれを切らそうか、というその時。

「……!!」

アルスとロキは、はっとしたように同時に前方を確認した。

ちょうど二人の間を狙うように、高速の何かが飛来してくる。

それが、あえて薄弱《はくじゃく》な魔力によって偽装《ぎそう》・隠蔽《いんぺい》された魔弾《まだん》であることを、アルスは即座《そくざ》に理解し、ロキに伝えた。

次いで、アルスとロキはピタリと息の合った動きで、それぞれ左右に飛び退って、回避《かいひ》行動を取る。

が……あろうことか、弾丸もまた二人の間でピタリと停止する。

それは物理的な弾丸ではあり得ない、魔弾ならではの動きだ。空中で静止した魔弾は、飛来した勢いのままに不気味な回転を続けた直後、一気に弾けた。

刹那《せつな》的《てき》に波紋《はもん》のように広がっていく奇妙な魔力波動。それはちょうど、アルスとロキの現在地点を含《ふく》めた直径三百メートルほどの距離まで拡大すると、そのまま霧散《むさん》して消える。

「攻撃じゃない。魔力による特殊力場を拡散したな。といっても、決定的に不味い感じではないが、目的がわからん」

先日レイリーと戦った際、魔法無効化の力場を使われたが、これは少し原理が違うもののようだ。ただ、あれほど強力ではないぶん、影響範囲《えいきょうはんい》はかなり広い。

ふと何事かを思い立ったアルスは、懐《ふところ》からライセンスを取り出して、操作してみる。

「やはりダメか」

主に魔力機器類の回路を阻害《そがい》する、妨害《ぼうがい》用力場と言えるだろう。さらに大気中の魔力も含めて情報を乱す作用があるだけに、アルスの【もう一つの視野】にも影響を与えるようだ。

「なるほど、魔法無効化の力場とは違い、魔法ではなく魔力を使った変質効果がもたらす作用か。これで探知魔法は全部潰《つぶ》されたな、意外に厄介《やっかい》かもしれん。まさか【格子の断絶《ミリモア・マゼイン》】が実用化されているとはな」

魔法に対抗《たいこう》する術として、魔法そのものを理論的に無効化する魔法はいくつか研究されてきた。無論、アルスがたまに用いる「魔法式に直接干渉《かんしょう》して、発現自体を阻害する」根幹的な方法もあるが、それは端的に言って強引な力業であり、格下にしか通用しないことが多い。

それに対してアルスが指した【ミリモア・マゼイン】は、魔法式を使った正当な魔法ではなく魔力の変質作用を利用した、ある意味異端《いたん》のアプローチである点に特徴《とくちょう》がある。ただし特殊な理論であるだけに、アルスですらまだ実用化はできていなかったのだが、敵がその理論を実用可能なレベルにまで落とし込み、あの魔弾で実現したのだとすれば、その一点においてアルスをも上回っていることになる。

全く油断ならない相手だ。アルスの【もう一つの視野】の実態は知らずとも、何かしらの探知方法を用いているとみて、晦《くら》ましに掛かったのだろう。

しかし、このタイミングで、ここまで来て姿を晦ます理由がわからない。

眉をひそめたアルスとロキの進行方向上で、さらにいくつもの力場のドームが広がった。

「ま、また！　今度の数は……十、いえ……二十近くも!?」

さすがにロキが、顔色を失って叫《さけ》ぶ。

「完全に見失うぞ、少々強引だが、こいつは今すぐ始末したほうがいい」

魔法などによる直接攻撃でないだけに、かえって手に負えない。こんな手段を軍本部で使われでもしたら、ありとあらゆるシステムがダウンしかねない。もちろん本部にも干渉を防ぐ自衛システムは存在するが、こんな予想外の搦《から》め手《て》、しかもこれほど繰り出せるとなると、到底万全《とうていばんぜん》とはいえない。絶対に何かしらの影響は出るし、それは外界の脅威《きょうい》から国を守ることが第一義の軍にとって、大きすぎる痛手となり得る。

何はともあれ、追跡ではなく敵を確実に仕留めるという意思を固め、アルスは頭を巡《めぐ》らせる。

（やるなら今しかない、か）

ついに、暗がりに溶《と》け込むようにして、アルスはそっと仮面を付け、ロキはフードを深く被《かぶ》り直した。

急加速して走り出しながら、アルスは作戦をロキに伝えた。捕捉《ほそく》するのは一瞬《いっしゅん》、敵の足を止めることができればそれで十分だ。その間に、ロキが【身体強制強化《フォース》】

で飛び出し、そのまま脇を駆けて先回りし、敵の進路を防ぐ手筈《てはず》である。

アルスは木々の合間を駆け抜ける。たちまち、広い空間が視界の先に広がっているのが見えてきた。

そう、視界さえ確保できる場所に出たら、すぐに打って出る。

右手で鎖を掴《つか》んでアルスが込めた魔力に応じ、稲光《いなびかり》が微かに彼の周囲で爆《は》ぜる。膨《ふく》れ上がる魔力が魔法式を組み立て始めたその直前——生《お》い茂《しげ》る木々を突《つ》き抜け、視界が開けた。

だが……。

「——ッ!! やはり罠《わな》か！」

アルスの隣《となり》に、いつの間にか不審《ふしん》な一団が出現していた。探知を妨害する未知の特殊力場の影響下で、さすがのアルスとて予期せぬ遭遇であった。

見ると、相手も自分同様、すっぽりと身体を覆い隠す外套に身を包んでいる。

咄嗟にアルスは【宵霧】を握り直し、急接近してきた一団の先鋒《せんぽう》へと一閃《いっせん》させた。

相手も殺意を感じ取り、応戦してくる。

それはまるで、事前に打ち合わせでもしていたかのような動きだった。両者がほぼ同時に距離を詰めて肉薄、互いの武器を一閃させる。重い金属音とともに飛び散る火花、互いの攻撃《こうげき》を互いの得物で弾《はじ》き合い、そのままアルスと相手は、飛び退って距離を取る。

アルスとやり合ったのは、見たところ予想外に小柄《こがら》な影《かげ》だった。

それがすっと移動速度を下げると、たちまちその影を先頭に、後ろから並んだ五つの人影が三角形に似た隊列を組む。

(新手の脱獄囚か)

アルスは薄闇《うすやみ》の中、じっと目を凝《こ》らした。

六人部隊の先頭に立つ小柄な影は、外套のフードの下からほっそりとした顎を覗《のぞ》かせている。先程スピードを下げた拍子《ひょうし》に、ちらりと左右に束ねた藤色《ふじいろ》の髪が揺れるのが見えた。

さらに、その影が手にしているのは……。

(傘《かさ》？　あれで弾き返したのか)

手応えや質感からAWRであろうが、何とも妙《みょう》な武器である。

「チッ、本命の銃使いじゃないのか。小物を相手にしている余裕はないんだ、が……」

アルスが最後まで言い終える前に、先頭の影が、再び足を踏みしめてから跳躍《ちょうやく》。一瞬でアルスとの距離を縮めてくる。

そのまま相手は、躊躇《ためら》わずに傘を振り下ろす。

それを回避したアルスだったが、叩《たた》きつけられた地面が爆ぜる様子に、嫌でも警戒心《けいかいしん》を抱《いだ》かずにはいられない。華奢《きゃしゃ》な傘に見えるが、凄まじい魔力が通っているに違いない。

間髪《かんはつ》を入《い》れずに反撃に転じようと、アルスは鎖を引きながら魔力刀を形成し、更《さら》に【雷刃】を付与《ふよ》した。

無感情にそれを薙《な》ぐと、小柄な影が翻《ひるがえ》した傘に弾かれる。しかも追撃《ついげき》として仕込《しこ》んだ電《でん》撃《げき》すらも、まるで受け流されたように、周囲の空間に四散して消えてしまった。

（魔力だけで、魔法を弾いたか）

アルスもたまに用いる力業であり、並みの魔力量では到底《とうてい》できない芸当だ。

そうと悟《さと》ると同時、アルスはもう一度だけ【宵霧《よいきり》】を飛ばしつつ、頭上に【朧飛燕《おぼろひえん》】を展開していた。瞬時に、数十の【宵霧】を象《かたど》った魔力刀が一気に射出される。

相手が最初の【宵霧】を高速でバク転して避《さ》けたところに、止めの【朧飛燕】が無数の魔《ま》刃《ば》の雨を降らせていく。

だが、まさに傘の出番とばかりに、小柄な影は手早く留め具を外して、大きくそれを開いた。すると、たちまちのうちに強固な障壁が展開され、飛来する【朧飛燕】を受け止める。

おびただしい数の刃《やいば》が障壁に打ち付けられ、夕立か雹《ひょう》が降り注ぐかのような音が周囲に響《ひび》き渡《わた》った。

そして数秒後。周囲に静寂《せいじゃく》が戻《もど》ったところでアルスが窺《うかが》い見れば、相手は傷一つなく、不敵な姿勢でそこに立っていた。あり得ることか、アルスの【朧飛燕】が放った無数の黒刃は、ただの一つも敵の障壁を突破《とっぱ》することはできなかったのだ。

「ほう！　面白《おもしろ》い」

それを見るや、アルスの魔力がドッと体外に溢《あふ》れ出した。その量、覇気《はき》はまさに森林一帯を埋《う》め尽《つ》くすほど。一目見るだけで一般的《いっぱんてき》な魔法師を驚愕させ、その狭《せま》い常識を覆《くつがえ》すに足るほどの量である。

一方、アルスのそんな姿を見たロキは、もはや水を差すつもりはないようで、アルスに任せる意思表示としてその場に留まった。

相手の方も、殺気だった仲間五人が一斉《いっせい》に左右に展開しようとするのを、例の小柄な影が、片手を上げて制止する動きを見せる。

続いて小柄な影の方も、張り合うかのように膨大《ぼうだい》な魔力をその身と周囲の空間に滾《たぎ》らせた。驚くべきことにアルス同様、それもまた常軌を逸した魔力量である。

その煽《あお》りを受けて相手の外套が大きくはためき、左右に結《ゆ》った藤色の髪が、フードの外へと曝《さら》け出される。

（女？　それにまだ幼い……？）

同時、アルスははっとした。

二人の巨大《きょだい》な魔力放出を受け、この場を覆《おお》っていた妨害力場が少し弱まったのを察知したのだ。次いで、彼《かれ》は小声で傍《かたわ》らのパートナーへと告げる。

「……ロキ、今だ！　探知の網《あみ》を掛《か》けろ」

「はい」と二つ返事で機を察したロキは、得意の魔力ソナーを飛ばし、相手を逃さぬべくマーキングをしようとする。だがそれは全くの無駄《むだ》だった。ロキのソナーは、全てが放たれる前に干渉され封《ふう》じられてしまったのだ。

「……!!」

アルスは眉をひそめ、傘の少女からそっと視線を横にずらす。そこには長身で細身の人物がおり、口の前に指を一本立てていた。その唇《くちびる》のつややかさや華奢な指の白さ、少し開いた外套《がいとう》越《ご》しにも見える身体の豊かな曲線からして、これもまた女性であろう。

（普通《ふつう》は認識《にんしき》できない魔力領域に干渉するのか、こいつも面倒だな……む⁉）

先手を取られたと悟った時には、アルスの周囲に、すでに半透明《はんとうめい》の輪が三重に構築されていた。

傘を持った女が魔力を込めるとともに、それらの拘束輪《こうそくりん》が一気に狭まる。拘束系の魔法ではあろうが、これは障壁《しょうへき》魔法が原型になっているようだ。先ほど【朧飛燕】を防いだ障壁がベースだというのなら、その強度は推《お》して知るべしだ。

しかしアルスは慌《あわ》てることなく、【宵霧】を軽く一閃させただけでその拘束を断ち斬《き》った。

その刀身は魔力刀とは異なる刃を形成し、対象を空間ごと切り裂《さ》いたのである。

この【次元断層《ディメンション・スラスト》】により裂かれた空間はズレ落ち、やがてその空間が修復していくのに巻き込まれ、三重の拘束輪の残滓《ざんし》も消滅《しょうめつ》していく。

一息ついたのも束の間、続いて長方形の障壁が周囲に生まれ出たかと思うと、それはまるで箱詰《はこづ》めにするかのように重なって、アルスを完全に囲った。

傘の少女が放ったもののようだ。続いて、その障壁によって形成された箱が、どんどんと縮小していく。どうも拘束だけでなく、おそらく障壁の固さを利用した空間ごとの圧縮が狙いであろう。

人間がどこまで圧縮されるのかは知らないが、少なくともそれが十分に進んだ頃には、閉《と》じ込められた人体は、原型はおろか血肉の名残《なご》りすら留めていないだろう。

ふと、仮面からのぞくアルスの無機質な瞳が、さらに昏《くら》くなった。

それがどんどん光を失うのと反比例して、アルスの思考は次第《しだい》に冷徹さを増し、やがては脳味噌《のうみそ》ごと完全な戦闘機械となったかのように、精神の回路《モード》が切り替わる。徐々《じょじょ》に身体の内側の血の温度までも、冷えていくようだった。

「【三子の黒角《メメリアント・オルガ》】」

そんな名前が、アルスの唇から静かに呟《つぶや》かれた。

途端《とたん》、傘の少女の足元から、巨大な三本の黒角が地面を割って荒々しく伸《の》びる。

悪魔《あくま》の角とも呼称《こしょう》される【メメリアント・オルガ】は、現存するあらゆるものを凌駕《りょうが》する硬度《こうど》だと言われている。

地底のありとあらゆる鉱物を圧縮したような鈍い光沢《こうたく》。それを表面に宿して、牙《きば》のような三本の黒角は、一斉に傘の少女に襲《おそ》いかかった。

刹那、少女が手元で傘をくるりと回すと、骨と骨の間の傘地が一気に折り畳《たた》まれ、打撃《だげき》武器となったそれは、黒角に向かって一気に打ち下ろされた。

だが鋭利《えいり》な先端《せんたん》を傘で防いだのも束の間、その勢いを殺すことはできなかったようだ。

アルスが指を曲げると、三本の黒角はその矛先《ほこさき》を曲げ、抉《えぐ》るような螺旋《らせん》の動きで、少女を傘ごと突き上げていく。

それをまたも傘で防ぐうち、小柄な少女の身体は、自然とどんどん持ち上げられ、まるで巨大な火山のエネルギーに吹《ふ》き飛ばされるように、遥《はる》か上空へと押《お》し上げられていく形になった。防ぐほどに上空に突き上げられていく中、その軌道から逸《そ》れようにも三本の角が隙《すき》を与《あた》えない。

このままでは不利と悟った彼女は、傘に魔力を宿らせ、全力で抵抗する。次いでまたもボックス状の障壁を構築したかと思うと、それで黒角を囲い勢いを抑《おさ》え込んでいく。
ちょうど突き出してくる三本の角全体を、四角い障壁の塊《かたまり》で受け止め、中心に嵌《は》め込ませたような形……黒角の破壊はできないまでも、回転を多少なりとも殺すことは可能であった。

微かに黒角の勢いが弱まった隙に少女は危地を脱し、砕《くだ》け散る障壁の魔力残滓と共に、傘を広げてふわりと落下し始めた。はためく外套とは別にその下に着込《きこ》んだスカートをも大きく揺《ゆ》らしながら、眼下を鋭く見つめつつ、彼女は叫ぶ。

「何よ、この魔法ッ！　ここで変化するなんてっ！」

口汚く吐き捨てると同時、少女は傘を持ち替える。

その頃《ころ》には【メメリアント・オルガ】は、三本の黒角であることを止め、同じ数の太い氷の触手《しょくしゅ》へと変質していた。そのいずれからも、まるで極大の薔薇《ばら》の蔓《つる》のように歪《いびつ》な氷の棘《とげ》が突き出ている。地系統から氷系統への変化……これだけの魔法を途中《とちゅう》で書《か》き換《か》えるなど、あり得ない超高度《ちょうこうど》な技量であると、少女の焦った表情が物語っているかのようだ。

空気を凍《こお》らせながら、氷の荊《いばら》が少女の落下を狙って迫《せま》る。それは直線的な動きしかできない黒角状態では、決して不可能だった柔軟《じゅうなん》な攻撃である。

だがそれを見た少女が、とっさに持ち替えた傘の先端を突きつけたことで、氷の触手は出現した強固な障壁に押し包まれ、音を立てて砕かれてしまった。

今、傘の少女――クレビディートのシングル魔法師、ファノン・トルーパーは、全身が粟立《あわだ》つような焦りに襲われながら、どうにも歯がゆい気持ちを隠せないでいた。

ゴードンとスザールもそれなりだったが、今の相手はまるで格《かく》が違う。正直、敵にこれほどの手練れがいるとは、まるで予想だにしていなかった。

この状況《じょうきょう》で部下を参戦させれば、彼女らは確実に殺される。ただ隙を作るだけのために、五人が死ぬのだ。それは彼女としては到底看過できない犠牲《ぎせい》であるがために、ここは何としても一人で凌《しの》がねばならない。

しかし……万全《ばんぜん》の体制でゴードンとスザールを追っていたはずが、これでは完全に罠に嵌められたも同然。

しかも先程から、相手ばかりに良い様に戦闘の流れを組み立てられている。敵は相当対人戦に慣れているようだ。そうでなければ、自分がこうも簡単に劣勢《れっせい》に追いやられるわけがない。

ただファノンの本分は、本質的には魔物の掃討《そうとう》や防衛戦《ぼうえいせん》。こんな突発的《とっぱつてき》な対人戦はいわば専門外である。だが仮にもシングル魔法師として、ここで引くわけにはいかない。それどころか五人の部下の命を預かっている手前、ファノンは率先《そっせん》して、この難敵を仕留める必要性に駆《か》られている。

歯噛《はが》みするファノンの前で、一度砕《くだ》いたはずの氷の荊が、再び冷気によって再生される。それはまたもスルスルとこちらに伸びてきたが、ファノンは先程と同様に造作もなく粉砕《ふんさい》すると、身体を自由落下に任せてぐっと視線を下げ、相手を睨《にら》みつける。真下から吹き上がる風の猛威に、ファノンは瞬《まばた》きすらせず一点にのみ目線を固定する。

荒ぶる外套の下、着替えた戦闘服が覗《のぞ》き見え――額のガーゼが剥がれ飛ぶのすら意に介さず、ファノンは感情のままに吐き出した。

「嘗《な》めるな！」

ファノンは大きく叫び、己《おのれ》の視線を悠然《ゆうぜん》と受け止めて見返してきた仮面の男へと、傘の先端を向ける。その先から生まれた小球が、瞬時《しゅんじ》に巨大な球体へと膨張《ぼうちょう》していった。

そんな巨大球体型の障壁の中には、ちょうど船のスクリューが組み込まれたかのように、鋭《するど》い刃弁が高速で回転している。人体が破壊力《はかいりょく》の権化《ごんげ》たるこの球体に巻き込まれれば、それこそ肉片《にくへん》すら残さず、全てがちょうど体重と同じ重さの一杯《いっぱい》の血汁《けつじゅう》に変わり果てるだろう。

「【栄華の瓦解《ジャガナート》】」

その大技を放ったと同時に、ファノンの視界に、思わぬ姿が飛び込んできた。それは、連れてきた部下の中で一番動ける女性隊員だ。仮面の男の意識がファノンに向いているうちにと、相手の連れ、もう一人の小柄な方を狙いにいったようだった。

未熟さゆえの、まさに絵に描《えが》いたような悪手である。彼女は、敵の力量を把握できていないのだ。あの恐ろしい仮面の男が、そんな悠長《ゆうちょう》な動きを許すとでも思っているのか。

いや、もしやそんな状況すらも読んだ上で、彼女はまさに身を挺《てい》して、ファノンのために反撃の好機を作り出すつもりなのかもしれない。

（これだからッ！）

部下に対して内心で毒づきながらも、ファノンは己の身体が地上へ到達《とうたつ》するのを待たず、魔力を放った。

一先《ひとま》ず仮面の男の前に目隠《めかく》しがてら巨大障壁を配置すると、仮面の男の相棒として戦闘を見守っている、小柄なフードの人物へと注意を向ける。

確かに、仮面の男よりあの小柄な奴のほうが、まだ与《くみ》しやすいだろうとも思えた。ある意味で部下の行動は正しいのかもしれない。何にせよ、この状況を打開しないことには……。

チラリと走らせた視線の先、世界最高峰《さいこうほう》の探知魔法師であるエクセレスのあの渋《しぶ》い顔が、全てを物語っている。

ただでさえ地の利のないアルファ国内では動きにくい上、政治的な制限つき。さらに妙な妨害力場や予想外の伏兵《ふくへい》さえ飛び出してくる、この不利な状況だ。

いっそあの小さい奴を捕《とら》え、人質《ひとじち》にして交渉《こうしょう》してでも、とさえファノンは考えていた。

小柄な方を押さえられれば、少なくとも敵の戦力を削《そ》ぐことにはなるだろうし、相棒を守るべく動くかもしれない。仮面の男の隙を作らせる手も、それはそれで悪くはないのだから。

そんな風に考えを巡らせているファノンの眼下。

仮面の男が目隠しの障壁に対処するその間隙《かんげき》を縫《ぬ》って、部下の女性隊員がもう一人の小柄な敵対者へと迫るのを、ファノンは上空からいささか不安な面持《おもも》ちで見守った。

一方、無謀《むぼう》にも見える行動を見せた女性隊員だが、彼女もまた、奇《く》しくもファノンと同じ結論に達していた。だからこそその動きは、小柄な方の敵を拘束《こうそく》するという、単純明快な目標に沿ったものになっている。

機先を制して巧《たく》みに背後を取り、腕《うで》を掴む――だが次の瞬間《しゅんかん》、彼女の目の前で、小さな稲光がちらついた。

「――!?」

取ったと思った手首もろとも、相手の小柄な姿が掻《か》き消えた、と思ったその刹那《せつな》、女性隊員の左側頭部を目掛《めが》けて、凄《すさ》まじい衝撃《しょうげき》が襲ってきた。

小兵《こひょう》と侮《あなど》った相手が示した、爆発的《ばくはつてき》な加速による超高速《ちょうこうそく》移動。女性隊員の認識速度を凌駕した動きで逆に背後に回られ、強烈《きょうれつ》な蹴《け》りを放たれたのだ。

左腕《ひだりうで》でブロックするも、たちまち吹き飛ばされた女性隊員は、空中で体勢を立て直すと足を地面に突き刺《さ》すようにして転倒《てんとう》をこらえようとする。

それでも勢いを殺せず倒《たお》れそうになるのを、咄嗟《とっさ》に割って入ったエクセレスの手が背に添《そ》えられたことで、彼女はようやく止まることができた。

「ありがとうございます。ゆ、油断しました」

左腕で防いだものの、ビリビリと骨にまで罅《ひび》が入ったような痛みが残った。その程度で済んだのはファノンの部下の中でもトップクラスの力を有しているからだが、同時に油断した、というのも間違《まちが》いないだろう。

相手が攻撃の手を止めて油断なく防御《ぼうぎょ》体勢に入ったことから、もはや彼女は、更なるアクションを起こすわけにはいかなくなった。

「まったく、無茶《むちゃ》ですよ。結果的にファノン様の足を引っ張るなんて！」

エクセレスはそんな小言を言いながら、ふと振《ふ》り返った。

予想通り、目隠し程度の障壁など簡単に処理してしまった仮面の男だが、そこにタイミングを過《あやま》たず、ファノンが放った最上位級魔法【ジャガナート】が襲い掛かった。

高速回転する球体は、そのミキサー部分の主体である刃が硬質《こうしつ》の障壁が変じたものであることから、ただの魔法では対抗するのが難しい。風系統魔法に酷似《こくじ》するものもあるが、ファノンのこれは障壁魔法をアレンジしたオリジナルだ。強度面では比べることさえ烏滸《おこ》がましい。いわば、あらゆる魔法的対抗手段に優位な性質を宿しているのだ。

だがそれを知りつつも、エクセレスは背を這《は》い上ってくる嫌《いや》な予感から、目を離《はな》すことができなかった。

そんな彼女の目の前で、地面が削《けず》られ、砂より細かい破砕《はさい》物となって舞《ま》い上がっていく。

仮面の男の姿も、完全に覆い隠されてしまったが……。

「エクセレスッ!!」

怒声《どせい》じみたファノンの叫びが、その頭上から降ってくる。

同時にエクセレスの眼前の地面に、取り外されて上空から投げ落とされた、傘の傘地と骨部分が突き立った。

今、ファノンはその手に、傘のハンドルと中棒のみを残している状態だ。

そうと察した瞬間、エクセレスは彼女の意を汲《く》み取った。

持ってきた換装《かんそう》部品を、こうも早く使うことになるとは、いったい誰が予想できたか。しかし、エクセレスも今は、それが必要だと理解せざるを得ない。事ここに至っては、まさにやるかやられるか、でしかないのだから。

直後、予想通りというべきか、エクセレスの嫌な予感は的中した。

目の前で【ジャガナート】の球体が、断末魔《だんまつま》の咆哮《ほうこう》を上げている。あの仮面の男を巻き込んだはずのそれは、今や空中から伸びた無数の細い杭《くい》に、多方面から刺し貫《つらぬ》かれていた。

同時、回転する刃が立てる回転音が、ガリガリガリ、とノイズめいたものが混じった破砕音に変わっていく。何か、とてつもなく硬《かた》い物質が刃に巻き込まれてしまったかのようなな。そして……。

馬鹿《ばか》な。あり得ない。

そんな声なき声が、その光景を目撃《もくげき》した隊員達の蒼白《そうはく》になった唇から、一斉に漏《も》れ出たようだった。【ジャガナート】はファノンにしか扱《あつか》うことができない、高度な応用障壁魔法だ。なのに、あちこちから刺し込まれた棒状の妨害物により、その回転はぴたりと止まってしまっているではないか。いったいどれほどの硬さを持った物質が、それを成し得るというのか。

だが、立ち竦《すく》んでいる隊員達の中で、エクセレスのみは美しい顔をしかめつつ、冷静に目の前で起きている出来事を受け止め、そっと腰《こし》に触《ふ》れる。

「【アイギス】を！」

「ハイッ！」

果たして予想したファノンの声が降ってきて、エクセレスは素早《すばや》く行動を開始した。腰に下げていた大筒《おおづつ》を留め具から外すと同時、それを持ち上げて軽く宙に浮《う》かせる。

と、エクセレスは大筒の底部をいきなり蹴《け》り上げた。凄まじい勢いで飛び、ファノンの下まで上昇《じょうしょう》していく換装用ＡＷＲ。

ファノンは障壁と防壁《ぼうへき》、魔法と物理両方に対応可能な防御戦のエキスパートとして、他国からは【不可侵《ふかしん》】と称《しょう》されている。だが、実態としてクレビディートの魔法師は皆《みな》、彼《かの》女《じょ》に対し、少し異なった認識を持っている。その認識は、ある意味では他国とは逆なのだ。

かの国の軍部では、ファノン・トルーパーのことを敬意を込めて【最強矛盾《むじゅん》】と称し、彼女が持つ三つのＡＷＲを【三器矛盾】と呼んでいた。

それは元首もしくは軍のトップの許可がなければ、完全な性能発揮が許されないほどの……絶大な力を持つ矛《ほこ》にして盾《たて》。

そして今、エクセレスがファノンに届けた【アイギス】こそは、【三器矛盾】の一つにして、エクセレスが許可した時にのみ使える、一つ目の換装ＡＷＲなのだ。

空中のファノンにそれが届くのを確認《かくにん》してから、エクセレスは今更《いまさら》のようにして、ファノンがこの瞬間、【アイギス】を欲《ほっ》した理由を悟った。

空が黒い。夜空の中に、まるで蛇《へび》のような大きなうねりが垣間見《かいまみ》えた。

ただの夜の暗さとは違い、まるで渦巻くような黒雲が、頭上に垂《た》れ込《こ》め空を覆っていた。

そして【ジャガナート】が脆《もろ》くも消失した直後、ファノンは隊員らの前についに降り立つと、空中で換装したAWRを操作し、急いで【絶対障壁《アイギス・システム》】を起動させる。

だが、そんな必死の努力をあざ笑うかのように、いとも容易《たやす》くファノンの切り札たる【ジャガナート】を切り崩《くず》した仮面の男は、周囲に鎖《くさり》を舞わせ、短剣《たんけん》の切先を無造作に空に向けていた。

やがてその唇が、小さくその名を発しようとする。

「【クロイカヅ】……」

「はい、ストップ」

何の予兆もなく、突如《とつじょ》現れたその女性は、あろうことかパチンと手を叩いただけで、仮面の男を制してしまった。

それから仮面の男とファノン隊の間に割って入るように、にこやかな笑《え》みを浮かべたまま、彼女は優雅《ゆうが》に歩を進める。そして愛らしく首を傾《かし》げてから、ごく簡潔に尋《たず》ねた。

「さて……どういう状況かしら？」

この珍客《ちんきゃく》の出現に、アルスは放とうとしていた魔法──【クロイカズチ】──を、やむなくキャンセルした。

同時に部下達を護《まも》るように先頭に立っていたファノンも、おもむろに傘を下げる。

彼女一人がここにやってきたというだけで、周囲に満ち満ちていた戦いの空気が、まるで嘘《うそ》のように消失してしまっていた。まさにその存在が、アルファとクレビディート、両国の未来を捻《ね》じ曲げかねなかったこの戦いの趨勢《すうせい》を、決定づけたと言ってもいい。

「フェリか」

アルスは彼女に向け、ごく淡々《たんたん》とその名を発した。

「え〜と……フェリネラさん、これはいったい⁉」

フードを脱《ぬ》いで、金髪《きんぱつ》を振り乱したエクセレスは、あまりにも突然《とつぜん》に降り立った休戦の使者へと、戸惑《とまど》ったような声を投げかける。

「えっ、フェリネラぁ⁉　……顔を見れば確かにそうね、でもどういうこと⁉」

素《す》っ頓狂《とんきょう》な声を上げるファノンをそっと視線で窘《たしな》めつつ、私にも分からないとばかり、困惑《こんわく》げに肩《かた》を竦めるエクセレス。だがその顔には実際のところ、深い安堵《あんど》の色が浮かんでいたと言ってもいい。何しろこの戦闘《せんとう》自体が、全く唐突《とうとつ》に始まってしまった、完全にイレギュラーの事態である。予期せぬシングル同士の遭遇《そうぐう》という、まさに両国にとって極《きわ》めつけの不運の結果だったのだから。

「エクセレスさん、私もちょっと、状況を掴めていなくて……とにかくアルスさん、その仮面をいったん脱いでしまってくださいな」

フェリネラに促《うなが》されてようやく、徐々に事態を悟りつつあったアルスは、コキリと肩を回してから、淡々と仮面を外して素顔《すがお》を晒《さら》した。

当然のようにアルスに倣《なら》ってフードを外したロキを横目に、アルスはふぅと軽く息をつくと、不運な事故がなくてよかったと、とりあえず自分を納得《なっとく》させる。もっとも仕掛《しか》けてきたのは、相手と言えなくもないが。

アルスとロキ、エクセレスにファノン……双方《そうほう》の顔を一度眺《なが》めてから、フェリネラはコホン、と小さく咳《せき》ばらいをして。

「えぇーと……まずは私からご紹介《しょうかい》したほうが、よさそうですね。こちら、アルファのアルス・レーギン様とパートナーのロキさん」

ファノン達にそう告げると、フェリネラはくるりと回って、今度はアルスの方を向いて。

「そしてアルスさん、こちらが今回捜査《そうさ》協力をしていただいているクレビディートのシングル魔法師《まほうし》、ファノン・トルーパー様と、そのご一行です」

ファノン側の隊員は、全員がそれぞれ頬《ほお》を引き攣《つ》らせるなどして、一様に面白い反応を示したが、唯一《ゆいいつ》ファノンだけは、アルスをじっと睨みつけていた。

「アルファのシングル魔法師、第1位……」

無言のファノンの傍らで、エクセレスは、己が受けた衝撃を、そんな風に言葉にした。

ファノンよりも上の順位であるアルファの1位。全魔法師の頂点に君臨する存在。エクセレスが知る限り、これまでなぜか、その素性《すじょう》はずっと伏《ふ》せられていた謎《なぞ》多き魔法師。

しかし、とエクセレスはここで思い当たる。

先の7カ国元首会談では、アルファの元首シセルニアを護衛すべく、件の1位もきちんと顔を出したと聞く。ならば当然かの1位の素顔を知っているはずの人物が、クレビディート側にも一名いることになる。

「ファノン様……気づいておられました？」

「どうかな？　あんな変てこな仮面なんてしちゃってる相手に、どうしろって？」

それもそうだ、とエクセレスは思い直した。

この状況下、過去に一度しか会っていない1位の面影《おもかげ》を、あんな妙な仮面をした男に重ねるのは、さすがに無理がある。

とはいえ、さっきまでまさに死闘《しとう》を繰《く》り広《ひろ》げていた二人だけに、どうにもエクセレスには腑《ふ》に落ちない部分もあるのだが……。

アルスは無言、ファノンはまた何か言いたげであったが、そこへさっと仲裁《ちゅうさい》に入ったフエリネラが、いかにも間を取り持つかのように、にこやかな笑顔でこう提案した。

「一先ず、場所を移しませんか？」

冷《ひ》や汗《あせ》交じりのその笑顔は、多少無理やりに顔に貼《は》りつけたようであったが、とにもかくにも、いったんこの場は収まったといえる。

エクセレスは最後に、あの空を覆っていた不気味な黒雲を振り返った。しかし、すでにそこに黒雲など形もなくなっており、代わりに擬似《ぎじ》生成されている見慣れた夜空のみが広がっていた。

アルス・レーギン、彼はあの時、自分達《たち》をきっと、本気で殺しにかかっていた。あの黒雲はきっと、それほどの魔法の予兆であったはず――ファノンが【絶対障壁《アイギス・システム》】を起動せざるを得ないほどに。

鋭い直感を持つ彼女だけに、正直あれほどの脅威の前では、終始生きた心地《ここち》がしなかったのは事実だ。不吉《ふきつ》な結末の予感がずっと胸の奥《おく》に張り付いて、悪寒《おかん》さえ感じ続けていたほどである。

とはいえ、なんとか最悪の運命は回避できたようだ。

フェリネラのおかげで本当に助かった、と安堵したエクセレスは、無理矢理《むりやり》にでも自分を落ち着かせるべく、ここで改めて大きく深呼吸をしたのであった。

こうして、アルファ国内における「シングル魔法師同士の突発的接近遭遇事件」および、結果的に引き起こされた小軍事衝突《しょうとつ》は、早々とごく平和裏に幕を閉じたのであった。

あとがき

こんにちは、イズシロです。「最強魔法師の隠遁計画」14巻をお手に取っていただき、ありがとうございます。今巻は前巻から一息つく暇もなく、新たな敵の出現——新たな物語に突入する形となりました。この辺りは是非とも深掘りしたいところですが、それは次巻に取っておくことにします。

それでは早速ですが、お世話になっている方々への謝辞に移りたいと思います。

編集担当様、いつもながら膝を突き合わせて（ご時世的に対面する機会はほぼなかったわけですが）の打ち合わせ、ありがとうございます。今回はアルスとリリシャの会話はとても感慨深く何度も読み返したシーンです。これは私的には、計算の上での執筆とは違い、感覚的な執筆に近い印象ですね。脱稿後に読み返すわけでして。きっとこの頃には皆様と同じような目線で本作を読めているような気もします。

続いて、出版・印刷・流通の関係各位に格別の感謝を。そしてイラストを担当してくださいましたミユキルリア先生、いつものことながら素晴らしいイラストをありがとうございます。少しずつシングル魔法師たちを描いていただき、ついにファノンまで来ました。ファノンはすでに13巻の表紙を飾ってくれているわけですが。もちろん今巻もしっかりと美しいファノンが載っております！　それはそれとして、当初から、絵がつくことを願っていたキャラの一人でもありますので、思い入れも一入です。彼女に関しては、さらに色々なエピソードを書きたい衝動に駆られます……いつか書けたらいいなあ、と！

ともあれ多くの方の手をお借りしながら、今回も書籍&電子書籍で無事刊行することができました。

これも読者様あってこそなし得たことです、誠にありがとうございます。そして引き続き「最強魔法師の隠遁計画」をお引き立ていただけますと幸いです。脱獄囚編がどのような物語を辿り、アルスに何をもたらすのか……次回にご期待を。

次巻はなるべく早く皆様のお手元に届くよう、精一杯頑張って参ります！

HJ文庫 https://firecross.jp/
975

最強魔法師の隠遁計画 14

2022年1月1日　初版発行

著者── イズシロ

発行者─松下大介
発行所─株式会社ホビージャパン
〒151-0053
東京都渋谷区代々木2-15-8
電話　03(5304)7604（編集）
03(5304)9112（営業）

印刷所──大日本印刷株式会社

装丁──AFTERGLOW／株式会社エストール

ISBN978-4-7986-2701-4　C0193